嵐の守り手

The Storm Keeper's Island

1 闇の目覚め

キャサリン・ドイル 作
Catherine Doyle
村上利佳 訳
Rika Murakami

評論社

THE STORM KEEPER'S ISLAND

by Catherine Doyle

Japanese translation rights arranged with
BLOOMSBURY PUBLISHING PLC
through Japan UNI Agency, Inc., Tokyo.

装幀=水野哲也（Watermark）

〈嵐《あらし》の守り手〉

1. 闇《やみ》の目覚め

愛する祖父母、
アランモア島のキャプテン・チャールズ・P・ボイル、
メアリー・マコーリー・ボイルへ

プロローグ

花が咲《さ》きみだれる野原にそそり立つ、オークの古木。その下に、少年と少女がならんで立っていた。ふたりの頭上で天は怒《いか》り、いきりたつ獣《けもの》のように、低く雷鳴《らいめい》をとどろかせている。

「準備《じゅんび》はいい？」

少年は、そわそわしながらたずねた。

少女があごをぐいっと上げると、金茶色の髪《かみ》がカーテンのようにさっと背中《せなか》に広がった。

「あたしは、いつ、いつだって準備できてるわ」

ごつごつとした木の幹《みき》に、ふたりは手のひらをおしあてた。木がふるえはじめ、まるで眠《ねむ》りから覚めたように枝《えだ》という枝をふるわせると、葉の先までぴんと張《は》った。ほんの一瞬《いっしゅん》、静まりかえる。と、次の瞬間、ふたりの頭上で、バリバリッと天が引きさかれるような音がした。雲から稲妻《いなずま》がかけおり、少年と少女が飛びすさると同時に、木がまっぷたつにさけた。樹皮《じゅひ》からぱっと立ちのぼった炎《ほのお》が、枝の先までかけのぼり、葉をむさぼるようにのみこんでいく。木全体が、まぶしい金色に変わる。

「ベティ……おれたち、こんなこと……」

自信なさげに切りだした少年を、少女はさえぎった。

「シッ！　木がなにか言おうとしてる」

木が、ささやきはじめる。その声は、少年が思ったよりかなり大きかった。炎《ほのお》が立てる音が、次第に言葉に変わっていく。

「話すか……話を……聞く……か……」

少女が、木に問いかけた。木は考えこみ、答えを待つ少女の指が、黒こげになった樹皮《じゅひ》をいらだたしげにたたく。空気は重みをまし、ヴェールのような湿気《しっけ》が少女の顔のまわりの髪《かみ》をカールさせる。

木はその後、二度と少女に話しかけなかった。

そのかわり、少年に注意を向けた。木の意識《いしき》が、少年の頭のなかをはいあがっていく。少年は地面にたおれ、身をよじり、のたうちまわった。まっ暗だった少年の脳裏《のうり》に、ひとつの情景《じょうけい》が広がっていく。

少年は、岬《みさき》の先端《せんたん》に立っていた。差しのべた両手に雲が吸《す》い寄《よ》せられ、風が体のまわりでうずまいている。海が全身の血管《けっかん》をかけめぐり、心臓《しんぞう》の壁《かべ》に塩の結晶《けっしょう》を残していく。

少年には、わかった。自分はもう、これまでの自分ではない。

ベティは、まちがっていた。

島は自分を選んだのだ。

少年は必死で目を開けようとした。だが、木は少年の心をがっちりつかんではなさない。また別の映像《えいぞう》が、心におし入ってきた。ふたりとも、これ以上の映像を見せてくれとはたのまなかったのに。

「見るのだ」木がささやきかける。「しっかり見よ」

少年の前方に、別の少年がもうひとり現《あらわ》れた。少し年下だが、目と鼻がそっくりだ。その少年が手にしているのは、島の草と同じ緑色のエメラルド。もう片方《かたほう》の手には、まがった杖《つえ》のようなものを持っていて、その先端は海を指している。ふたりの少年は、はなれて立っており、その間を埋《う》めつくすように、ワタリガラスが大きな羽を広げて飛びまわっている。と、その時、足もとの大地にひびが入り、影《かげ》がさっと島に広がったかと思うと、ふたりを闇《やみ》に飲みこんでいった。

ここで、少年は目を覚ました。そこは、もといた花が咲《さ》きみだれる野原で、雨がはげしくふっていた。

「ベティ……」地面に転がったままの少年の口に、雨のしずくがまともに入ってきた。「なにを見たか、きっとベティは信じないだろうけど……」

少女は少年を見おろした。細めた目は、まるでまっ赤に燃《も》える石炭のようだ。少年のあばらをける。

「あんたが、たった今、ぬすんだもののこと?」

「やめろよ！」少女がもう一度けろうとしたところを、少年は体をひねってよけた。「伝えたいことがある。けるなよ。イタッ！　聞いてくれ。ワタリガラスを見たんだ、ベティ……」

少女は、まったく聞く気がなかった。静かに雨をふらせる空にあごをぐいっと向けたまま、ぐっしょりぬれた野原を、怒《おこ》った足取りで去っていった。

少年は、少女を呼《よ》びもどしたかった。これは少女には無理だと、ふたりでも手に余《あま》ると言いたかった。でも、少女の姿《すがた》はもうどこにもなく、かすかに草がゆれているだけだった。

少年は、恐怖《きょうふ》を飲みこもうとした。この大地のどこか奥深《おくふか》いところで、闇《やみ》がふたたびよみがえろうとしている。世界がこれまでに見てきたいかなるものよりも恐《おそ》ろしい闇が。

もう、だれにも止めることはできない。

1. 眠《ねむ》れる島

フェリーの甲板《かんぱん》で、フィオンは、プラスチックのいすに背《せ》を丸めて座《すわ》っていた。両腕《りょううで》をかかえてちぢこまり、あごを胸《むね》にうずめて。自分の靴《くつ》の上に吐《は》くのだけはいやだ。

フェリーが、ミシミシときしむ。船体のさびた縁《ふち》や、はげている青いペンキが、どうしても目に入ってくる。サイレンなんて、断末魔《だんまつま》の牛のさけび声にしか聞こえない。どれくらい海水を飲んだらおぼれ死ぬか、フィオンはできるだけ考えないようにした。タラは今、フィオンのほうを見ていないけれど、姉という生き物は弟の恐怖をかぎつけるのが得意なものだ。こんなところで吐いたら、この先一生、タラにそのことを言われ続けるだろう。

さらにつらいことに、フィオンは、ふたりのおしゃべり好きな老婆《ろうば》にはさまれて座っていた。ポケットに入れた携帯《けいたい》電話も使いものにならない。ここは圏外《けんがい》。携帯のアンテナマークは一本も立っていなかった。老婆たちはときどき、これからとっておきの秘密《ひみつ》を話すよという感じでだまりこんだ。フィオンが会話に入ってくるのを待っているらしく、フィオンはときどき、横顔につきささるふたりの視線《しせん》をいたいほど感じた。でも、そんなフィオンのイライラも、ごう

音とともにおしよせる波に飲みこまれてしまう。

最悪なのは、足の下が海ということだ。フィオンは、ときどき海に引きずりこまれる夢《ゆめ》を見る。これはフィオンにとって一番おぞましい悪夢《あくむ》で、ハッと目が覚めるといつも汗《あせ》だくだ。海の空気に肺《はい》を焼かれ、ほおをさされながら、フィオンはどんどん遠くなっていく本土を見つめた。最初は灰色《はいいろ》の水平線にぽつんと緑色の染《し》みのようなものがあったのに、やがて、それもなくなった。

今となっては、ダブリンのあのスモッグも、道路工事の騒音《そうおん》も、めいわくな路面電車の線路工事――この工事のために市街地では通行止めが発生し、観光客は遠回りしなければならない――も、みんな恋《こい》しかった。絶《た》えず動いている町のざわめきなんて、これまで好きかきらいか考えたこともなかった。ただのありふれた日常《にちじょう》でしかなかった。でも、ありふれているからこそ自分の家なんだと、今ならわかる。

そしてこの状況《じょうきょう》は、ありふれた日常とはまったくかけはなれている。

タラはフェリーのへさきに立っていた。デッキをかこむ手すりの柵《さく》に両足をかけて、今にも海に飛びこみそうだ。黒い髪《かみ》が風に舞《ま》い、ロープみたいにほどけたりからまったりしている。ふりかえって、乗客の集団《しゅうだん》のなかに弟の顔を探《さが》した。

「こっちにおいでよ、フィオン！　見て、この波！　すごいよ！」

フィオンは首をふった。船は小きざみに上下にゆれ、フィオンの胃もそれにしたがって上下するので、とうとう胃の中身がのどもとまでせりあがってきた。

「まるで赤ちゃんね！」

タラが、バカにしたように笑った。

ふたりはほとんど年子だった。きょうだいというより友だちだった時もある。フィオンは、自分たちにはけっこう共通点があると思っていた。でも、タラは十三歳《さい》の誕生日《たんじょうび》を境《さかい》に、自分はもう十一歳の弟と出かけたりゲームをしたりしている場合ではないと言いだした。

――あたしは、もう大人なのよ、フィオニー。そんなこと、興味《きょうみ》ないわ。

フィオンには、タラがなにをもって自分を大人だと言っているのかわからなかった。フィオンはほとんど毎日、家族三人分の夕食を作っていた。一方タラは、まるでクマのプーさんのように指でヘーゼルナッツクリームを瓶《びん》からすくってはなめ、クモを見ては壁《かべ》がゆれるほど金切り声をあげていた。いったいどっちが大人なんだ？

タラはふりかえってにやりと笑うと、手すりのもう一段《いちだん》上の柵にのぼって、波のかなたを見つめた。今にも飛びこみそうに見えるが、やろうと思えばできることを見せつけているだけだ。落っこちちゃえばいいのに、とフィオンは思った。なんなら、ちょっとおぼれたらいい。死なないていどに。あのねじれた根性《こんじょう》を魚にたたきなおしてもらえるくらいに。

フィオンはふたたび、遠くにかすむ水平線に目を向けた。どこか一点を見つめていると、吐《は》き気《け》がおさまる感じがする。船のゆれをあまり感じなくてすむのだ。

「船のゆれにあわせると楽よ」ダブリンでさよならを言う前に、母さんがそう教えてくれた。あの時、母さんの目はしっかりしていて、悲しそうにほほえんでいた。でも、タラとフィオンは近所のウォーターズさんの車にあわただしく乗りこみ、窓《まど》ガラスにぎゅっと鼻をおしつけているフィオンを乗せた車は、西に向かって走りだした。母さんをあとに残して。

島はいったいいつ姿《すがた》を現《あらわ》すのだろう、とフィオンは思った。まだ小さかったころ、母さんがよく話してくれた島。島の話をする母さんの目はうつろで、どこか遠くを見ているようだった。母さんが話す島は時に美しく、そして時に、昔海で死んだ父さんの思い出のほかはなにもない、悲しくも過酷《かこく》な場所だった。まちがいなく母さんは、アランモア島にとりつかれている。果たしてそれがいいことなのか悪いことなのか、フィオンにはわからなかった。わかっているのは、場所は人と同じくらい重要なものになりうるということ、そして、その気になれば場所は、人と同じくらい人を支配《しはい》することができるということだ。

タラは足をかけていた手すりからおりると、デッキをスキップしながらやってきた。そして、鼻と鼻がくっつくくらいかがみこむと、こう言った。

「そんな調子じゃ、うつっぽく見えるわよ」

フィオンは、姉が、うつという言葉をかるがるしく使ったのが気に入らなかった。まるで、着る服の色を選べるように、うつになったりならなかったり、自分で選べるみたいに聞こえたのだ。タラには、今回の島行きではしゃぐだけの理由があった。去年の夏休みも島ですごし、どうしたもんだか、友だちを作ってきたのだ。

「島になんか、行きたくない。行きたいふりなんて、するつもりないから」フィオンは、ぶつぶつ言った。

「あんたは、どこにだって行きたくないじゃない」タラが、ずばりと言った。「家でテレビゲームをすることしか頭にないんでしょ？　それも、へたくそなくせに。あんたって、ほんとつまんないよね」

フィオンは、言いかえしたかった。

――ぼくは、ほんとは母さんとダブリンに残りたかった。母さんのとなりに座《すわ》っていたかったんだ。たとえ母さんの目に、ぼくがうつってないように感じるとしても。それに、テレビゲームはへたくそじゃない。はっきり言って、かなりうまい。

でも、かわりにこう言った。

「うるさい」

タラはポケットから、チョコバーを取りだした。フェリーに乗る前に、ガソリンスタンドで買いあさったお菓子《かし》のひとつだ。ふたりを波止場まで送ってくれたウォーターズさんは、コインでふくらんだ花柄《はながら》の小銭《こぜに》入れをパチンと開けて、にっこり笑いながらこう言ってくれた。

「さあさあ、おばあちゃんがなんでも好きなものを買ってあげますよ」

「フィオニー、冒険《ぼうけん》よ、冒険！」チョコバーをかじりながら、タラが言った。ヌガーが入っているから、クッチャクッチャという音が混《ま》ざる。右、左と視線《しせん》を移《うつ》し、声を落として続けた。

「これから行くところは、魔法《まほう》の島よ。お楽しみに」

「魔法だなんて、自分が去年、男と知りあったからだろ」

なんと言われようと、うんざりした気持ちに変わりはない。

タラは首をふった。

「ちがうわよ。あの島には、秘密《ひみつ》がいろいろあるの。だから、魔法だって言ったのよ」

フィオンは、鼻先にただようチョコレートのにおいを手ではらった。

「どんな秘密だよ?」

「言うわけないでしょ!」タラが勝ちほこったような目をした。

フィオンはため息をついた。

「夏じゅう、タラといっしょだなんて、サイアクだよ」

「それなら問題ないわ。あんたとずっとくっついている気なんて、まったくないから」タラがしかめ面をすると、顔のそばかすがぎゅっと寄《よ》った。「あんたは、おじいちゃんといっしょにいればいいんだわ」

「タラといるくらいなら、おじいちゃんのほうがましだよ」フィオンが、すかさず言いかえした。

「あんた、おじいちゃんのこと、なんにも知らないくせに」

フィオンはにぎりしめたこぶしを開いた。なかから、くしゃくしゃになったフェリーのきっぷが顔を出した。

「この丸めた紙くずのほうが、タラよりましだよ」

タラは、食べかけのチョコバーを、弟の鼻先でふった。

「ほんと、お子ちゃまね」

「うるさい！」フィオンは、タラが向こうを向いたすきに、丸めた紙くずを思いきり投げつけた。タラの髪《かみ》の先に紙くずが引っかかり、ちょっとだけすっきりした。湾《わん》の上を低く飛んでいた一羽のカモメが、急にぐっと下がってちょんと水面に触《ふ》れた。羽が波をかすめて飛んでいく。カモメがあらあらしい鳴き声をあげると、それに呼《よ》ばれたかのように、島がむくりと姿《すがた》を現《あらわ》した。

海からわき出たような濃《こ》い緑の草地。その先には丘《おか》が折り重なって続いている。波止場の奥《おく》に古い建物が肩《かた》を寄せあうようにならび、その間をぬって砂利道《じゃりみち》が走っている。浜《はま》の砂《すな》はくすんだ黄色。そこは、妙《みょう》にさびれた感じがした。まるで島全体がぐっすり眠《ねむ》りこんでいるように見える。

アランモア島。

そこはまさに、フィオンが想像《そうぞう》していたとおりだった。世界のはずれにぽつんとある、忘《わす》れられた場所。魂《たましい》の墓場《はかば》として、これ以上のところはない。

タラはスキップしながらへさきにもどると、手すりにもたれた。フィオンは巨大《きょだい》な風船から空気がぬけるように、自分がしぼんでいく感じがした。遠く島の上に見える影《かげ》が、次第に人や店、家、車、そして数えきれないほどたくさんの漁船に変わっていく。フィオンは、この見知らぬ土地にいる母の姿《すがた》を思いうかべてみようとした。波止場をそぞろ歩く母さん。パンやミルクを買いに街角の店に立《た》ち寄《よ》る母さん。岸に立って自分の体をだきしめながら、海をながめる母さん。だが、いくらがんばっても、どの母さんも想像《そうぞう》がつかなかった。

ついに、フェリーがうめき声をあげながら港に入った。タラは後ろをちらりとも見ずに、島にぴょんとおりたった。フィオンは波止場の端《はし》で、もたついていた。体がこわばっている。なにかおかしな感じがする。自分の一歩が実際《じっさい》よりも重いものであるかのように、一歩ふみだすごとに足の下で地面がゆれ、かすかな振動《しんどう》が足の裏《うら》にひびいてくる。正面からのそよ風がフィオンの体にまとわりつき、髪《かみ》が目に入った。息が肺《はい》におしもどされる。しまいには、島が両《りょう》腕《うで》を広げて自分を包みこんでいるという、突拍子《とっぴょうし》もない感覚をいだいた。

フィオンは、ギザギザに連なっている岬《みさき》を注意深く目で追った。遠くの湾《わん》の端、イバラとシダがからみあう低くてゆるやかな傾斜《けいしゃ》の崖《がけ》に、小さな小屋がぽつんと立っている。煙突《えんとつ》から夕《ゆう》暮《ぐ》れの空へと、煙《けむり》がうずまきながら立ちのぼっている。

後ろからふいてきた風におされるようにして、フィオンは前に進んだ。煙は赤くそまった空に、よじれた灰色《はいいろ》の線を描《えが》きながらのぼり続けていく。

まるで手まねきしているかのようだ。

フィオンは、かすかな声が聞こえた気がした。これまでに聞いたことがない声。血管《けっかん》や骨《ほね》の奥《おく》にひびくような声。聞くまいと思っても聞こえてくる声。その声がささやく。

「こっちへおいで。おまえのふるさとだ」

2. キャンドル職人《しょくにん》の小屋

坂の上のからみあうイバラの向こうから、祖父《そふ》の家がちらちらと顔をのぞかせる。煙《けむり》は変わらず空へと立ちのぼっていたが、祖父の姿《すがた》はどこにもない。

「急いでよ」と、タラが文句《もんく》を言った。そこはせまい坂道で、タラが引きずるスーツケースがはじいた小石が、フィオンに飛んでくる。「おじいちゃんちに、せめて今世紀《こんせいき》中には着きたいんですけど！」

「おじいちゃん、ぼくたちが来るって知らないの？」フィオンは道と坂の上の家を見くらべた。

「波止場までむかえに来るべきだろ？」

「おじいちゃんは、年なのよ」と、タラが言った。

「歩けないの？」

「あんた、赤ちゃんみたいに、おじいちゃんにおぶってもらおうっていうの？」タラが引きずるスーツケースのドスンドスンという音で、話がさえぎられる。「ひとりでこの坂をのぼれないの？」

「ひとりじゃないから。悪魔《あくま》がいっしょだ」と、フィオンが皮肉を言った。

「うるさい」タラが、低い声で言った。

「ぼくはただ、ちょっと失礼なんじゃないのって思っただけだよ。だって、ぼくたち、おじいちゃんのお客さんだろ？　それに、おじいちゃんちへの行き方も知らないし」フィオンが、ぶつぶつと言った。

「行き方なら、あたしが知ってるわよ。ここには前にも来たことがあるんだから。まあ、前回はあんたがいなかったから、もっと早く歩けたけど」

よく言うよ。フィオンは、あきれた。とちゅうでタラの肩《かた》にハチがたった一ぴき止まっただけで、ここまで来るのに五分も余計《よけい》にかかったのに。ハチはタラを追いかけ回し、タラはさけんだり飛びはねたり、まるで相手が巨大《きょだい》なハイイログマかなにかのように大さわぎしたのだった。

「じゃあ、隊長、案内よろしく」フィオンはドスドスと、タラのあとをついて坂をのぼった。

坂をのぼりきったその先で、フィオンは思わずつぶやいた。

「マジか……」

祖父の家は、小さくうずくまるように建っていた。地面に無理やりおしこまれ、雑然《ざつぜん》とからみあう木やイバラにすっぽりと埋《う》もれている。白いペンキがはげかかったところから顔を出している石積みの壁《かべ》。スレートぶきの屋根は、縁《ふち》がこれまたところどころ欠けていたり、ひびが入った雨どいに落ちこんだりしている。窓《まど》はよごれでくもっており、窓台にぎっしりならんだ花は、散った花びらを探《さが》すように、庭に向けてくたりと頭をたれている。

とにかくすべてがごちゃごちゃで雑然《ざつぜん》としていて、フィオンはまったく気に入らなかった。ただひたすら、ダブリンの母さんのもとに帰りたかった。あのせまくるしいアパートで、上の階の住人が部屋で猛犬《もうけん》を飼《か》っていることを知られまいとあれこれ言いわけするのを聞いたり、母さんやタラと中華《ちゅうか》のデリバリーでどれを注文するか相談したりしていたかった。

ふたりは、古い郵便《ゆうびん》受けの前を通りすぎた。アイルランド語で〈ティル・ナ・ノーグ〉と彫《ほ》られているのが、かろうじて読める。

ティル・ナ・ノーグ。常若《とこわか》の国。永遠《えいえん》に若いままでいられるという、ケルト神話における地上の楽園。

なんだか皮肉な名前だな、とフィオンは思った。そして、この「皮肉」という言葉をタラの前で使う時は、なにがどう皮肉なのかをよくよく考えてからにすること、と頭のなかでメモをした。

庭に入って木戸を閉《し》めると、木戸がギーッと低い音を立てた。

「ぞっとするでしょ」もう祖父《そふ》の庭にいるのに、タラは声をひそめる気配もない。たしかに、フィオンから見ても、「庭」というより「野菜サラダ」と呼《よ》ぶのがふさわしいくらい雑然としている。「でね、家のなかがまた、ゆううつな場所なのよ」

うつ。またこの言葉だ。

　フィオンは、ゆっくりとあたりを見まわした。

「よくこんなところに住めるね」

「まあ、わしは、わしをむかえてくれるのはここしかないって思ってるけどな」

　玄関《げんかん》のほうから声がして、フィオンはぴたりと足を止めた。顔じゅうの血管《けっかん》がぱっと開き、ほおがまっ赤になる。

　祖父が、玄関先に立っていた。大男と言っていい。背《せ》が高く細長い体つきで、頭がぴかぴかにはげている。大きな顔に似《に》あいの大きな鼻。鏡にうつる自分を見るたび、フィオンがのろいたくなる鼻とそっくりの鼻だ。オーバーサイズの丸いべっこう縁《ぶち》のめがねが鼻先にちょこんとのっていて、レンズのせいで目が実際《じっさい》より大きく見える。腕《うで》と足は信じられないほど長いが、ぶかぶかのツイードのスーツを着ているので、なんとなく小さく見える。まるでどこかへ出かけるために、めかしこんだみたいだ。ただし、五十年もずっとそのかっこうでいるのか、スーツは今にもはらはらとくずれそうなくらいぼろぼろだけど。

　祖父は頭をのけぞらせると、灰色《はいいろ》に変色しかかった歯もまだ白い歯も、全部見えるくらい大きな口を開けて笑った。笑って、笑って、あまりにも笑い続けたので、フィオンはしまいに、その笑い声がつむじ風になり、その風に巻《ま》きこまれるような気がした。つむじ風が、アイルランド民謡《みんよう》を演奏《えんそう》するフィドル（バイオリンに似た弦楽器）の弓のように、フィオンの心臓《しんぞう》をくすぐる。

そして、気づくとフィオンもまた、笑っていた。笑わされている感じがしてぎこちないけれど。でも、笑っていれば、この状況《じょうきょう》を冒険《ぼうけん》どころか牢獄《ろうごく》だと感じるひまもないし、母さんがひとりきりで、高価《こうか》なセーターやおしゃれなめがねを身につけたいかにも精神科医《せいしんかい》という感じの人たちに囲まれて、ダブリンの無機質《むきしつ》な建物の一室にいる様子を想像《そうぞう》するひまもない。頭にうかぶそんなこんなを、悲しくみじめなものに変えないためにフィオンは笑った。

タラの前で泣くつもりなど、さらさらない。

泣いてすごすような休暇《きゅうか》にはしたくない。たとえこれが、休暇とは呼《よ》べないようなものだとしても。

笑い声が止まったところで、祖父《そふ》はフィオンをしばらくじっと見つめた。

「さてと。とうとう会えたな」そして、うなずくようにあごを引いた。

それから低いドア枠《わく》の下にかがみこむと、フィオンとタラになかに入るよう手まねきした。その指は、フィオンたちを桟橋《さんばし》から導《みちび》いてきたあの煙《けむり》のようにねじれている。

タラはいきおいよく通りすぎると、肩《かた》ごしに、バカにしたように言った。

「フィオニー、よかったじゃん。とうとう、あんたと同じくらい変わってる人に出会えたね」

「ハチがいるぞ！」

フィオンの声に、タラがキャーとさけんで家のなかに転がりこんだ。それを見て、フィオンは少し気分がすっきりした。

家に入ったフィオンは、ドアを閉《し》めるやいなや、コートかけにつっこみそうになった。芝居《しばい》の小道具のようにかけてあるぼうしや傘《かさ》には、長年のほこりが積もっている。

「うわあ」

目が、思わず丸くなった。小さな居間《いま》は、床《ゆか》から天井《てんじょう》まで壁《かべ》一面が棚《たな》になっていた。それが、アーチ形の出入り口の向こうにあるキッチンまで続いている。

それでなくても小さくてせまい家のすみからすみまで棚があり、すべての棚にぎっしりキャンドルがつめこまれている。

キャンドル一本一本には、見事な飾《かざ》り文字で書かれたラベルが貼《は》ってあった。〈霧《きり》がたちこめるイースター〉と〈ホワイトクリスマス〉という二本のキャンドルの間に、〈秋のにわか雨〉と〈夏の雨〉がぐっとおしこんである。〈ジョシーの十二歳《さい》の誕生日《たんじょうび》パーティーをおそった予想外《よそうがい》の竜巻《たつまき》〉や〈ショーン・マコーリーの飛んでいった凧《たこ》〉といった、やたら具体的なものもあれば、〈燃《も》え立つように赤い日の出――一九九七年二月〉、〈濃《こ》いオレンジ色のたそがれ――二〇〇九年八月〉といった、ほんの短い時間帯を記したものもある。〈スァヴィネス（平和）〉、〈スィアシャ（自由）〉といった、ばくぜんとした意味のアイルランド語のラベルもあった。

〈ファド　ファド〉とだけ書かれているラベルもある。これは、アイルランド語で「昔むかし」という意味だ。これは、過去《かこ》のいつのことだろう。氷河期《ひょうがき》かもしれないし、青銅器《せいどうき》時代かもしれない。もしくはアイルランドじゅうの修道士《しゅうどうし》たちが、写本をしては高い円塔《えんとう》のなかにかくしていた時代かもしれない。修道士《しゅうどうし》たちがどうしてそんなことをしていたのか、理由は忘《わす》れてしまったけれど。

フィオンは、〈アフォートビーチの上に広がる険悪《けんあく》な雲行き〉というラベルに目が吸《す》い寄《よ》せられた。それは、まるで荒《あ》れくるう嵐《あらし》をけずりとって作ったようなキャンドルだった。下のほうは濃《こ》い灰色《はいいろ》で、そこに雲が集まり、うずを巻《ま》いて立ちのぼっていくような形をしている。上のほうはろうがふつふつと泡立《あわだ》ったようになっていて、色は濃いむらさきに変わっている。キャンドルのまんなかを銀色の稲妻《いなずま》がジグザグに走り、その稲妻を見つめれば見つめるほど、キャンドルが棚《たな》から飛びだして、フィオンのまわりに雷鳴《らいめい》をとどろかせそうな気がしてきた。

「とりあえず、お茶にするか」と、祖父《そふ》が言った。お茶にしたいかと聞いてくれたわけではなかったが、フィオンは祖父の言葉にちょっとほっとした。ダブリンとなにもかもちがうところだけど、同じものもあるということだ。

タラは居間《いま》のすみで、バッグのなかをごそごそとひっかきまわし、携帯《けいたい》の充電器《じゅうでんき》を探《さが》していた。今にも死にそうな人間が、砂漠《さばく》で水を探しまわっているみたいに必死だ。

フィオンは梁《はり》の下をひょいとくぐって、廊下《ろうか》へ出てみた。その先は部屋が三つにわかれて、壁《かべ》が内側にかしいでいるように見える。壁がフィオンに秘密《ひみつ》を打ち明けようと身をかがめているみたいだ。こちらもまた、キャンドルの山だった。フィオンの小指くらい小さいものがいくつか。虹色《にじいろ》のものもあれば、草が生えているものまである。奇妙《きみょう》な形――雨つぶの形や傘《かさ》の形、そして、クレーターだらけの小さな月の形のものまでいくつかあった。雲のようなものもあったが、あまりにも丸くてふわふわなので、蒸気《じょうき》じゃなくてろうでできていることをたしかめようと、フィオンは指でつついてみた。

居間にもどると、暖炉《だんろ》の炉棚《ろだな》に火がついたキャンドルがあることに気づいた。それは、この家のなかで一番大きなキャンドルだった――大きくて厚《あつ》い板状《いたじょう》のもので、ぶあついガラスでできた長方形の受け皿のなかにふかぶかとおさまっている。フィオンが不幸のどん底にいるのと同じくらいどっぷりと。全体はうすい灰色だが、芯《しん》に近い部分には、ターコイズブルーやサファイアブルー、アクアマリンといったさまざまな濃淡《のうたん》の青い筋《すじ》でマーブル模様《もよう》が描《えが》かれている。空の青と海の青が溶《と》けあったような線もあるし、フィオンはつい気がついてしまったのだが、学校の制服《せいふく》の色――大っきらいな紺色《こんいろ》のような色――もところどころ混《ま》じっていた。

外のからみあった木々の向こうに太陽がしずみはじめ、部屋がうす暗くなってきた。なにかのにおいがする。なんのにおいかわからないけれど、心のどこかがくすぐられる。

海辺《うみべ》の空気を思いおこすが、それほど鼻につんとくるようなものではない。ほかのものも混じっている感じだ。水？　いや、ちがう。水だけじゃない。フィオンは、目をぎゅっとつぶってみた。答えが自分の骨《ほね》に埋《う》まっている感じがする。目をつぶって意識《いしき》を集中させれば、自分のなかのどこか深いところからそれを引っぱりだし、なんとか言葉にして舌《した》の先から発することができそうだ。

雨水。そう、雨水だ。でも、単なる雨水じゃない——うずを巻《ま》き、あばれ、窓《まど》ガラスにたたきつけるようにふってくる嵐《あらし》の雨水。そして、海。においの中心に、また海を感じる。でも、今度の海のにおいは、はげしくゆさぶられている。まるで荒波《あらなみ》にうかぶ泡《あわ》のような、いや、それとも……。

「フィオン！　ちょっと！」タラが、フィオンの目の前でパンパンと手をたたいた。びくっとして飛びのいたひょうしに、ひじかけいすの横のキャンドルをたおしてしまった。たちまち、においは消えた。今のは、幻覚《げんかく》だったのだろうか。

アーチ形の出入り口の向こうで、祖父《そふ》がティーバッグの入ったマグカップにお湯をそそいでいる。

「わしがキャンドル職人《しょくにん》だということを、姉さんから聞いてなかったのかい？」

フィオンは、非難《ひなん》するようにタラをにらんだ。

「島の外に出たら、そういうことはしゃべっちゃいけないんだと思ってたから。それに、おじいちゃんには悪いけど、正直言って、フィオンはキャンドルなんて興味《きょうみ》ないだろうし」と、タラがめんどうくさそうに言った。

祖父は、タラにダーツを投げつけられたような顔をした。こわれていないコンセントを探《さが》して、怒《おこ》ったように居間《いま》から出ていくタラを見ながら、左目をひくつかせている。

「タラも、悪気はないんだ。母さんが言ってたよ、そのうちああいうのから卒業するだろうって。まあ、まだ時間はかかるかもしれないけど。大人の階段《かいだん》をのぼりはじめたばっかりだからね」

フィオンは、お茶を入れている祖父のもとへ行くと、とりなすようにそう言った。

祖父は、フィオンの肩《かた》をぽんとたたいた。

「おまえが心配する必要はない。ティーンエイジャーのああいう態度《たいど》には、わしは慣《な》れっこだからな」

「悪く思わないで。タラはキャンドルに興味がないだけだから」そう言いつつも、本当のことを言えば、フィオンだってキャンドルなんてどうでもよかった。金魚や数学や姉と同じくらい、キャンドルにもまったく関心はない。自分が、百歳《さい》をこえた年寄《としよ》りでもなければ、すっかり買うのを忘《わす》れていた相手へのクリスマスプレゼントを土壇場《どたんば》で探しているわけでもないのと同じで。

「そう言えば、おじいちゃんは救命艇《きゅうめいてい》に乗ってるんじゃなかったの?」フィオンが、思いだしてたずねた。フィオンが祖父について知ってることは少ない。知ってることと言ったら、おじいちゃんは海を愛し、海もおじいちゃんを愛している（ボイル家の男はただひとりの例外をのぞいてみんなそうだ）とか、救命艇を見ながら大きくなり、十八歳になると同時に救命艇に乗りはじめたとか、そのくらいだ。今思いだしたのは、そういった数少ない情報《じょうほう》のひとつだった。「ぼくの……」

死んだ父さんみたいに、と言いたかったけれど、その言葉はフィオンののどにつかえて出てこなかった。父が死んだ場所にいるということで、なにかしら悲しみが新たになる感じがする。

「以前はな。だが、今じゃあ、家のなかにいるほうが好みだ。昔のように若《わか》くはないんだよ」祖父《そふ》はマグカップのなかのティーバッグをスプーンで取りだすと、シンクに捨《す》てた。そして、それぞれのマグカップにミルクをたらすと、フィオンにひとつわたした。

「どうやらおまえさんは、人の話を真に受けすぎるようだな。それとも、愛国心のかたまりで、船をおりたじいさんをゆるせないっていうやつか？」

フィオンは、祖父について居間《いま》にもどった。

「ここは船に乗るには波が荒《あら》すぎるんだよ。まずみんな、船酔《ふなよ》いする」と、祖父が言った。むかいあったいすに座《すわ》りながら、祖父は「ちがうか？」という顔をした。

「そうだね……ぼくはその……ちょっとばかり……海がこわいんだ」フィオンは、しぶしぶ認《みと》めた。お茶をひと口すすったが、あまりに熱くて、マグカップにもどしてしまった。「波が苦手なんだ……その……どんな波でも」

祖父は、フィオンを見つめ続けた。首を軽くかたむけている。キャンドルの光がはげた頭に沿《そ》ってゆらめき、顔半分にふるえる影《かげ》を落としている。

「海が苦手だなんて、ボイル家の恥《はじ》かな？」

祖父はうーむと考えこんだ。その視線《しせん》はフィオンをこえ、背後《はいご》の壁《かべ》にむけられている。そこでは、今は亡《な》き祖母が写真のなかでほほえんでいた。

「わしの経験《けいけん》からすれば、なにかを恐《おそ》れることを恥《は》じる必要はまったくない。たとえそれがどんなにささいなことでも、だ。おまえのばあさんは、アナティダイフォービア（アヒルに見られることの恐怖症）でひどく悩《なや》んでおったが、知っとったか？」

聞いた瞬間《しゅんかん》に忘《わす》れてしまいそうな言葉だ。

「え？　なにそれ？」

祖父は口の前で両手をあわせ、鳥のくちばしをまねしてみせた。

「ばあさんは、アヒルに見られるのがこわかったんだよ」

フィオンは、祖父を見つめた。

「え？」

「アナティダイフォービアだ」と、祖父はくりかえした。「アヒルに見られている気がしてこわくてたまらない、ということだ」

「……え？」フィオンは、もう一度言った。

「深刻《しんこく》なことだぞ、命にかかわるくらい」そう言うと、祖父はズズーッと、長く長くお茶をすすった。「しまいには、ほんとに命をうばっちまった」

「母さんは、おばあちゃんは悲しみのあまり死んだって言ってたよ」

祖父は、考え深げにあごをなでた。

「いや、ちがう。アヒルのせいだよ、フィオン。まちがいない」

「じょうだんだよね？」

祖父《そふ》の冷静な表情《ひょうじょう》がくずれ、口もとに笑みがこぼれた。祖父がクックッと笑いはじめ、知らぬうちにフィオンも笑っていた。ほっとしたせいか、笑い声がやけに大きくなる。祖父は、マグカップの横を軽くたたいた。

「まったくもって本当に、あり得んくらいばかげた恐怖《きょうふ》だ」

フィオンはいすに体をしずめながら、アヒルをこわがらずにすんでよかったと内心ほっとしていた。

「だがまあ、海には慣《な》れるにこしたことはない。ここはどこもかしこも海だらけだ」

フィオンの笑顔が消えた。

「そこが島のやっかいなところなんだよ」

「そうだな。そして、島ってやつには、とびっきり魅力的《みりょくてき》な老人がついてくることが多い」

ふたりの間に、沈黙《ちんもく》がただよう。祖父は、うすれゆく光のなかでフィオンを見つめていた。シャツのボタンを、音もなくたたいてリズムをきざんでいる。

やがて、祖父は口を開いた。

「で、ダブリンではどうなんだ？　うまくいっとるのか？」

「あんまり。母さんがぼくたちをここに寄《よ》こしたってことから、わかるんじゃないかと思うんだけど……」フィオンは、暖炉《だんろ》をじっと見つめた。心の奥《おく》が、なんだかざわつく。「母さんは、その……ちょっと疲《つか》れちゃって……」声が小さくなる。最後まで言いたくない。

——母さんは、ぼくたちの母さんでいることに疲れちゃったんだ。

そんなことを口にするのはフェアじゃない気がした。たとえそれが真実で、フィオンも母さんも真実だとわかっていても。母さんは、ただ休暇《きゅうか》を取っているだけだ。働いている場所からはなれるのではなく、人からはなれるのが休暇だなんて、おかしな話だけれど。でも、それで母さんがよくなるならいい。今ごろ母さんは、自分のなかに閉《と》じこもるのをやめているだろうか。

祖父は、まだ指を動かしていた。

「すまん。おまえはここに来るしかなかったんだよな。おまえには、なにひとつ選択肢《せんたくし》がない……」

フィオンは、暖炉から視線《しせん》をはずすことができなかった。心の奥のどこかから、ある考えがにじみでてくる。なにか大切なことが、ぽたりぽたりとしみだして広がっていく。

祖父が両ひじをひざにつき、身を乗りだしたので、ひじかけいすがキーッときしんだ。

「だがな、こんな島はほかにはないのだよ、フィオン。どんなに特別なのかは、自分の目で見れば……」

フィオンは、まばたきも忘《わす》れて目をこらした。

暖炉《だんろ》には、なにもない。灰《はい》も、金属《きんぞく》の火格子《ひごうし》も、暖炉の前に置く火よけのついたてさえもない。家のなかもひんやりしている。火をたいたあとのあたたかさが、どこにもない。

フィオンは、祖父《そふ》を見上げた。

「おじいちゃん、暖炉に火がくべられてないってことは、いったいどこから煙《けむり》が出てきてたの？」

祖父は、ほほえんだ。それは、うなじに鳥肌《とりはだ》がたつようなほほえみだった。フィオンの視界《しかい》のすみで、キャンドルの炎《ほのお》がきらめく。炎が返事をするかのように、上に向かってすーっとのびた気がした。

「煙はどこから来てたの？」フィオンは、もう一度たずねた。

祖父は笑った。だが今回は、どこかかわいたほこりっぽい笑い方だ。さっきのような腹《はら》の底からの笑い声ではなく、体のどこかほかから聞こえてくるような。祖父は組んでいた足をおろして立ちあがると、むきかけのニンジンを急に思いだしでもしたかのように、キッチンへゆっくりもどっていった。

フィオンは、ふたたび火の気のない暖炉に目をやった。胸《むね》に不安を感じながら。

3. ビーズリー家の少年

「バートレイ・ビーズリーが、たった今フェリーからおりたわ」

翌朝《よくあさ》、朝食のポリッジ（おかゆ）をかきこんでいるフィオンに、タラが言った。フィオンの髪《かみ》はおでこにぺったりはりつき、目はまだ覚めきっていない。遠く岸壁《がんぺき》にくだける波の音が耳からはなれず、ひと晩《ばん》じゅう寝《ね》がえりをうってばかりいたのだ。夢《ゆめ》のなかで水は指の形になり、岬《みさき》をはいあがってフィオンを底なしの海へと引きずりこんだ。

「ああ、バートレイ・ビーズリーか……」祖父は買ってから一週間は経《た》っていそうなバナナを切ってポリッジに入れながら、反応《はんのう》した。「バートレイ・ビーズリー、どちらも同じバ行ではじまる語呂《ごろ》がいい名前だから、忘《わす》れようがないな」

タラはメールを打つ手をとめて、祖父をじろりとにらんだ。

祖父は、バナナの最後のひと切れをナイフからじかに食べながらクックッと笑った。

「で、今年の夏は、バタバタそうぞうしいビーズリー家の人間が、この島にさらに増《ふ》えるのか？」

「ビーズリーの人たちは、こっちがぼやきたくなるほど魅力的《みりょくてき》だって聞いてるけど？」と、フィオンが言った。

祖父《そふ》は、にやりと笑った。

「そうだぞ。見とるだけでべろんべろんになっちまう」

「どうしても知りたいんなら言うけど、バートレイは妹を連れてきてる。その子、この島に来るのが初めてなんだって。あちこち案内する約束をしたの」タラが、とても真剣《しんけん》な顔で言った。

「妹？　ブサイクなんじゃないの？」と、フィオンが言った。

祖父はマグカップの縁《ふち》ごしにタラを見ながら、紅茶《こうちゃ》をすすった。

「ぼっちゃん・ビーズリーの妹なら、べっぴんさんに決まっとる」

フィオンは、フガッと鼻を鳴らした。

「ああ」ふたりがバ行の言葉で遊んでいることにようやく気づいたタラは、怒《おこ》ったように目を細めた。「ハイハイ、超《ちょう》笑える。でも、残念ながらその子の名前は、バービーでも、ベッキーでもなくて、シェルビーだから。おじいちゃんたち、バカ丸だしだわ」タラはやってられないと、席を立った。そして、肩《かた》にかかった片方《かたほう》の三つ編《み》み《あ》をいきおいよく後ろへはらうと、先入観のかたまりだの、ほんとに子どもだのと、ぶつぶつ言いながら部屋へもどっていった。

祖父は、言いすぎたと反省《はんせい》しているような顔をした。でも、それもタラの姿《すがた》が見えなくなるまで。タラがいなくなるとすぐ、フィオンに向き直ってこう言った。

「バカ丸だしだとよ」

「タラたちこそ、バ､カ､ッ､プ､ル､だよ」フィオンは、首をふった。

ふだんならフィオンは、超イケてるバートレイ・ビーズリーをこけにするほどバカではない。なんせバートレイは、タラがおおっぴらに恋《こい》をしている相手だ。去年の夏この島でバートレイと出会ったタラは、その時もらった青いミサンガを、かたときもはずそうとしない。シャワーを浴びる時もつけっぱなしだなんて、気持ち悪い話だ。バートレイは、ダブリンの南にあるブレイという町で、ガラス張《ば》りの大邸宅《だいていたく》に住んでいる。十四歳《さい》で、スニーカーのかわりにデッキシューズをはき、水泳のオリンピック代表チームの練習に参加している。髪《かみ》にジェルをぬりたくって上へ盛《も》りあげ、ちょっとひねりあげた完ぺきな髪型《かみがた》は、いかにも金持ちっぽい。

バートレイ・ビーズリーは、タラのファーストキスの相手でもあった。別にフィオンがそんなことを知りたかったわけではない。半年前、タラが電話で話しているのをぐうぜん聞いてしまっただけだ。

そんなこんなで、フィオンにとってバートレイは、史上サイアクな男だった。でも、一時間後にタラが、フィオンぬきでバートレイやその妹といっしょに出かけると言いだすと、フィオンは傷《きず》つかずにはいられなかった。

「あたしたちには計画があるの、フィオニー。秘密《ひみつ》の冒険《ぼうけん》に出かけるんだから」

「ぼくだって、冒険は好きだよ！」フィオンは、つとめてさりげなく言った。

タラは、弟をちらりと見た。リップをぬったばかりのくちびるがゆがんでいる。まっ黄色のセーターを着ているせいで、まるでレモンのようだ。

「それとこれは全然ちがうの。今は、全部説明している時間はないから」

フィオンは、連れてってとたのむ気にはなれなかった。ほんとはものすごくいっしょに行きたいけれど、その気持ちをタラに知られるなんて、まっぴらごめんだ。

「おじいちゃんと出かけたらいいじゃない」タラは、裏庭《うらにわ》のほうを手で示《しめ》した。そこでは祖父《そふ》が作業台にかがみこんでろうのかけらを溶《と》かし、新しいキャンドルを作っている。「おじいちゃんのこと、おもしろい人って思ってんでしょ?」

そう言うとタラは出ていき、フィオンはひとりぽつんと残された。まわりのキャンドルたちが肩《かた》を寄《よ》せあい、「友だちなんて、わたしたちにだっているのにねえ!」と無言で語りあっている。こんな孤独《こどく》は初めてだ。ここにこうしているのと、あのままダブリンのアパートで、テレビを見ているようでほんとは見ていない母さんをただ見つめてすごすのと、どっちがましだったのだろう。

このままは、いやだ。

フィオンは外に走り出た。のび放題の雑草《ざっそう》のなかにソックスが埋《う》もれる。タラが曲がりくねった道を歩いていくのが見える。岬《みさき》のほうへ。冒険《ぼうけん》に向かって。呼《よ》びとめようか、それとも靴《くつ》をはいてあとを追おうか……でも結局、カモメの鳴き声を聞きながら、ただその場につっ立っていた。

フィオンは、体の奥《おく》からわき起こる感覚、骨《ほね》が今にも皮膚《ひふ》をつきやぶり、なんとかして海にたどりつこうとしている感覚を無視《むし》しようとした。

十一時半になり、作業台をはなれた祖父がぶらりと家のなかに入ってきた。フィオンは、古い百科事典の〈か行〉の巻《かん》を手に、火山について調べるふりをしていた。祖父は、灰色《はいいろ》のろうがこびりついた指でフィオンの手に五ユーロ札《さつ》をおしこむと、ティーバッグの紅茶《こうちゃ》をすぐ買ってこいと言った。

「わしのお気に入りのやつを買ってきてくれよ。まちがえたら、家から追いだすぞ」

「あとじゃだめなの？　それか、明日は？」と、フィオン。

「ベスビオ火山は、おまえがもどってくるまで待っとってくれるさ」祖父はそう言うと、窓《まど》のほうを手で示した。よごれてくもった窓ガラスから、太陽の光がひとすじさしこんでいる。

「家のなかに閉《と》じこもってばかりいちゃ、いろいろ見のがしちまうからな」

「見のがすって、なにを？　見かけによらず冷たいおひさまの光とか？」

祖父が玄関《げんかん》ドアをぐいっと開けると、波止場でふいていたあの奇妙《きみょう》な風が部屋のなかに入ってきて、フィオンの体を包みこんだ。

「その皮肉屋根性《ひにくやこんじょう》は持ってけよ。でもって、そいつを石の下にでも埋めてから、わしの紅茶を持って帰ってきてくれ」

フィオンは百科事典をゆっくり下におろした。

「ポンペイでなにが起きたか、ほんとに知りたいんだけど」未練《みれん》がましく言った。

祖父《そふ》は両腕《りょううで》を広げると、ドドーンと火山が噴火《ふんか》するような音を立てた。

「大噴火だよ。みんな死んだ。悲惨《ひさん》な出来事だ」

「ネタバレはやめてよ」フィオンは、ぶつぶつ言った。「おじいちゃんもいっしょに行く？」

作業台にもどりかかっていた祖父は、半分ふりかえってえらそうに言った。

「行かない」

ほんとに必要な買い物なのかな。五ユーロ札《さつ》を見つめながら、フィオンは考えた。人は食べ物や水がなくても十日は生きのびることができる、と読んだことがある。紅茶《こうちゃ》はどうだろう？

玄関《げんかん》ドアを後ろ手に閉《し》めると、風におしだされるように庭へ出た。イバラのしげみが、いってらっしゃいがわりにフィオンをひっかく。フィオンは、岬《みさき》の向こうの水平線に目をやった。手前の崖《がけ》がこちらに向かってきた気がして、思わず声が出そうになる。まばたきすると、もとどおりになっていた。下には、なにごともなかったかのように海が広がっている。

――ちょっと行ってくるだけだから。

フィオンは、自分に言い聞かせた。と、その時、海がとどろき、風に運ばれてきた水滴《すいてき》が、フィオンの舌《した》に落ちた。波しぶきの味がする。

だが、見おろすと、海はまるで湖のように静かだった。朝の光を受け、波もなく輝《かがや》いている。

──ただの島だ。

そう、ほんとに、ただの島。空で鳥の群《む》れがやかましく鳴いたのに、見上げると鳥は一羽もいないなんてことが何度かあったとしても。そのかわりに空にうかぶのが、たったひとつの雲か、もしくは──。

一羽のカモメが頭すれすれに舞《ま》いおりてきて、びくっとしたフィオンは思わず飛びあがった。今どき、古いサイレント映画《えいが》でしかお目にかかれないようなおどろき方だ。さっきまでカモメなんて、どこにもいなかったのに──でも、いざその姿《すがた》を頭上に探《さが》すと、カモメの姿はこつ然と消え、鳴き声が風に運ばれてきただけだった。

これが、タラが言っていた秘密《ひみつ》というやつなのか？　まるで、島は生きているみたいに変化し、広がり、まばたきするということか？

それともこれは、単なるゲームの禁断症状《きんだんしょうじょう》？

フィオンは、あたりを注意深く見てみた。草の背《せ》が高くなると同時に低くなる。道路わきのあおあおとした草が、あっという間に茶色い枯草《かれくさ》に変わる。一瞬《いっしゅん》で干《かん》ばつだ。むらさき色の花が、おもちゃの兵隊みたいに道に沿《そ》って一列にならんでいる。だが、ちょっと長めのまばたきをしている間に、光がきらめき、花は消えてしまった。

──いったい、どうなってるんだ？

また花が現《あらわ》れた。消えないうちに、急いでぐいっと引っこぬく。そのひょうしにしりもちをつき、そのまま坂をすべったのでジャージのズボンに土がついた。フィオンはあたりを見わたした。だれも見てなかったな。よかった。ぴょんと立ちあがると、しおれた花をしっかりにぎりしめた。よし！　もうはなさないぞ。これが、ぼくの頭はおかしくないという証拠《しょうこ》だ。

港の近くには、小さな店や家が集まっている。そこに着くころには、フィオンはむらさき色の花をかなりたくさんにぎりしめていた。島を調べるのにいそがしかったので、フィオンはぶつかりそうになるまで、行く手に少女が現《あらわ》れたことに気づかなかった。

「わ！」フィオンは、あわてて止まった。「ごめん。見てなかったよ」

その少女は、フィオンと同じくらいの背格好《せかっこう》で、年も同じくらいに見えた。肩《かた》の下まであるグレーがかった金茶色のストレートの髪《かみ》。大きくて、キュッと口角があがった口。きらきらした大きな目でフィオンをじっと見た。少女はかじりかけのアイスキャンディーを、フィオンにつきつけた。二色のアイスがぐるぐる巻《ま》きになった〈ツイスター〉というやつだ。

「わたし、推理《すいり》ならお手のものなの。あなた、タラ・ボイルの弟でしょ？」

「ああ、血がつながってるっていう意味ではね」と、フィオンは残念そうに言った。「ぼく、フィオン」

「わたしはシェルビー」アイスキャンディーをなめながら、シェルビーは頭で雑貨店《ざっかてん》を示《しめ》した。バートレイとタラが、アイスクリームのケースをのぞきこんでいる。「あのふたり、ずっとあしてんの。六つしか選択肢《せんたくし》はないのに」

やれやれと目をぐるりと回したシェルビーを見て、フィオンは、この女の子は自分と同じ悩《なや》みを持ってるな、と思った。きょうだいに関する悩みっていうやつだ。この子とはうまくやれる——フィオンは、そう確信《かくしん》した。

「きみたち、どこ行くの？」フィオンは目に好奇心《こうきしん》が現れすぎないように、何気ない素《そ》ぶりで聞いた。

「〈海の洞《どう》くつ〉を探《さが》しに行くの」シェルビーの歯の矯正用《きょうせいよう》ワイヤーが、太陽の光を受けてウインクするように光った。まゆげの形が完ぺきな弓なりになっていて、わくわくしているその表情《ひょうじょう》は、まるでアニメのキャラクターのようだ。

「去年、バートレイは見つけられなかったんだけど、それはわたしがいっしょじゃなかったからよ。わたし、冒険《ぼうけん》のセンスはバツグンなんだ。担任《たんにん》の先生は『あなたはどうでもいいことにばかり、時間を使いがちね』って言うんだけど」シェルビーは、先生のモノマネをしながら言った。「でも、それって、先生がわたしのことをきちんと、人として理解《りかい》していない証拠よ。あと、先生本人が、超《ちょう》タイクツな人だってこともあるけど」

フィオンは失礼なくらいじっと、シェルビー・ビーズリーを見つめた。

シェルビーも、ますますきらきら輝《かがや》く目で、フィオンを見つめかえしてきた。

「実際《じっさい》、見つけるのはとってもかんたんなはずなのよ。そんなに広い島じゃないんだから。でも、そんなこと、バートレイには言わないでね。能《のう》なしって言われたように感じちゃうだろうから。あなただって、あの洞《どう》くつがどこにあるか、なんの手がかりもつかんでないんでしょ？」シェルビーが期待をこめて聞いた。

フィオンは、首をふった。

「きみ、島の地図を持ってるの？」

「持ってたって意味ないわよ！〈海の洞くつ〉が地図にのってるわけないでしょ！」シェルビーは、バカも休み休み言ってよという顔でアイスキャンディーをふった。「理由があって、かくされてるのに」

「そうなんだ？　どんな理由？」

「魔法《まほう》の洞くつ、だからよ」なに当たり前なことを言ってるの、と言わんばかりだ。

フィオンは、シェルビーがにやにや笑いはじめるのを待った。だがシェルビーは、口をきゅっと真一文字に結び、相変わらずじっと見つめかえしている。

「ねえ、どうしてそんな顔してるの？」

フィオンは顔の表情《ひょうじょう》をゆるめようとしたが、眉間《みけん》に寄《よ》ったしわがもどらない。

「今、『〈海の洞くつ〉は魔法の洞くつだ』って言った？　ぼくの聞きまちがい？」

「言ったわ」シェルビーが、平然としている。「わたし、話し方の授業《じゅぎょう》を取ってたから、きちんと言えたはずだけど？　選択《せんたく》科目で、フェンシングかどちらか選ぶことになって、わたしは十六世紀《せいき》の王さまじゃないから剣《けん》の使い方より話し方の授業のほうがいいと思ったわけ」

「その洞くつは、どこがどう魔法なの？」フィオンは、話をもとにもどした。

「うーん、熱心な地質《ちしつ》学者さんなら、洞くつはどれも、ある種の魔力を持ってるって言うでしょうね。でも、〈海の洞くつ〉は、ほんとの魔法。願いをかなえてくれるのよ」

「まさか……あり得ない」フィオンは、うたがわしげに言った。

シェルビーは、まゆをひそめた。

「わたしを信じられないの？」

「信じられないね。でも、フェンシングの授業に関しては、きみの判断《はんだん》は正しいと思うよ」

シェルビーは、フィオンがにぎりしめている花の残がいを指さした。

「それ、見せてくれない？」

フィオンは、花をわたした。

シェルビーは顔をしかめながら、しおれかけた花の束をあらゆる角度から見た。

「わたしのママなら、こんな花をもらったらショックで眠《ねむ》れなくなっちゃう。バレンタインデーに、パパが赤いバラのかわりにピンクのバラを買ってきたことがあったんだけど、その時、ママはパパと丸一週間も口をきかなかったんだから。こんなしおれた花束をもらったら、落ちこんじゃうと思う。つまりね、えり好みするつもりはないんだけど、わたし、花はこんなふうじゃないほうが好きっていうか……なんて言ったらいいのかな？　これって、見るも無残っていうか、取りかえしがつかないほどひしゃげてるっていうか……」

「きみに『わーきれい』って言ってもらうために用意したわけじゃないから」

「それはよかった。じゃあ、ここでさよならしてもいいってことね？」

フィオンが返事をするより早く、シェルビーは花を空中にはなった。しなびた茎《くき》やくしゃくしゃの花びらが、紙吹雪《かみふぶき》のように宙《ちゅう》を舞《ま》う。

「おい、ちょっと……」と言いかけて、フィオンはおどろきのあまり言葉を失った。

茎が一本また一本と、地面に触《ふ》れると同時に吸《す》いこまれていく。続いて花びらも次から次へと。順番を待っていたみたいに吸いこまれる。

そこにもう花がないことを確認《かくにん》するかのように、フィオンは砂利混《じゃりま》じりの地面に靴《くつ》をこすりつけた。もしかしたら地面のどこかにかくれているかもしれないから。そして、わけがわからないという顔でシェルビーを見た。

「花はどこに行ったの？」

「見て」シェルビーは、道の端《はし》までスキップして行った。ぎくしゃくと体の向きを変えたフィオンは、まばたきするのも忘《わす》れるくらいびっくりした。

雑草《ざっそう》だらけの道端《みちばた》に、ひとつまたひとつと、さっきの花がふたたび芽を出してはつぎつぎと花を咲《さ》かせている。

シェルビーはその花を引きぬくと、小さな束にしてフィオンの顔につきつけた。

「さあ、説明してみてよ」得意気な顔をしている。

フィオンは花を受け取ると、ひっくりかえしてまじまじと見つめた。ゆうに十秒は言葉が出なかった。やっぱり、さっき見たのは幻覚《げんかく》でも想像《そうぞう》でもなかったんだ。おかしいのはぼくの頭じゃなくて、まわりの地面のほうだったんだ。フィオンは、頭をふった。これはもう信じないわけにはいかない。

「説明は……無理だ」

これが魔法《まほう》ってやつか。フィオンはそう思った。

魔法。

――マジかよ。

シェルビーは、満足気にアイスキャンディーにかぶりついた。

フィオンは手のなかの、ぬいたばかりの花をじっと見た。ダブリンで経験《けいけん》した、一番魔法っぽいことと言ったら、バス停で五ポンド札《さつ》を見つけたことぐらいだ。あのとき、見つけたのはぼくなのに、母さんは「タラと半分ずつよ」と言った。そしてタラは、せっかくのお金をヨーグルト・レーズンなんかに使ってしまったんだ。

「この花、いったいどこから来たの？」

シェルビーは、食べかけのアイスを口から引っぱりだした。

「ちょっと待って。ダグザのこと、なんにも聞いてないの？」

「ぼくは、きのう、ここに着いたばかりなんだ」ついつい言いわけがましくなる。

――頭が爆発《ばくはつ》しそうだよ。

ほかにも、知らないことがいろいろありそうだった。

「でも、これまでに名前ぐらい聞いててもいいのに。だって、あなた、ボイル家の人間でしょ？　ここはあなたのふるさとなんだもの」

フィオンは、店のなかをちらりと見た。タラが、ようやくアイスのお金をはらっている。バートレイはタラの後ろをうろうろしている。まるで、かたときもはなれない大きなヤシの木のようだ。ダグザについて――ダグザがだれか知らないけれど――話す時間はたっぷりあったのに、タラは話さなかった。この一年、タラは口を開けば、「バートレイ」のオンパレードだった。

フィオンがぼうぜんとしているのを見て、シェルビーは目の前でアイスキャンディーをふった。ひと口残っていたアイスキャンディーが、フィオンの目の前で緑と白のぼやけた筋《すじ》になる。

「気にすることないわ。ここまで話したんだもの、わたしがついでに教えてあげる」

まかせて、とシェルビーが胸《むね》を張《は》ったので、日光がシェルビーの歯の矯正用《きょうせいよう》ワイヤーに当たった。まぶしくて、フィオンの目が一瞬《いっしゅん》くらむ。

「昔むかし――まだ道路もスナップチャットもコンピューターもない、それどころか家さえもないような昔の話よ。魔力《まりょく》をあやつる魔導士《まどうし》、そのなかでも最強の魔力を持つふたりが、まさにここ、アランモアの海岸で戦った。ひとりは、〈大地の王〉ダグザ。サイコー！」シェルビーはおおげさに両手の親指を立ててみせ、すぐに下に向けた。「もうひとりは、〈闇《やみ》の女王〉モリガン。サイテー！」

「きみ、なかなかうまく話すね」と、フィオンが言った。

シェルビーはフンと鼻を鳴らすと、港のほうを頭で示《しめ》した。

「ダグザはモリガンをたおしたあと、自分の魔法をこの島に残した。何か所かに分ける感じでね。〈海の洞《どう》くつ〉は、ダグザが残してくれたもののひとつなの」そう言うと、シェルビーは残りのアイスキャンディーを口に入れ、口のまわりをぺろりとなめた。「うちのおばあちゃんによると、〈海の洞くつ〉は、見つけた人の願いをかなえてくれるんですって。でも、見つけるのはものすごく大変よ。超危険《ちょうきけん》なことは言うまでもないし。でも、それって、夏休みの冒険《ぼうけん》にはもってこいじゃない？」

「願いがかなう……か」フィオンの好奇心《こうきしん》に火がついた。その火は、夏の太陽のようにあたたかく、金色に輝《かがや》いている。「それって……願いごとはなんでもいいの？」

シェルビーの目が、また輝きだす。ゆるぎない自信が目の輝きにあらわれていた。

「もちろん。だって、魔法なのよ！」シェルビーは、少し息をはずませて言った。

ドクン、ドクン。心臓《しんぞう》があまりにも大きな音で鳴るので、フィオンはシェルビーにも聞こえるんじゃないかと思った。信じるのが……希望を持つのがこわかった。でも……。フィオンは、にぎりしめた花を見つめた。おじいちゃんの暖炉《だんろ》には、まちがいなく火の気はなかった……。

「で、きみたちはどうやって……」

「おい、ボイル！」バートレイ・ビーズリーが、不意にフィオンの言葉をさえぎった。まるでファッションショーのモデルのように、自信たっぷりに大またで店から出てくる。バートレイはシェルビーをひじでおしのけると、形のいい鼻を上に向け、フィオンを見おろした。

バートレイは、フィオンがにぎりしめている花を示《しめ》すと、

「おれの妹を口説《くど》くつもりか？」と聞いた。

フィオンは、まるで火でもついたかのように、ぱっと花をはなした。

「え？　ちがうよ！」

バートレイは、「ハ、ハ、ハ！」と、わざとらしく一音ずつ切りながら笑った。アイスキャンディーにさっそくかぶりついていたようで、〈カリッポ〉のかすかなオレンジ色がくちびるについている。「落ち着けよ、ボイル。心臓発作《しんぞうほっさ》を起こすぞ」

姉が夢中《むちゅう》な相手を前にして、フィオンは自分でもおどろくぐらい動揺《どうよう》していた。タラに写真を見せられた時から、なにもかも気に入らなかった。たしかにバートレイは背《せ》が高い（髪《かみ》のおかげで少なくとも七センチは上乗せされている）。しゃれた（というか、気どった）セーターを着ている。でも、やっぱり鳥みたいだ。細くとがったあご、ビーズのような目、ほほえむということを知らなさそうなすぼんだ口。キュッと口角があがった、シェルビーの大きな口とはまったくちがう。シェルビーの口は、今にもジョークを言いだしそうだ。

バートレイは、自分の鼻の横をたたいた。

「マラキーの大きな鼻が遺伝《いでん》したようだな」

フィオンは、きれいになでつけたバートレイの髪をにらみつけると、「ぐしゃぐしゃになれ！」と念じた。それにこたえるようにはげしい風がふきつけ、ジェルでかためて整えてあったバートレイの髪がくずれ、乾燥機《かんそうき》に頭をつっこんだような髪型《かみがた》になってしまった。

「フィオン！」タラが猛《もう》ダッシュで店から飛びだしてきて、〈マグナム〉のホワイトチョコレートアイスを、まるで剣《けん》のようにフィオンにつきつけた。「ここでなにやってんの？　あたしに恥《はじ》をかかせたらゆるさないわよ！」

フィオンは「レモンみたいなそのまっ黄色のセーターを着てるだけで、じゅうぶん恥《は》ずかしいだろ」と言いたかったが、やめておいた。そのかわり、

「シェルビーから、ダグザの話を聞いたところさ」と言った。目を細めて、「タラから聞いてたから、知ってることばかりだったけど」とつけたす。かえって傷口《きずぐち》に塩をぬった感じがして、思わずくちびるがゆがんだ。

タラがシェルビーをにらんだ。

「あたしが教えるつもりだったのに」

シェルビーは、自分がはいているコンバースを見つめた。うす茶色の髪が、カーテンのように顔のまわりにたれる。

「そうなの？」

「いつ教えるつもりだったんだよ？　時間ならたっぷりあったじゃないか」フィオンが、強く言った。

「そんな大げさな。ちょっと先のばしになってただけじゃない」

「これからどこに行くか、こいつに言ったんじゃないだろうな、シェル？」バートレイは、妹をにらんだ。

「もちろん言ったわよ」

「チッ、おしゃべりだな」バートレイは、舌打《したう》ちするとにらんだ。「おまえ、秘密《ひみつ》を守るってことを、一回ぐらいマジで覚えろよ。さもなきゃ、ばあちゃんに家に送りかえしてもらうぞ。おれたちの計画を台なしにさせないためにな」

タラは、フィオンの額《ひたい》を指でついた。

「あたしたちの行き先をおじいちゃんに言ったら、あんたのティーシャツを全部切りきざんでやるから。おじいちゃんにばれたら、あたし殺されちゃうよ」

「ぼくも連れていけばいい」フィオンは、言ってみた。あの願いがかなうなんてあり得ない。でも、もしかしたら……と、思うだけで、胸《むね》がドキドキする。

「だめだ」バートレイが、きっぱりと言った。

たった三文字だが、胸にずしんとこたえる言葉だ。

「だめよ」タラも口をそろえると、いたいところをついてきた。「〈海の洞《どう》くつ〉なの。あんた、海がこわいんでしょ？　ここに来るのにフェリーに乗らなきゃならないって聞いただけで泣いてたじゃない」

フィオンは、ぐっと息を飲みこんだ。目がヒリヒリする。ヒリヒリしている場合じゃないのに。たとえバートレイ・ビーズリーが、友情《ゆうじょう》という名のドアを目の前でバタンと閉《し》めたとしても。たとえ一番かくしておきたい秘密を姉に引っぱりだされ、みんなの前でこれみよがしに暴露《ばくろ》されたとしても。たとえシェルビーがとつぜん、傷《きず》ついた動物を見るような目でフィオンを見はじめたとしても。フィオンは大きく深呼吸《しんこきゅう》すると、体の横でにぎりしめていた両手のこぶしをゆっくり開いた。

「タラは、家にだれもいないと、まだ人形遊びをしてるんだよ」

タラは、アイスクリームにむせそうになった。

「人形どうしで、彼氏《かれし》を取りあっては平手打ちをくらわすなんていうのをやってるんだよな？」

タラに向けたバートレイの目に、あからさまな嫌悪感《けんおかん》がうかぶ。

「それはスキャンダラスだわね」と、シェルビーが言った。

「フィオン！」タラがあえぐようにさけんだ。ほおが、あっという間にピンクに変わる。

「しかけてきたのは、タラのほうだろ！」と、フィオンが言った。

「ちがう。そっちでしょ。ほんと、イヤなやつ！」タラはきびすをかえすと、バートレイのそでを引っぱった。

「ねえ、さっさと行こうよ」

フィオンは、もうなにも言わなかった。ただ、そこに立って、三人が行ってしまうのを見ていた。

シェルビーは、「お気の毒にね」という感じにアイスの棒《ぼう》をふった。バートレイはタラになにか（たぶん、おもしろくもなんともないこと）をささやいた。タラはそれを聞いてヒッヒッと変に高い声で笑い、フィオンのことは完全に無視《むし》した。

フィオンは三人の後《うし》ろ姿《すがた》をじっと見つめた。さっきの花が足もとでつぶれている。そんなに三人のあとを追っていきたいのか、となじっている。

三人を追いかけるかわりに、フィオンはタラたちがアイスクリームを買っていた小さな雑貨《ざっか》店《てん》に入って、祖父《そふ》にたのまれたティーバッグを一箱と、ミルクチョコレートをひとつ取った。

カウンターの上に商品をすべらせると、店の主人がにっこりほほえんだ。しわだらけでかさかさの肌《はだ》。白髪《しらが》混《ま》じりの髪《かみ》は感電でもしたかのように、四方八方にはねている。

「おまえさんはマラキーの孫だな？　わしのぼうしをかけてもいい」

「ぼうしなんてかぶってないじゃないですか」さすがに、最高の笑顔では対応《たいおう》できなかった。

「でも、おじいちゃんのことは当たりですよ。だから、ぼうしのことはどっちでもいいかな。ぼく、フィオンです」

主人は、風に鳴るウインドチャイム（澄んだ音色を持つ打楽器の一種）のようなかん高い笑い声を立てた。そして、えんえんと笑い続けてから言った。

「で、マラキーの調子はどうだい？　ここんとこ、あいつの姿をあまり見かけんが。買い物はだいたい、丘向《おか》こうのローズがあいつの分もしとるようだし」

「おじいちゃんなら、元気です。ありがとう」フィオンは、反射的《はんしゃてき》にそう答えた。母のことをだれかに聞かれるといつでもこう答えるくせがついていたので、ついぽろっと口から出てしまった。正しい答えだったかどうか、実際《じっさい》のところはわからない。

「次の嵐《あらし》のこと、なにか言ってなかったかい？」と、店の主人が聞いた。

フィオンは、首をふった。

「あの……なにも言ってなかったと思います」

その時男がひとり、陳列棚《ちんれつだな》の向こうからふらっと出てきてドアのそばの雑誌《ざっし》コーナーに陣取《じんど》った。ふたりはそれに気を取られ、一瞬《いっしゅん》だまりこんだ。その男は、フィオンがこれまで見たことがないほどまっ赤な髪をしていた。サクランボより赤い。消防車よりも赤い。しかも、まだ足りないとでも言うように、おそろいのまっ赤なひげをたっぷり生やしている。

店の主人は、うさんくさそうにその男をじろじろと見た。口がへの字になっていく。

「みょうちきりんなかっこうの野郎《やろう》だな」と、声を落として言った。

フィオンは、肩《かた》ごしにふりかえって、その男をよく見ようとした。まっ赤な髪は複雑《ふくざつ》に編《あ》みこまれている。鎖骨《さこつ》までとどくほど長いあごひげは、先が小さな二本の三《み》つ編《あ》みになっている。フィオンから見えているほおは、これまたまっ赤だ。こんな気温の高い日に、あんな厚手《あつで》の黒いタートルネックを着ているからだろう。

「ダグザのようなひげだな」ティーバッグとミルクチョコレートを紙ぶくろに入れながら、店主がつぶやいた。

――またダグザ！　そいつを知らないのはぼくだけってことか？

フィオンは代金をわたした。

「ありがとう」

紙ぶくろをフィオンにわたしながら、店主が首をふった。

「店のおごりだ、ぼうず」

フィオンは、手のなかのしわだらけの五ポンド札《さつ》をちらりと見た。

「ほんとに？」

「ああ。〈嵐《あらし》の守り手〉に」そう言うと、店主はウインクした。「ドナルがよろしく言ってたと伝えてくれ」

「わかりました」フィオンはそう言うと、〈嵐の守り手〉なんて変わった呼《よ》び方《かた》だなと思いながら紙ぶくろをわきにかかえた。くるりと向きを変えると、赤い髪《かみ》とひげの男と視線《しせん》があった。手にした雑誌《ざっし》が、だらんとぶら下がっている。店主が赤毛の男について言ったことが本人に聞こえていないといいなと思いながら、フィオンは自分の足もとを見つめ続けた。連帯責任《れんたいせきにん》のような気がしていたのだ。

「おまえさんは、よく似《に》てる」店主が、後ろから声をかけてきた。「うす気味悪いほどそっくりだ。おまえさんが入ってきた時、思わずもう一度見てしまったよ」

フィオンは、ドアの前で立ち止まった。

「おやじさんに、という意味だ」店主が言った。声が少しこもっている。「おやじさんは、わたしの息子《むすこ》といっしょに学校に行ってた。ずいぶん昔のことだ。でも、ついこの間のことのような気がする」そう言うと、主人は首をふった。悲しい思い出も、ぼうしのようにふり落とせるみたいに。「おまえさんのなかにあいつの面影《おもかげ》を見ることができるのは、マラキーにとっても、うれしいことだろうよ」

フィオンは、これ以上店の主人の言葉を聞きたくなかった。さっと手をふって外へ出ると、そこに落ちていた花に目もくれず、その花が帰りの道端《みちばた》にふたたび芽を出しても気づかずにいた。父のことは考えたくなかった。父と自分が、同じ目、同じ鼻、同じ顔をしているということも。

父とは一度も会ったことがないということも。

写真を見たことはあった。自分が成長するにつれ、父に似てきたことにもおどろいていた。でも、だからといって、父のかわりにはなりたくなかった。フィオンは、ただフィ、オ、ンでいたかった。むしろ、父が海の底の救命艇《きゅうめいてい》から解《と》きはなたれ、自分のかわりになってくれたらいいのにと願っていた。あまりにも強くそう願っていたので、フィオンはほとんど毎晩《まいばん》その思いとともに寝《ね》つき、ほとんど毎朝その思いとともに目覚めていた。生まれてこの方、この思いはずっとフィオンの魂《たましい》と心の間のささくれだったところにあり、結局かなうことはない願いだと何度も思い知らされた。

祖父《そふ》の家に帰り、フィオンは買ってきたティーバッグを電気ケトルの横にしまった。そこにあったほとんど手つかずの紅茶《こうちゃ》の箱が、フィオンに意味ありげな視線《しせん》を送ってきた。居間《いま》にもどると祖父のいすに腰《こし》をおろし、百科事典をまた開いた。目がかすみ、ページに書かれた文字がどこかへにげていく。フィオンがかなえたい願いは、頭のなかからゆっくりはい出て、胸《むね》のなかに居すわった。

4. 海にいどむ女

真夜中をすぎたころ、フィオンはさけび声がのどにつかえたまま、ぱっとベッドの上に起きあがった。額《ひたい》の汗《あせ》をぬぐい、タラといっしょに使っているこのせまい部屋をぐるりと見まわした。月明りがカーテンのすきまからさしこみ、壁《かべ》に奇妙《きみょう》な影《かげ》を投げかけている。

タラがため息をつくと、ベッドで寝がえりを打った。フィオンには、タラがまだ魔法《まほう》の〈海の洞《どう》くつ〉を発見できていないことは、わかっていた。でもなにをしていたにせよ、ほとんど一日じゅう出かけていた。

――明日またトライしてみるつもり。冒険《ぼうけん》なんてそんなもんよ、フィオニー。ちょっとは手間ひまがかかるものなの。

今回は、フィオンも連れていってくれとはたのまなかった。ことわられるに決まっているからだ。タラはフィオンに人形遊びを暴露《ばくろ》されたことを、まだ気に病んでいた。どっちにしろ、変わらぬ事実がある。フィオンは海がこわいのだ。今や、だれもがその事実を知っている。

タラは正しいということが、フィオンをいらだたせた。自分は意気地《いくじ》なしなのだ。どうした

ら勇気を出せるのかわからない。映画《えいが》『ロード・オブ・ザ・リング』を見るたび想像《そうぞう》したのは、だれもが戦いに突入《とつにゅう》していくなか、ひとり馬に乗り、全速力でその場から走り去る自分の姿《すがた》だった。自分以外全員がヘルム峡谷《きょうこく》で戦っているのに、自分はのどかなホビット庄《しょう》にもどり、サンドイッチを作っている。

とはいえ、フィオンは〈海の洞《どう》くつ〉のことを考えるのをやめられなかった。この島のどこかに願いごとがかなう場所がかくされているとして、そこに行くだけの勇気を自分は持ちあわせているのか？　父さんと同じ運命が待ち受けていたらどうする？　フィオンは、海草や海の泡《あわ》をかきわけ、声をかぎりに願いごとをさけびながら洞くつのなかへ泳いでいく自分を想像しながら、眠《ねむ》ってしまっていた。洞くつがフィオンを飲みこんだところで、フィオンははっとして目を開き、眠りから覚めたのだった。

ベッドからすべりおりると、廊下《ろうか》へ出た。キャンドルがつまった棚《たな》を指でなぞる。祖父《そふ》のいびきが、せまいコテージのなかにひびいている。

居間《いま》に入ったフィオンは、暖炉《だんろ》の炉棚《ろだな》の上にある大きなキャンドルに、まだ火がついていることにおどろいた。火事になる危険《きけん》があるじゃないか。壁《かべ》のすきまから風が無理やりふきこんでくることや、人の死を告《つ》げる妖精《ようせい》バンシーの泣き声のような風の音が煙突《えんとつ》から聞こえてくることを考えると、つけたままのキャンドルは問題だと思えた。フィオンはいつしか、キャンドルの炎《ほのお》に目をうばわれていた。まわりの空気に海を感じる。口を開くと、舌先《したさき》に嵐《あらし》の味がした。

フィオンは、部屋のすみにかくすように置かれている棚に目を引かれた。いびつな雪の結《けっ》晶《しょう》の形をしたキャンドルの後ろから、ダークブルーの小さなキャンドルが顔をのぞかせている。丸くてずんぐりとしていて、フルーツのようでもある。銀色のジグザグもようが中央に描《えが》かれている。

うす暗がりのなか、ラベルが光って見えた。

〈イヴリン〉と書かれている。

フィオンは祖父のいすに上がると、棚からそのキャンドルをぬいた。どうして、このキャンドルに母さんの名前がついてるんだ？　それに、どうして、この家の一番目立たないすみっこにひっそりとしまわれてるんだ？

キャンドルの芯《しん》を鼻に近づけながら、中心に描かれた銀色の線を親指の腹《はら》でなぞった。においは、しない。フィオンはいすから飛びおりると、炉棚の端《はし》にあったマッチ箱を手に取った。キャンドルの芯に火をつけると、ジュッというかすかな音とともに炎がぱっとついた。キャンドルのにおいがフィオンを包む——湿《しめ》った大地を大またで横切ってきたようなにおい、足の指の間の草を集めたようなにおい、容赦《ようしゃ》ない風がかみついてきたようなにおい。そういったにおいの下の下に、二種類の塩を感じた。凍《い》てつく海とそこに落ちる温かい涙《なみだ》。

これはいったい……？

燃《も》えるキャンドルを手に立っていると、フィオンの好奇心《こうきしん》が目を覚まし、ゆっくりと頭をもたけはじめた。ひとくせありそうな風が玄関《げんかん》ドアの下からふいてきて、フィオンの体に巻《ま》きつく。

そのまま風は、フィオンの背中《せなか》をおした。

——歩くんだ。

フィオンのなかの、なにかが言った。

フィオンは、夜の庭へと出ていった。水のなかのような抵抗《ていこう》を感じ、スムーズに前に進めない。

——あっちだ。

声に導《みちび》かれるように空気をかきわけていくと、その空気がきらきらとゆらめいた。風に後ろから強くおされ、歩いていたフィオンは走りはじめ、どんどんスピードがあがり、ついにほとんど足が地面につかないくらい早く走っていた。まわりでは花がしぼんで地面に吸収《きゅうしゅう》され、草はぐんぐんのびて足首をこするほどになった。フィオンは、自分がはだしででこぼこの地面を走っていることにも、パジャマのズボンに冷気がしみこんできていることにも気づいていなかった。火のついたキャンドルを持って、風におされながら月を追いかけ、島の景色《けしき》はフィオンをかすめるように流れていった。

ぐっすり眠《ねむ》りこんでいる家や小さな車、中学校や街角の店やパブなどの前を、フィオンはよろめくように通りすぎた。島は、月明りを浴びて美しいまだらもようを描《えが》きだしている。まるで、ところどころにきらきらした琥珀《こはく》のかけらをはめこんだ白黒の絵画のようだ。そこでは、まだ眠れない者たちが、本を読んだりテレビを見たりしているのだろう。フィオンが坂をくだるたび、まわりの景色がせりあがってやがて視界《しかい》から消え、前方に新しい琥珀のかけらが現《あらわ》れて大地をはいのぼっていく。

ようやく風がやみ、フィオンは浜辺《はまべ》の波打ち際《ぎわ》を行ったり来たりしながら、海が怒《おこ》っている様子を見ていた。大きくうねった波がくだけて、波止場にしぶきをまきちらしている。まっ暗な嵐《あらし》の雲が星を飲みこみ、雷鳴《らいめい》が鳴りひびく。

海のなかにひとりの少女が立っていた。雲の切れ目からこぼれる月の光が、少女の頭に光の輪を描いている。黒くて長い髪《かみ》がからまって、ロープのように背中でゆれている。

フィオンは浜辺を走った。パニックがのどに流れこむ。

「タラ!」

風はフィオンがさけんだ名前をかっさらうと、一気に飲みこんだ。

「タラ!」少女は岸からとても遠いところにいる。果たして歩いてもどってこられるのか。フィオンにはわからなかった。波が少女の腕《うで》をぐいっと引っぱっている状態《じょうたい》では、とても無理じゃないだろうか。少女は腕をふりまわしはじめた。海をこぶしでたたきのめそうとしているみたいだ。雲がうずを巻《ま》いてたれこめ、その雲の腹《はら》に稲妻《いなずま》が走ったかと思うと、怒《いか》れるクマのうなり声のような雷鳴がとどろいた。

フィオンは少しでも少女に近づこうと、曲線を描《えが》く波打ち際《ぎわ》を走った。手にはまだしっかりとキャンドルをにぎっている。少女が海と戦っているように、キャンドルの炎《ほのお》もまた風と戦っている。ろうが溶《と》けてこぶし全体につたい落ちてくるが、フィオンは熱さを感じなかった。海岸線の、沖《おき》にもっともつきでた場所に着いた時、波が引き、少女の腹部《ふくぶ》が大きく丸みをおびているのが見えた。

フィオンは、少女に見えたその人の顔を見た。今度は、もっとしっかりと。

「母さん?」嵐《あらし》は、さっきは「タラ」という名前をかっさらっていったが、今回は手をつけようとしなかった。フィオンの口から出たその言葉は、風にのって散らばっていった。

母が海に向かって、金切り声でさけんでいる。空がほえかえす。

「母さん!」フィオンは、キャンドルを発煙筒《はつえんとう》のようにふった。「母さん! もどってきて!」

波がぶつかり、母は後ろにたおれた。片手《かたて》でおなかをかばっている。もがきながら母は立ちあがろうとしたが、そこに波がおそいかかり、姿《すがた》が見えなくなった。

フィオンは海に走りこんだ。波が目にしぶきを吐《は》きかけてくる。髪《かみ》に塩をからませる。岸へおしもどそうとする。母に近づこうとすればするほど、海はフィオンに戦いをいどんできた。

その時、暗闇《くらやみ》のなかに、青白く光る長い手足がうかびあがった。どこからともなく、祖父《そふ》が姿《すがた》を現《あらわ》し、オリンピック選手のように猛《もう》スピードで走ってきたかと思うと、頭から海へ飛びこんだ。

水中を十かきくらい進み、ぱっと水面から顔を出した。はげ頭から水滴《すいてき》がしたたり、光っている。祖父はかなり若《わか》い感じがした。動きもすばやいし、こわいもの知らずに見える。祖父が「あぶない」とさけんだ。さっきフィオンの声を飲みこんだ嵐は、祖父のさけびをうばおうとはしなかった――船のサイレンのように大きく、しぶといさけび声は、竜巻《たつまき》のようにぐるぐるとうずを巻《ま》いた。

「イヴリン！」祖父は母の体に腕《うで》を回し、後ろへ引っぱった。「おぼれるぞ、イーヴィー！」

フィオンは、水をかきわけてふたりのもとへ行こうとした。でも、まわりで海がおどり、塩水のなかにとじこめられているようで前へなかなか進めず、とうとうバランスを失った。手からキャンドルが落ち、火が消える。

島が、息を吸《す》いこんだ。

祖父の姿が消え、フィオンの母も同時にいなくなった。急に水位が下がり、雲は消えて満天の星空が広がった。さっきまで荒《あ》れに荒れていた空は静かになり、自分の心臓《しんぞう》の鼓動《こどう》が聞こえる。フィオンは、自分が海がこわいことを思いだした。いったん思いだすと、恐怖《きょうふ》がのどもとまでこみあげてきて、息もできない。

ぼくは、今、海のなかにいる！　海がぼくをおぼれさせようとしている！　フィオンはよろめきながら後ろに下がり、石につまずいた。転んだひょうしに体がねじれ、顔から海につっこんだ。思いきり海水を吸いこむ。たおれたフィオンに波がおおいかぶさってくる。そこへ、さらにもうひと波。

――おぼれる前にここからにげろ、フィオン！

今度は祖父《そふ》の声ではない。フィオン自身の声だ。

フィオンは水中から体を引きずりだすと、砂《すな》の上に思いきり海水を吐《は》きちらかした。あえぎ、ふるえながらその場にうずくまる。やがて、目のなかでチカチカしていた光が消えた。フィオンはあおむけに寝《ね》ころがり、からっぽの海を見た。海はこれまでになくおだやかだった。頭上には、小さな星の斑点《はんてん》がたくさんついた黒曜石《こくようせき》のようなまっ暗な空が広がっている。

フィオンは立ちあがった。波をかぶったのはほんの数秒だったが、海はその一瞬《いっしゅん》のチャンスをのがさなかった。頭からつま先まで、全身ずぶぬれ。塩の結晶《けっしょう》がまつ毛にくっつき、海草が髪《かみ》の毛《け》にからみついている。

足のいたみに顔をしかめながら、とぼとぼと家に向かった。

ゆっくりゆっくり、世界がもとにもどっていく。

島の視線《しせん》を感じるが、島についてなるべく考えないようにした。昔、島がフィオンの家族からうばったもののことも。母があんなふうに海に入ってさけんでいた理由も。

母さんは今、どこにいるんだ？　ダブリンにいるのか？　それともこの島にいるのか？

おじいちゃんはどこにいるんだ？　海のなかをまるで魚のように泳いでいるのか？　それとも、ぼくがさっき出てきた時のままベッドで眠《ねむ》っているのか？

そしてぼくは、いったいどこにいるんだ？

祖父の家にもどると、フィオンはぬれたパジャマを体からはぎとり、かわいたパジャマに着がえた。祖父の寝室《しんしつ》の外にあるせまい廊下《ろうか》で、タオルを使って髪の水気を取った。祖父の規則《きそく》正しいいびきが聞こえてくる。おじいちゃんは、いったいどうやって同じ時に別の場所に姿《すがた》を現《あらわ》したんだろう？　疲《つか》れ切《き》って、頭が回らなかった。

キッチンで、自分のためにお茶を一杯《ぱい》いれた。マグカップを持って居間《いま》へ行くと、炉棚《ろだな》の上のキャンドルが目に入った。新しい疑問《ぎもん》がうかぶ。どうしてこのキャンドルには火がついてるんだろう？　なんの意味があるんだ？　フィオンは、うす暗い部屋のなかで目をこらした。パッチワークのいすから幽霊《ゆうれい》が立ちあがるのではと、半分本気で考えている自分がいる。夜、キャンドルの火をつけっぱなしにしておくなんてあり得ない。だれか、祖父に注意してくれる人はいなかったのだろうか？

――火事で全員死んじゃうだろ。

フィオンは、マグカップを置いた。

そして、暖炉《だんろ》の前に立つと、キャンドルの火をふき消した。

キャンドルは、眠れる巨人《きょじん》のように煙《けむり》を吐きだした。かすかな風が家のなかを通りぬけ、窓《まど》ガラスがカタカタと鳴った。祖父のいすに深く腰《こし》かけながら、フィオンはそのかすかな風を足首に感じた。

——ほらな！　これで安心だ。

温かいお茶が体にしみわたるにつれ、どっと疲《つか》れがおしよせてきた。眠気《ねむけ》で気が遠くなる。自分の名前も忘《わす》れ、島のことも忘れ……。

「助けてくれ！」

祖父《そふ》のさけび声に、フィオンは飛び起きた。炉棚《ろだな》のキャンドルに火をつけようと、祖父が必死に手を動かしている。口の端《はし》にはつばがたまり、苦しそうにあえいでいる。

「なんてことをしてくれたんだ！」祖父がどなっている。指がすべって、マッチがまた半分にボキッとおれた。

フィオンは、はじかれたように立ちあがると、祖父のふるえる手からマッチをもぎとった。一発でキャンドルに火をつける。シューッという音を立てて、炎《ほのお》が天井《てんじょう》に向かって立ちのぼった。フィオンがキャンドルをふき消したことに怒《いか》りくるった炎が、むちをふるっているみたいだ。闇《やみ》がほころび、細かいほこりがフィオンのおどろいた顔のまわりをただよう。

フィオンはあとずさった。祖父がこわい。かっと見開いた目、上下ふぞろいのパジャマのだらしない姿《すがた》。海で見た、あの魚のように泳いでいた祖父とくらべて、目の前の祖父はなんとよわよわしく見えることか。その祖父が血走った目をしておおいかぶさり、フィオンの肩《かた》をつかんで自分に引きよせた。

「いいか、おい、同じことは二度と言わんぞ。おまえがこの家にいるかぎり、この島にいるかぎり、息をしてその体に血がめぐっているかぎり、二度と、もう二度とあのキャンドルにさわるんじゃない」祖父は、鼻をフィオンの鼻にぐっと近づけた。深い青色の、自分とそっくりな目が、フィオンの目をのぞきこむ。「わかったか?」

フィオンは、耳たぶで脈《みゃく》がドクンドクンと打つのを感じた。

「わ、わかったよ」

祖父はくるりと向きを変えると、嵐《あらし》の雲のように怒《おこ》った足取りで部屋を出て、足音高く寝室《しんしつ》にもどり、バタンとドアを閉《し》めた。フィオンは、ひとり居間《いま》のまんなかでかたまっていた。何百というキャンドルが、部屋のあちらこちらから批判《ひはん》めいた視線《しせん》を投げかけてくる。

気がつくと、ホグワーツのパジャマを着たタラが、胸《むね》の前で腕《うで》を組んでこちらを見ていた。

「あのキャンドルにはさわっちゃだめって、言っといたじゃない」

フィオンはタラに飛びかかり、ゆさぶってゆさぶってゆさぶりたおしたいと思った。その根《こん》性悪《じょうわる》をなんとしてもたたきなおしてやりたい。

フィオンは、のどのふるえをぐっと飲みこんだ。

「そんなこと、聞いてない」

「へえ」タラは、肩をすくめて暗い廊下《ろうか》にもどりながら言った。「言わなかったっけ? 言ったつもりだったけど」

「なにひとつ話してくれないだろ!」フィオンは追いかけるようにさけんだが、タラの姿はすでになかった。

怒りに支配された静けさのなか、フィオンの頭が、ブンブンとうなりをあげて回転しはじめた。もはや、事実を認《みと》めざるを得ない。自分がこの目で見たのだから。自分がそのまっただなかにいたのだから。アランモアは、魔法《まほう》の島だ。

この島はあり得ないことだらけだ。

——勇気を出せ。

この島は、魔法に満ちている。

——これがおまえの冒険《ぼうけん》だ。さあ、魔法を手に入れるのだ。

5. キャンドルのなぞ

次の日の昼すぎ、フィオンが目を覚ますと、タラはもう出かけていた。マーマレードをぬったトーストとミルクティーの朝ごはんをひとりで食べ、裏庭《うらにわ》に出てみると、祖父《そふ》が溶《と》けたろうの入った鍋《なべ》をかきまわしていた。そこは、ネコのひたいほどの小さな庭だった。すみには古い小屋があり、さびだらけの自転車が二台放置されていて、いろんな草木がぼうぼうと生いしげっている。でも、不思議と居心地《いごこち》がよかった。

作業台で鍋をかきまわしている祖父の頭上から、太陽がのぞきこんでいる。ろうがてんてんとついた作業台に日光がふりそそぎ、祖父の後頭部に反射《はんしゃ》してきらりと光った。

「ようやく起きたか」祖父が、鍋から目も上げずに言った。「あんまり起きてこんから、てっきりおまえは夜行性《やこうせい》動物なのかと思っておったところだ」

フィオンは、祖父が一定のリズムで腕《うで》を動かしながら鍋をかきまわす様子をじっと見た。ぐるぐると、まんべんなくかきまわしている。

「こんなに長い間眠《ねむ》ったのは、ひさしぶりだよ」

「ここではあり得るぞ。時にはな」祖父《そふ》は、鍋《なべ》に集中するかのように目を細めてそう言った。

フィオンはせきばらいをしてから切りだした。

「きのうの夜はごめんなさい。暖炉《だんろ》の上のキャンドルの火をふき消したことだけど。そんなに大切なものだったなんて……」

あやまるというよりむしろ、質問《しつもん》に聞こえる。

「わかっとる」

祖父の返事も、回答にはなっていなかった。でも、これでこの話はおしまいと言われた気がした。

「えっと……おじいちゃん、包帯ある？　足がいたくって」

祖父は、鍋をかきまわし続けた。最後のろうのかけらが溶《と》けきって、鍋のなかはなめらかな乳白色《にゅうはくしょく》の液体《えきたい》に変わっていく。

「これがすんだら、見てやる」

フィオンは、両手をジーンズのポケットにつっこんだまま、その場でぐずぐずと立っていた。祖父が目を上げてくれるのを待ったが、いっこうにその気配はない。とうとうフィオンが言った。

「足をどうしたんだって聞かないの？」

祖父はバーナーの火を弱めたが、相変わらず鍋から目をはなさない。目をはなしたすきになにか起きるのを恐《おそ》れているかのようだ。

「きのうの夜、出かけた時に切ったんじゃないのか？」

フィオンは、きゅっと口を結んだ。そこにあるのは、炎《ほのお》が燃《も》えるひそやかな音や、遠くから聞こえる青い鳥のさえずりといった、完ぺきなまでの日常《にちじょう》。その日常の裏《うら》で、魔法《まほう》のささやきがうごめいていることが感じ取れる。でも、そのささやきがどこから来るものなのか、そして、このキャンドルが祖父の棚《たな》におさまったあと、その魔法のささやきによっていったいなにに変わるのか、フィオンにはまったくわからなかった。

「ぼくがどこに行ってたのか、気にならないの？」

「どこに行ったか、言いたいのか？」鍋をそっとゆらしながら、祖父が聞いた。溶けたろうがピタンピタンと鍋の内側に当たっている。

「おじいちゃんから聞いてほしいんだ」と、フィオンが言った。『聞いてほしい』じゃなくて『気にかけてもらいたい』というのが本音だったけれど。

祖父はべっこう縁《ぶち》のめがねをずらすと、頭に引っかけた。フィオンに目を向ける。

「どこに行ったかは、わかっとる」

フィオンは、ゴクリとつばを飲みこんだ。

「そうなの？」

「正確《せいかく》に言えば、どこというよりは、いつに行っとったか、だな」祖父は作業台を指でトトトンとたたきながら、口をへの字にしかめた。「フィオン、あやまらなきゃならんことがある。まさか、おまえがあのキャンドルに火をつけるとは思わんかった。どれか試すだろうとは予測《よそく》しとったがな。あれじゃあないと思っておった。というか、よくあれを見つけたな」祖父《そふ》は、指を動かし続けている。「いずれにせよ、火をつけてもいいかどうか、おまえがわしに聞くとは思わなかったがな。それだけは確信《かくしん》があった」

フィオンは、自分もあやまるべきだとわかっていた。許可《きょか》もなく人のものに手を出したあげく、火をつけ、しかも海に落としてしまったことに対して。でも、今はそれどころじゃない。フィオンの口から出たのはほかの言葉だった。

「ぼく、きのう、おじいちゃんを海岸で見たんだ。でも、おじいちゃんはこの家にいた。眠《ねむ》ってたよね。ぼくは、海で母さんも見た。でも、母さんは向こうに、ダブリンにいる」

祖父の目はきらきらと光っていた。祖父の目の虹彩《こうさい》に宿るきらめきは、太陽光の反射《はんしゃ》。なんて不思議なんだ。

「だが、おまえの母さんはずっとダブリンにいたわけじゃないし、わしもずっとここにいたわけじゃない」

フィオンは、鍋《なべ》をもう一度ちらりと見た。フィオンと祖父のまんなかで、何事もなかったようにおだやかにろうが煮《に》たっている。フィオンは、頭の奥《おく》がずきずきしてきた。なにを信じたらいいのか、心がゆれる。

「あのキャンドルに火をつけた時、ぼくはどこに行ってたの？」

「おまえは、嵐《あらし》について行ったんだ」祖父はさらりと言った。まるで昼ごはんのあとに食べたキャロットケーキについて話しているみたいだ。と思ったら急に立ちあがり、作業台の上の鍋のことなど忘《わす》れたかのようにフィオンの横を大またで通りすぎ、家のなかに入るようにと手まねきした。

「フィオン、この島はたくさんのうすい層《そう》が何層にも重なってできとる。今この瞬間《しゅんかん》より以前のすべての時間が、それぞれ〈時の層〉となってこの島を作っとるんだ。きのうの夜、おまえはあのキャンドルに火をつけたことで、今ではない別の〈時の層〉へ行くのを選ぶことになった。その結果、こっちの〈時の層〉から出たというわけだ」そう言うと、祖父は居間《いま》のまんなかで立ち止まり、フィオンのほうをくるりと向いた。勝ちほこった顔をしている。「わかりやすいだろ？」

「どこが？　こんなややこしい話、聞いたことないよ」と、フィオンが言った。そうは言いつつも、フィオンは心のかたすみ——現実《げんじつ》にはあり得ないようなことを、どんどん受け入れはじめた心のどこか——で、祖父の話は信じられる気がしていた。きのうの夜に見たおじいちゃんは、今ぼくの目の前に立っているおじいちゃんじゃない。あの時見た母さんは、今ダブリンにいる母さんじゃない——あれはぼくが生まれる直前の、父さんが死んだ直後の母さんなんだ。

「かんたんに言うとだな、アランモアで起きたことは、もう一度起こすことができる。天気が消えてしまう前に、わしがその天気をつかまえればいい」そう言うと、まるで小さなハエをつかまえようとするみたいに、祖父《そふ》は手を開いてぱっとにぎった。「キャンドルは、人間を記憶《きおく》するためのものではない。だが、わしが天気をつかまえる時、天気だけでなくその場にいた人間たちも取りこむことがある。わかるか？　天気を記録するということは、世界のさまざまなことを記録するということなんだ」

フィオンは太陽がのぼるように、ゆっくり理解《りかい》しはじめた。

「〈嵐《あらし》の守り手〉……雑貨屋《ざっかや》のおじさんが、おじいちゃんのことをそう呼《よ》んでたよ」

祖父は、それを聞いてにっこりした。

「嵐はわしのお気に入りだからな」

フィオンは、棚《たな》を見わたした。たくさんのさまざまな瞬間《しゅんかん》が自分の目の前にならんでいる。においが、嵐が、人々が、ろうのなかに放りこまれ、ほこりをかぶった古い図書館の、歴史の本のようにならんでいる。そんなキャンドルを前に、フィオンが思いついたのはこんなことぐらいだった。

「おじいちゃんは、どうしてそんなものを記録してるの？」

祖父は、口の端《はし》をかんだ。口から秘密《ひみつ》が飛びだそうとしているのに気づいたのだろう。だが結局、祖父はまた肩《かた》をすくめてみせただけだった。

「まあ、いいじゃないか」

フィオンは、暖炉《だんろ》の上で燃《も》えているキャンドルに目をやった。くちびるをなめると、海を感じた。

「なんだか……変わった魔法《まほう》だね」さすがに無意味な、とは言えなかった。でも、〈海の洞《どう》くつ〉のこと、特に、洞くつがものすごく自分の助けになることを考えれば考えるほど、ますます洞くつを探《さが》しに出かけたくなった。過去《かこ》の出来事——つらい出来事——を再現《さいげん》する、役に立つかわからないキャンドルのことなんて考えるのはやめにして。

〈海の洞くつ〉のことを考えると、タラの秘密主義を思いだしていやな気分になった。タラがなにも話してくれなかったということが、ぱっくり開いた傷口《きずぐち》のように、フィオンのなかで今もうずいていた。魔法の洞くつやら昔の天気やら、ぼくがいっぺんになにもかも理解する必要はないんじゃないか？　もし、それがぼくの歴史だというのなら、ぼくはそういうもののなかで育つべきだったんだ……そうしたら、慣《な》れるチャンスもあったはずだ。

「どうして、だれもぼくにこの話をしてくれなかったの？　アランモア島についてなにも教えてもらえなかったのはなぜ？」フィオンは、祖父を問いつめた。

「秘密だからだ」祖父は、そんなこと世界じゅうのだれもが知っていることだと言わんばかりに答えた。

フィオンは、祖父をじろりとにらんだ。

「じゃあ、どうしてもう秘密じゃないわけ？」

「おまえが、ここにいるからだ」祖父《そふ》は、明るい調子で答えた。「おまえにはまず、不思議なキャンドルを体験してもらおうと思った。おまえの姉さんもそうしたからな。先に体験しておけば、『おまえは古代の魔法《まほう》が今も息づく場所に立っているんだぞ』と言われた時に、多少なりとも理解《りかい》しやすいんじゃないかと思ったんだ。ここの魔法は、おまえの想像《そうぞう》をはるかにこえる可能性《かのうせい》を秘《ひ》めておる。だからこそ、アランモアの外にいる人々には絶対《ぜったい》に秘密《ひみつ》にしておかなくてはならんのだ」フィオンのおどろいた顔を見て、祖父は頭をのけぞらせて笑った。そして、笑いすぎて顔をぴくぴくと引きつらせたまま、こう言った。「さあ、これでわしらはふたりとも、正式に島の人間だ。はらわたが煮《に》えくりかえるほど怒《おこ》っているだろうが、それはちょっと置いといて、聞きたいことがあるならなんでも聞いていいぞ」

フィオンは、決意をこめて深く息を吸《す》った。

「ダグザっていったいだれなのか、きちんと知りたい。全部話して。最初から」

祖父は、片方《かたほう》のまゆを上げた。

「最初の、最初からか？」

「い、い、全部知りたい」フィオンは、きっぱりと言った。

本音はこうだ。ぼくは、タラが知っている以上に知りたい。

祖父はひじかけいすの後ろの棚《たな》にならんでいるキャンドルを、ひとつずつ指で確認《かくにん》しながら見ていった。そして、一本のまだらもようのキャンドルのところで手を止めた。ずんぐりとした円柱形で、下のほうは暗くにごった色をしており、先端《せんたん》のすぼんだ部分は緑色だ。キャンドルというよりは、草の混《ま》じった土のかたまりに見える。こんなにあるキャンドルのなかでも、一番印象《いんしょう》に残らないものだと言ってまちがいない。まんなかに走る銀色のジグザグの線も、かたむいている。〈ファド　ファド〉というラベルがついている。

「これは、『昔むかし』という意味だ」祖父はそうつぶやくと、そのキャンドルを棚から取った。「実際《じっさい》に見せたほうがいいだろう」

フィオンは、うさんくさそうにキャンドルを見つめた。こんなきたない色をしたまだらもようのキャンドルに、島の物語がとじこめられているわけがない。

祖父は大またでフィオンの横を通りすぎると、玄関《げんかん》ドアを開け、庭に出て行った。フィオンがそこに立ち止まっていると、祖父はこちらを向いてまゆを寄《よ》せた。とつぜん、ふたりの間にバリアができたような、ドアのところにクモの巣のようなうすいヴェールがおりたような感じがした。フィオンの怒《いか》りの炎《ほのお》はじょじょに消え、取って変わって、不安とためらいが現《あらわ》れた。

「ぼく、なにかやんなきゃいけないの？」

「歩くだけだ」祖父は、手を差しだした。「それくらいできるだろ、フィオン？　わしといっしょに歩いてくれるな？」

その言葉の裏《うら》には、もっとたくさんのことが秘められていた。希望、警告《けいこく》、興奮《こうふん》……そして、もっとほかのなにかも。悲しみのようなものをちょっとだけ感じさせる、雲のような灰色《はいいろ》のなにか。結局のところ、決めるのはむずかしくなかった。フィオンは今、ほこりっぽい小さな家のなかに、ひとり立っている。どこに行くことになろうとも、おじいちゃんといっしょにいるほうがましだ、とフィオンは決めた。

「わかった。おじいちゃんと歩くよ」

フィオンは玄関《げんかん》の敷居《しきい》をまたぐと、祖父《そふ》の手を取った。

「しっかりにぎっとれよ、ぼうず」と、祖父が言った。

ふたりは、いっしょにキャンドルに火をつけた。

キャンドルにジュッと火がついて、ふたりのまわりで風がうずを巻《ま》きはじめる。今回は、こうなることがフィオンにも予想《よそう》できた。

「ぼくたち、いったいどこに行くの？」フィオンがたずねた。庭の木戸がギーッときしみながら開いた。

祖父は、キャンドルをまるで旗のように頭上でふった。

「最初の最初にもどるんだよ、フィオン。最初の嵐《あらし》にな」

風がビュンと音を立てて、ふたりをおしだした。

ふたりの足もとから道が消え、かわりにエメラルドグリーンの野原が姿《すがた》を現《あらわ》した。ふりかえると、祖父の家は野の花のなかに消えていた。

「キャンドルに火をつければ、そのなかにある〈時〉に風が連れて行ってくれる。身をまかせればいいだけだ」祖父はそう言うと、飛行機のシートを後ろにたおすように、風にもたれかかった。「その〈時〉に着いたら、キャンドルの火を消さないように気をつけなくてはならん。火が消えたら、現代《げんだい》にもどってしまうからな。あと、わしの手をはなすなよ。はなしたらふっ飛んでしりもちをつくぞ！」

フィオンは息もたえだえで、返事ができる状態《じょうたい》ではなかった。風がほとんど足がわりになってくれているものの、祖父のようにうまく風に身をまかせることができず、悪戦苦闘《あくせんくとう》している。いったいいつまでこうやって運ばれていくんだ？　それになにより、着いた先に休憩《きゅうけい》できるベンチのようなものはあるのか？

岬《みさき》をおりると最後の家が消え、かわりにあちらこちらに、枝葉《えだは》を広げた大きなオークの木が現れた。空には乳白色《にゅうはくしょく》のうろこ雲が広がっている。足もとでは草がどんどんのび、あっという間にフィオンの足首をこえ、ひざより高くなった。タペストリーから糸を引きぬくように島から文明の面影《おもかげ》がなくなるまでに、たいして時間はかからなかった。

アランモアは、手つかずのきびしい自然の状態《じょうたい》になった。

風がおさまり、祖父とフィオンはスピードを落として歩きはじめた。

そこは、フィオンが見たこともない場所だった。静けさのあまり、神経《しんけい》が過敏《かびん》になっていることが自分でもわかる。フィオンは祖父を、祖父の丸まったシャツのえりを見た。セーターには小さな毛玉がたくさんついていて、手にはべとべとしたキャンドルを持っている。

「それ、これまでに作ったキャンドルのなかの、最高傑作《けっさく》っていうわけじゃないよね？」

祖父《そふ》は心外だとでもいうように、せきばらいをした。

「わしはもちろん、このキャンドルを作れるほど年寄《としよ》りじゃあないぞ。〈ファド　ファド〉は、一番古いキャンドルなんだ」

「だからそれ、そんなに不細工なの？」

「このキャンドルは使うたび、自分で再生《さいせい》する。それが長年くりかえされ、形がくずれてしまったというわけだ」と、祖父は説明した。

フィオンは、ろうのかたまりを指でつついた。

「どうして再生するの？」

「ダグザが作りだしたものだからだよ」フィオンは、祖父の言う〈もの〉が、今追いかけている嵐《あらし》のことを指しているのか、このキャンドルのことを指しているのか、よくわからなかった。たぶん、どっちでも同じことなのだろう。

「これは、わしらの歴史の根源《こんげん》なんだよ、フィオン。思うに、ダグザはわしらにこれを忘《わす》れてほしくなかったんじゃないかな？　どんなに時がたとうともな」

祖父はもう、背《せ》の高い草の間を歩いていた。つないでいるフィオンの手を、前へ後ろへとふっている。おじいちゃんは、前にもここに来たことがあるんだな、とフィオンは思った。祖父はフィオンとちがって、オークの木が芽ぶくたびに飛びあがっておどろくこともなければ、家や店、道路、そしてフィオンたちにとってのアランモア――フィオンには、自分たちの〈時の層《そう》〉のアランモアこそ、ほんものに思える――を活気づけていた人間が消えてもまったく気にしていなかった。

もしこれがフィオンたちの歴史の根源そのものならば、歴史は、植物がうっそうと生いしげり、ほかにはほとんどなにもない自然のままの島からはじまったということになる。

フィオンは、森が気になった。木々が枝葉《えだは》をふるわせて、まるであいさつしているみたいだ。

「たくさんの人が、これまでにこのキャンドルを燃《も》やしてきたんだね」

フィオンは、父がこの場所で昔の木々を見ているところを想像《そうぞう》しようとした。もしくは、母。母はアランモアの秘密《ひみつ》にしがみつくあまり、ダブリンへ移《うつ》る前に、その秘密を記憶《きおく》からしめだしたにちがいない。もしくは、フィオンの人生からこの島の秘密をしめだすことにしたか。母がそういう選択《せんたく》をしたことを考えると、フィオンはみぞおちが熱くなり、居《い》ても立ってもいられない気分になったので、それ以上そのことは考えないようにした。

「過去《かこ》について考える人はほとんどいないと言ったら、おまえさんはおどろくだろうな」

「そんなのちっともおどろかないよ」フィオンは身に覚えがあった。去年、第一次世界大戦とルネサンス期についての歴史の課題を、二回とも仮病《けびょう》を使ってやらずにすませていたのだから。

小枝をひろって、肩《かた》ごしに放り投げる。小枝は木の大きな枝に引っかかり、巣にいた鳥たちが鳴きながら飛び立っていった。

祖父《そふ》はフィオンをにらみつけた。

「この〈時の層《そう》〉にちょっかいを出すな。そんなことをすると、島にけりだされるぞ」

草のなかで見つけたにぎりやすい大きさの石をほじくりかえそうとしていたフィオンは、祖父に言われてあきらめた。

「わかったよ」

ふたりは、岬《みさき》がカーブしているところで立ち止まった。そこから先は浜辺《はまべ》へとくだっていく。えんえんと続く浜辺では砂《すな》がきらきらと輝《かがや》き、白く泡立《あわだ》つ波が寄《よ》せてはかえしている。人けのない入り江《いえ》の向こうに、石のとりでが見える。わらぶき屋根の家が何百も広がってい
て、動物たち――馬、牛、そして羊――がそのまわりをうろうろしている。煙《けむり》が集落の上へと立ちのぼっている。空にはぶあつい灰色《はいいろ》の雲がむくむくと広がり、うずを巻《ま》き、たがいにくっつきあってふくらんでいく――嵐《あらし》が生まれそうだ。

ふたりのまわりで過去《かこ》の世界が定まった。そこには、木々と平原の間には、生命の営《いとな》みがあった。古代の生命の営みが。

「そうか。ぼくたちだけじゃないんだね」フィオンがそっと言った。

祖父は横目でフィオンを見た。

「もちろんそのとおりだ」

そのとき、空にかん高い鳴き声がこだましはじめた。

6. 最後の魔導士《まどうし》

ガァア。ガァア。一万羽ものワタリガラスの、かん高くしわがれた鳴き声が空にあふれ、不気味なアリアのようにひびきわたる。フィオンは、さっき見つけた石に手をのばしたくてそわそわした。なんでもいい、いざという時カラスに対抗《たいこう》できるものがほしかった。

「どういうことなのか、説明してほしいんだけど」

祖父は、フィオンの手をぎゅっとにぎった。反対側の手では、キャンドルの炎《ほのお》がねじれてばたばたとおどっている。

「昔むかし、大昔のことだ。世界は、非常《ひじょう》に強力な〈闇《やみ》の女王〉、モリガンの脅威《きょうい》にさらされておった。モリガンは類《たぐい》まれな魔力を持つ魔導士のひとりで、生まれながらにして古代の魔力を身につけておった。本来その力は世界を守るためのものだったが、年を重ねるうちに彼女《かのじょ》の身に、道をあやまらせるなにかが起きた。モリガンの魔力はゆがみ、ついには邪悪《じゃあく》で恐《おそ》ろしい、すべてを破壊《はかい》する力となった。人間の魂《たましい》を取りこんで、己《おのれ》のパワーに変えたのだ。他者の魂をまるでケープのようにまとい、自分でコントロールできるようにし、〈闇の女王〉と呼《よ》ばれるようになった」

フィオンは口がからからにかわくのを感じた。

「モリガンは、なにがのぞみだったの？」

「魔力《まりょく》を持つ自分には、ふつうの人々を支配《しはい》する権利《けんり》があると信じこんでおった。人々の魂《たましい》を意のままに自分のものにし、人々の体をまるで番犬のように自分につないだ」祖父《そふ》は、シュッと息を吸《す》いこんだ。「力とはみにくいものなのだよ、フィオン。人は力に酔《よ》い、手ばなせなくなる。その魅力《みりょく》にすきを見せたら最後、とても危険《きけん》な道に導《みちび》かれてしまう。成長するにつれ、モリガンのねじれた魔力も強くなっていった。モリガンは、ただ恐《おそ》れられるだけでは物足りなかった。崇拝《すうはい》されたがったのだ。神のようにな。ほかはすべて排除《はいじょ》しようとした。

モリガンはまず、生まれながらに魔力を持つほかの者たちを攻撃《こうげき》した。ナイフのようにすばやく、夜のようにひっそりと。モリガンがやってくるのを察知《さっち》しても、かくれることはできんかった。どんなに走ってもにげきれんかった。親が、子が、ベッドでむごたらしく殺された。兄弟姉妹も、ならんで焼かれた。何千人もの人々が、この最初の攻撃で死んだんだ。そして、さらにもっと多くの者たちが、モリガンに魂とともに人間らしさをうばわれ、ソウルストーカーという名の化け物に仕立てられた。彼《かれ》らは血も涙《なみだ》もない残酷《ざんこく》な生き物となり、モリガンが決してかえしてくれるはずのない魂《ソウル》を追いかけて、永遠《えいえん》にモリガンと行動を共にする……」

「そんなこと、歴史の教科書にのってなかったよ」と、フィオンがつぶやいた。視線《しせん》は空にくぎづけだ。「へんちくりんなうずまき模様《もよう》の石の話なら、山ほど聞かされたっていうのに」

「それはだな、魔法に肩《かた》をつかまれてゆり起こされでもしないかぎり、だれも魔法なんて信じられんからだよ、フィオン」と、祖父が言った。

フィオンは、体をこわばらせた。急にシャキッとした気がする。

「で、なにが起きたの？」

「数か月にわたる虐殺《ぎゃくさつ》のあと、モリガンは最後の魔導士《まどうし》を追いかけ、恐怖《きょうふ》による支配の矛先《ほこさき》をアイルランドに向けた。モリガンは大地をひっくりかえして森や野原や丘《おか》を根こそぎにし、巨岩《きょがん》をほりおこした。彼女《かのじょ》につきしたがうワタリガラスは、空をくまなく探《さが》しまわった。だが、どんなに必死に探しても、モリガンは最後の魔導士を見つけることはできなかった」

「それが……ダグザ？」フィオンは、ゴクリとつばを飲みこんだ。

祖父は、うなずいた。

「ダグザは、魔導士のひとりで、〈大地の王〉と呼《よ》ばれておった。〈地〉、〈水〉、〈火〉、〈風〉という自然界を構成《こうせい》する四つのエレメントを己《おのれ》の力の源《みなもと》とし、自然を味方につけた。モリガンが世界を恐怖《きょうふ》におとしいれる一方で、ダグザは嵐《あらし》にかくれて旅をし、川のなかをわたり歩き、ひそかに勢力《せいりょく》をたくわえた。ダグザは強い魔力の持ち主だったが、ますます強大になりつつあるモリガンの勢力にひとりで立ち向かえるほど強くはなかった。そこで、ダグザは共に最後の戦いにいどんでくれる五つの氏族を見つけた。すべての戦いを終わらせるための戦いにいどむために」

フィオンのほおから血の気が引き、ぞわぞわっとする感覚が走った。

「たった……五つ？」

祖父《そふ》が返事のかわりにうかべたほほえみは、のどかな天気そのもののようにおだやかだった。祖父にとっては、この「五つ」という数字はまったくもって妥当《だとう》なようで、事態《じたい》をあまく見ているわけではなさそうだった。

「ダグザは、見つけられたなかで、もっとも勇かんな氏族を選んだ。ボイル、ビーズリー、キャノン、パットン、マコーリーの五つだ。モリガンを本土から引きはなすため、ダグザは五つの〈選ばれし氏族〉を、この荒《あ》れはてて忘《わす》れ去《さ》られた島に連れてきた」祖父はそう言ってかかとに重心をのせ、そりかえった。視線《しせん》を空に向ける。「モリガンが島に着いた日、空はワタリガラスで黒くぬりつぶされた」

祖父がそう言ったとたん、ワタリガラスの影《かげ》がヴェールのようにふたりをおおい、島は暗闇《くらやみ》に包まれた。何百もの船が津波《つなみ》のように水平線に姿《すがた》を現《あらわ》した。水上に広がる船の帆影《ほかげ》は黒い油《ゆ》膜《まく》を思いおこさせる。

風がふき、フィオンは背筋《せすじ》がぞくっとした。浜辺《はまべ》の向こうに目をやると、とりでの集落からは黒い雲状《くもじょう》のものがまだ立ちのぼっており、蒸気《じょうき》機関車の煙《けむり》のごとく空にどんどん広がっていた。

「ダグザたち、一致団結《いっちだんけつ》したほうがいいよ」フィオンは、そわそわしながら言った。

祖父は、キャンドルで船隊のなかほどを指した。上空にワタリガラスが集まってきている。カラスたちはうずを巻《ま》きながら急降下《きゅうこうか》し、その竜巻《たつまき》のようなカラスの群《む》れのなかから、女の人影がうかびあがった。まるで、ワタリガラスが集まって人の形になったみたいだ。その女は先頭の船のへさきに立ち、風をはらんだケープのようになびく影に、長い黒髪《くろかみ》が溶《と》けこんでいる。

「モリガン」名前を言っただけで、口に苦味が走った。

「暗黒の権化《ごんげ》だよ」祖父が、ささやいた。そして、フィオンの手をにぎりしめた。フィオンもにぎりかえす。

キャンドルはもうすでに、半分以上溶《と》けていた。溶けたエメラルドグリーンのろうが祖父の指をおおっている。それでも、炎《ほのお》はまだいきおいよく燃《も》えていた。

聞くなら今だと、フィオンは思った。

「〈記憶《きおく》〉のなかで死ぬことはあるの、おじいちゃん?」

「向こう側のものには、わしたちは見えん。おまえが聞きたいのがそういうことならな」フィオンの肩《かた》の緊張《きんちょう》がゆるむ前に、祖父は言い足した。「だが、いかなる〈時の層《そう》〉でも、死ぬことはある。すべて現実《げんじつ》だからな」

フィオンは、顔をしかめた。

「それはすごいね」

入《い》り江《え》の向こうから、戦いの開始を告げる、ときの声があがった。

頭上には、雲が橋のようにかかっていた。その雲は縁《ふち》に向かって、あざのように藍色《あいいろ》とむらさき色が混《ま》ざった色になり、灰色《はいいろ》がにじんで黒色に変わっていく。雷《かみなり》の放電による雑音《ざつおん》が大気からひびき、それに答えるように大地からうなる音が聞こえてくる。

集落の外に出ていた〈選ばれし氏族〉たちは、海岸に集結しはじめた。たくさんいる。その数は、フィオンが思っていたよりずっと多かったが、モリガンの勢力《せいりょく》と戦うにはじゅうぶんとは言えなかった。半数以上は、たいまつをふりかざしている。

「モリガンが行くところはどこでも、暗闇《くらやみ》がおとずれる」と、祖父《そふ》が低い声で言った。「モリガンの飢《う》えた影《かげ》から身を守るのに、火は役に立つ」

フィオンは、祖父がにぎりしめているキャンドルの炎《ほのお》をちらりと見た。もっとはげしく燃《も》えてくれと、いのってしまう。

とつぜん強い風がさっとふき、ふたりの注意をうばった。見ると、祖父と同じくらい背《せ》が高い男がどこからともなく現《あらわ》れ、下にいる〈選ばれし氏族〉たちの指揮《しき》を取りはじめている。ふさふさとした白髪《はくはつ》が肩《かた》の下まで波打ち、ひげが流れていく雲のようになびいている。あまりにも足早に大またで歩くので、男はまるで風に運ばれているように見えた。嵐《あらし》の雲が、いっしょに動いていく。

「ダグザだ」フィオンは、そっとつぶやいた。その名前を口にしただけで、体の芯《しん》から温かくなる。ようやく息をすることを思いだした。

「ダグザ。〈ギフト〉を残した〈大地の王〉だ」祖父が、静かに畏敬《いけい》の念をこめて言った。

ダグザは水際《みずぎわ》で立ち止まると、杖《つえ》をかかげた。大地をゆるがすような途方《とほう》もないとどろきが空を引きさき、歯をむき出しにしたライオンの口の形に、雲にぽっかりと穴《あな》が開いた。

フィオンは足の裏《うら》で、力の振動《しんどう》を感じた。

ダグザは海に入っていった。杖に埋《う》めこまれた輝《かがや》くエメラルドの光で、白い髪《かみ》が緑色をおびる。五氏族は巨大《きょだい》なワシのつばさのように広がって、ダグザの両わきにつきしたがった。それぞれ、たいまつや槍《やり》を空にかかげている。ダグザたちに道を開けるため、空から見えない糸で引っぱられるように海水が引いていく。大きく盛《も》りあがった波がつぎつぎ沖《おき》に向かい、モリガンの船隊に衝突《しょうとつ》する。前列の三そうがひっくりかえった。おもちゃの兵隊のように、ソウルストーカーが海に投げだされる。

モリガンは怒《いか》りのおたけびをあげた。船団《せんだん》は足を速め、バターを切るようにやすやすと水をさいて前進し、嵐のなかに鉄の槍をはなった。

ダグザが杖を頭上でさっとふった。風が槍をつかみ、海に投げ落とす。五氏族は前進し、陸と海の境界《きょうかい》を沖へとおしだした。

船が浅瀬《あさせ》に乗りあげる。

「あの人たち、あんなにたくさんのソウルストーカーと本気で戦うつもりなんだ。とても人間業《わざ》には思えないよ」フィオンが、息をひそめて言った。

ダグザのおたけびがふたたびとどろいた。一陣《いちじん》の風がそれを空に運び、雲が放電をはじめる。五氏族が、モリガンの手下たちにおそいかかった。ダグザのおたけびにこたえる五氏族のときの声が、フィオンの心のすみずみまでひびきわたる。フィオンのなかの、これまで眠《ねむ》っていた小さななにかが、とうとう目を覚ました。自分も浜辺《はまべ》にかけおりて、戦いに参加したくてたまらない。

「もっと近くに行こうよ！」

祖父《そふ》は、フィオンの手首をいっそうきつくにぎりしめた。

「無理だ」

「なんで？」

それに答えるように、ずんぐりとしたキャンドルの炎《ほのお》が消えそうにゆらめいた――一回、二回――そして、ぱっと消えた。

島が息《いき》を吸《す》いこんだ。

風が嵐《あらし》をこなごなにし、〈選ばれし氏族〉たちの姿《すがた》は、ときの声とともに消えていった。フィオンはちらちら光る砂《すな》を、とつぜん目の前に現《あらわ》れた衝撃的《しょうげきてき》なまでにからっぽな空間をぼうぜんと見つめた。

「どうして火が消えちゃったの？　ろうはまだ残ってるのに！　おじいちゃんがふき消したの？」フィオンは非難《ひなん》するようにキャンドルを指さしながら言った。

祖父はにぎっていたフィオンの手をはなすと、キャンドルにライターを近づけた。

「見とれよ」

フィオンは、祖父のセーターのすそをにぎりしめた。もう一度キャンドルに火がついた時に、置いてきぼりにされないために。でも、祖父がどんなにライターを芯《しん》に近づけても、火はつかなかった。キャンドルは、最後まで燃《も》えきっていない。下のほうは暗く、その上に緑色の輪っかがういている感じに見える。

「このキャンドルは、このあたりから下は決して燃えない。取りこんであった〈記憶《きおく》〉がゆらぎ、炎が消える。すると、キャンドルは自身を再生《さいせい》しはじめるんだ」

失望が胸《むね》のなかにふつふつとわいてきた。これでは、映画《えいが》を見ていて、一番いいところを見のがしたようなものだ。足は入《い》り江《え》までかけおりたくてうずうずしていた。

「どうして消えるの？」

「それは、だれにもわからんよ。キャンドルがわしらからなにをかくそうとしとるのか、だれにわかる？」考えながら、祖父が言った。「炎の力が弱すぎて、わしらをモリガンの闇《やみ》から守ることができんのかもしれんな？　たとえ〈記憶〉のなかでも」

ふたりは、浜辺《はまべ》に背《せ》を向けた。家に向かってとぼとぼと歩きながら、フィオンはどこへともなく小石をけっていた。

「だまされた気分だよ」

「そう言うな。あのあとなにが起きたかは、わかっとるんだ。言い伝えられとるからな」祖父《そふ》はフィオンのわきばらを、そっとこづいた。「ダグザとモリガンはアランモアの岸で、海で、戦った。どちらも相手を殺せるほど強くはなかった。だが、ダグザはモリガンを打ち負かす方法をなんとか見つけた。ダグザがどうやったかは、今でもなぞのままだ。どの言い伝えでも、ダグザがたおれる一歩手前でとつぜん流れが変わった、となっておる。そして、ダグザはモリガンを地中深くに葬《ほうむ》った。さらに、自分もモリガンとともに地下にくだった。魔力《まりょく》を最後の一滴《てき》まで大地にしみこませることで、モリガンを復活《ふっかつ》させないための盾《たて》となった。モリガンが負けたことで、残されたソウルストーカーたちの体は、もといた場所にもどった。そしてモリガンに盗《ぬす》まれた魂《たましい》だけが、モリガンとともに島の地下で眠《ねむ》りについた。時がたち、ソウルストーカーは自分たちのリーダーを忘《わす》れ、同時に彼女《かのじょ》が眠《ねむ》る場所も忘れてしまった」

「ちょっと待って」とつぜん、フィオンが立ち止まった。「ふたりとも死ななきゃならなかったの？」

祖父は歩き続けた。のんびりと大またで歩くその様子は、大地が祖父の足裏《あしうら》をなかなかはなしてくれないようにも見える。風はさらにのんびりとしたペースで、家があるほうへと、ふたりを後ろからおしていた。

「ふたりとも、死んではおらんよ、フィオン。埋《う》まってるだけだ」

「ダグザもモリガンも死んでないなら、モリガンは、生きかえるかもしれないってこと？」祖父に追いつこうと小走りになりながら、フィオンはたずねた。

祖父は、口をきゅっと結んだ。フィオンを横目でちらりと見る。ほんの一瞬《いっしゅん》、影《かげ》がその瞳《ひとみ》をよぎった。

「だから、わしはここにおるのだよ、フィオン。おまえもだ。タラ、バートレイ、シェルビー、そして、すべての島民はみんなそのためにここにおる。万一、闇《やみ》がもどってくるようなことがあれば、力をあわせてやつらを打ちたおさねばならん」

ふたりを包むように風がいきおいよくふき、島がもとにもどっていく。だが、フィオンはもはや島の風景《ふうけい》なんてどうでもよかった。心臓《しんぞう》が発作でも起こしそうだ。

「おじいちゃんの話だと、ぼくたちはいつ噴火《ふんか》するかわからない災《わざわ》いの火山のてっぺんに座《すわ》ってるみたいだよ！」

「だからって、ポンペイみたいになるんじゃないかなどと、大さわぎせんでもいい」

「打ちたおすったって、ぼくは去年、テレビゲームのやりすぎで手首をいためたから役に立たないよ！　おじいちゃんだって一時間おきに、『めがねはどこだ？　めがねはどこだ？』って言ってるし！　タラなんて、なにができるのさ？　モリガンに、『死んじゃえ！』って言うくらいしかできないよ」

祖父《そふ》は、フィオンに力をそそぎこむかのように肩《かた》をたたいた。

「モリガンは、ひとりで立ちあがることはできん。それに、もし、だれかがモリガンに力を貸《か》そうとしたら、島がわしたちを助けてくれることになっておる」

「島が！　島になにができるっていうの？」

「ここには魔法《まほう》がある。まさか、気づいておらんのか？」祖父は、まゆをひそめた。

「魔法って、キャンドルのこと？」声が妙《みょう》にうわずる。フィオンは急に、権力《けんりょく》にとりつかれた太古の魔導士《まどうし》が自分の足の下のどこかに埋《う》まっていることを、意識《いしき》しはじめた。手のひらが汗《あせ》ばむ。ジーンズのわきで両手をぬぐった。「守るったって、キャンドルになにができるの？」

家々が、植物のように地面から生えてきた。野原を飲みこんで道路があらわれ、波止場や船がふたたび形を成していく。今通りぬけてきたいくつもの〈時の層《そう》〉がはがれるたび、大地は眠《ねむ》りから目覚めるようにのびをしてうなった。祖父は自分が向かっている先を見ておらず、島が勝手に運んでくれているようだった。そして前を見るかわりに、フィオンがこれまでに見たことがないような表情《ひょうじょう》をうかべてフィオンを見ていた。

「ダグザの力の源《みなもと》は、自然のエレメントだった。重要でないものなど、この島にはひとつもない。草の一本、雨のひとしずく、雲の一片《いっぺん》たりとも、だ。すべてに魔法が宿っている」そう言うと、祖父はくちびるをぎゅっと結んだ。まるで口のなかに秘密《ひみつ》があって、それがどんどんふくらんでいくみたいだ。その秘密を飲みくだすかのように、祖父は「魔法は〈記憶《きおく》〉のなかにある」とだけ言った。

フィオンはなにか言いかえそうと口を開きかけたが、祖父はかぶせるように話を続けた。

「気をつけろ」そう言うと、腕《うで》を取った。「島が形を変えている間は、島を見るんじゃない。それはとても無礼なことだ。えーと、どこまで話したっけな？　ダグザの魔法は島のいたるところで見つけることができる。わしらはそれを〈ギフト〉と呼《よ》んでおる。ほんとのことを言えば、〈ギフト〉は島のものであって、わしらのものではない」

「〈海の洞《どう》くつ〉みたいなもののこと？」

祖父は、めがねの縁《ふち》ごしにフィオンをじろりと見た。

「ああ。だが、おまえの姉さんにも口がすっぱくなるほど言っておるが、〈海の洞くつ〉には近づくことすらゆるさん。あの洞くつは気むずかしいからな。それよりなにより、島の地下深くに行けば行くほど、モリガンに近づくことになる。それは決していいこととは言えん」

祖父の家が前方に現《あらわ》れた。島の状態《じょうたい》はどんどん落ち着いてきたが、フィオンは動悸《どうき》がますますはげしくなっていった。

「ってことは、ダグザは〈闇《やみ》の女王〉をこの島の地下のどこかに埋《う》め、そいつをやっつけるための気まぐれで危険《きけん》な洞くつを、ぼくたちに残してくれたってこと？」

「つまらんことをごちゃごちゃ言うな、フィオン。わしはまじめに話しとる」

「わかってる！　そんなの、こっちのせりふだよ！」フィオンが、あせりまくって言った。

祖父《そふ》がほほえんだ。あぶないだのなんだのとさんざん暗い話をしていた緊張《きんちょう》が、顔からゆっくり溶《と》けていくようだ。

「まあ、ダグザは空飛ぶ馬も残してくれた。どうだ、少しは気が楽になったか?」

「笑えないって」

ようやく、木戸の前まで来た。庭にイバラがふたたび現《あらわ》れた。からみあいながら、いきおいよく生いしげっている。空ではカモメが自由に飛びまわっている。

祖父は、まるで足もとの草がとつぜん引きぬかれたように、ふらふらと木戸にもたれかかった。

「なんてこった」

フィオンは、祖父をささえながらうろたえた。胸《むね》のなかにハチの巣でもあるみたいに、不安の種がブンブンとうなりをあげている。

「おじいちゃん?」

「すまんな。とつぜん、調子が悪くなった」

祖父の息づかいが荒《あら》い。今度は、フィオンが祖父の腕《うで》を取った。

「なにかぼくにできること、ある?」

祖父はフィオンを見た。そして、自分の手を見た――緑色のろうが筋《すじ》になって指にこびりついている。そこにはまだ、キャンドルの燃《も》えさしが残っていた。

「これはなんだ？　おまえのものか？」

フィオンは、溶《と》けたキャンドルを見つめた。

「ぼく……ううん、ちがう。それはダグザのものだと……」

祖父は、とまどいながらフィオンを見た。

フィオンはキャンドルの燃えさしを祖父の手から取ると、ジーンズの後ろポケットにおしこんだ。

「なかに入ろう」

居間《いま》に入ると、祖父は暖炉《だんろ》のほうにふらふらと歩いて行った。そして、お気に入りのいすのひじかけ部分に腰《こし》をおろした。祖父が息をするたび、鼻でゼロゼロと音がする。

「なにを話していたんだったかな？　のどもとまで出てきとるんだが」

「魔法《まほう》のことだよ」フィオンが、そっと言った。

「魔法……」祖父がつぶやいた。

フィオンは、玄関《げんかん》ドアにもたれかかった。家のなかがかびくさい。空気がこもっているのがわかる。どこからか入りこんだ日ざしのなかで、ほこりが舞《ま》っている。そこはまだ、不自然に暗かった。炉棚《ろだな》のキャンドルの炎《ほのお》が、変わった影《かげ》を壁《かべ》に映《うつ》しだしている。祖父とフィオンは今、さっきまでいた場所からは千キロもはなれたところにいるのだ。千もの〈時の層《そう》〉をへだてているとでも言おうか。さっきまでのように祖父とオークの木の横を歩きたい、そして気軽にいろんな話をしたいと願っている自分に、フィオンはとまどいを覚えた。

「ちょっと休んだほうがよさそうだ」

「そうだね」フィオンは、すばやく言った。母との生活で学んだことがあるならば、それは、自分が不愉快《ふゆかい》だからといって、他人まで不愉快にするなということだった。そんなことをしたら、事態《じたい》は悪くなる一方だ。

「ほんとのことを言うと、ぼくもかなり疲《つか》れてるんだ。つまりその、ぼくたち、千年を一足飛びで往復《おうふく》してきたよね。それって、ここからアメリカのカリフォルニアまで、立て続けに五往復したのと同じくらいだと思うんだよ。おじいちゃん、時差ぼけしたんじゃない？　っていうか、タイムトラベルぼけ？」と、フィオンが言った。

「タイムトラベルぼけ」祖父《そふ》はおうむがえしにつぶやくと、ちょっとにやりとした。「なかなかうまい言い方だな」そう言いながら、祖父は寝室《しんしつ》に向かった。せまい廊下《ろうか》をのろのろと歩いていくと、部屋に入ってドアを後ろ手で閉《し》めた。

フィオンは、そんな祖父の後ろ姿《うしろすがた》をずっと見ていた。

そして、居間《いま》のすみから棚《たな》にそって歩きはじめ、ならべられたキャンドルのラベルをひとつひとつ読んでいった。祖父の言葉がよみがえる。

――アランモアで起きたことは、もう一度起こすことができる。

棚に飾《かざ》られた写真のなかから、祖母がフィオンにほほえみかけている。フィオンは、写真のすぐ下の段《だん》のへりに置かれたキャンドルに目をとめた。小さな球形のキャンドル――真夜中の色をした小石のよう――で、まんなかに虹《にじ》がえがかれている。〈ウィニーの月虹《ムーンボウ》（月の光で見える虹）〉。ラベルには、そう書いてあった。

祖母のウィニー・ボイルは、フィオンがまだ赤んぼうのころ、ダブリンまで二度会いに来てくれた。フィオンは祖母のことをまったく覚えていないが、バラのようなかおりがし、太陽のようにほほえみ、詩人のように話し、そして海賊《かいぞく》のように笑う人だったと、母が話してくれた。フィオンは、小石のようなそのキャンドルをじっと見つめた。日没《にちぼつ》やら猛吹雪《もうふぶき》やら、とにかくなにもかもがぎっしりつまっているこの小さな家のなかで、フィオンはもう、母も祖母も見つけた。キャンドルはこれまでに、ほかにだれをとらえてきたのだろう。

キャンドルは、音のしない幻想《げんそう》の世界でならんでいた。棚にならぶラベルの上を指でなぞっていくと、ラベルがフィオンにウインクをかえしてくる。だが、どんなに目を皿のようにして探《さが》しても、フィオンが見つけたいラベルは見つからなかった。

父の名が書かれたラベルは。

7. 飢《う》えた影《かげ》

フィオンは砂《すな》の上にあぐらをかき、フェリーがすべるように外海へ出ていくのを見ていた。坂の上にあるパブからは、バグパイプの音とともに島民たちの歌声や笑い声も聞こえてくる。波打《なみう》ち際《ぎわ》では、日よけぼうをかぶった小さな男の子がふたり、砂のかけあいをしながら笑いころげている。大きなオレンジのような太陽を、綿菓子《わたがし》みたいにふわふわの雲が縁《ふち》どっている。あぐらの上に置いた腕《うで》が日に焼けてほんのりとバラ色になりつつあるが、フィオンは気づいていなかった。

フィオンは〈海の洞《どう》くつ〉のことを考えていた。

この二日間というもの、フィオンは洞くつのことをずっと考えていた。祖父《そふ》にかくれてこっそり洞くつを探《さが》しに行ったら、すごくめんどうなことになるだろうか。それよりなにより、〈闇《やみ》の女王〉の眠《ねむ》りをさまたげるなんて危険《きけん》なことをすべきなのだろうか。

洞くつは探すに値《あたい》するとは思っていた。ひとつには、ビーズリー家のおばあさんが孫の〈海の洞くつ〉探検《たんけん》に大賛成《だいさんせい》していると聞いたからだ。ふたつめには、祖父はあまりにも用心深い

と思えたからだ。祖父はすでに、フィオンが外でやってはいけないことのリストをどんどん増《ふ》やしていた。夜寝《ね》ていると何度も様子を確認《かくにん》しにきたし、夕食の間も、フィオンがとつぜんテーブルをひっくりかえしたり、夕食の皿を部屋の向こうまで投げたりするとでも思っているのか、にらみつけてばかりいた。

そんなこんなで、フィオンは次のような結論《けつろん》を出した——世の中には、罰《ばつ》を受ける危険をおかしてでもやるべきことがある。不可能《ふかのう》に思えることほど、そういうものだ。

朝食のあとフィオンは、大昔に戦いがくり広げられた場所に引《ひ》き寄《よ》せられるように、浜辺《はまべ》におりた。近くの岩場に洞くつがかくれているかもしれないという期待をいだいたのだ。だが、波はただ寄《よ》せてはかえし、フィオンのその期待をうばっていった。あまりにも波を見つめすぎて、フィオンは眼球《がんきゅう》がふるえはじめた。

小さな男の子たちは、ひっくりかえりそうになりながら、フィオンの目の前を横切っていった。先に走っていった子は小さな緑色のシャベルをふりまわし、そのあとをもうひとりの子が、半べそをかきながら追いかけていった。そばかすだらけの顔をした女の人が、タオルやらバケツやら靴《くつ》やらをだきかかえ、うんざりした感じで子どもたちの後ろを走っていく。その女の人は、フィオンの横を通りすぎながら、なんとはなしにほほえんだ。そして、立ち止まってもう一度フィオンを見た。

「ちょっと待って。あなた……」

「フィオンです」昔のだれかの幽霊《ゆうれい》にまちがわれる前に、フィオンは名乗った。

その人は、手にしたビーチサンダルのかかとで、目にかかった髪《かみ》をはらった。

「あなた……ちょっと待って、今思いだすから……」

「マラキーの孫です」フィオンは、急いで言った。

「ああ、フィオンね。そうだったわ。イーヴィーの息子《むすこ》ね」

「そうです」フィオンは胸《むね》をはった。

「わたしは、アルヴァ・キャノン」アルヴァは、フィオンとあくしゅするためにタオルを入れたバケツを持ちなおそうとしたが、最後の最後に考え直し、バケツを腕《うで》に引っかけて申しわけなさそうにほほえんだ。「イーヴィーは、学校の先輩《せんぱい》なの。週末にはよくフランス語の勉強を手伝ってもらったわ。わたし、ほんとにフランス語が苦手で」ばつが悪そうにそう言うと、続けた。「お母さんはお元気？　あれ以来会ってなくて……その……」アルヴァの声が小さくなる。

「元気です」フィオンは、反射的《はんしゃてき》に答えた。「母の後輩っていうことは、この島の人ですか？」

アルヴァは、ほこらしげにうなずいた。

「生まれも育ちもこの島よ。今はここで、英語と歴史の教師《きょうし》をしてるわ」

「もしかして、〈海の洞《どう》くつ〉のことを聞いたことはありませんか？」

「ダグザの洞くつのこと？」アルヴァは、息子たちのほうをちらっと見た。子どもたちは、なにやらもめているようだ。「そんなの、知らない島民はいないわ」

「どこにあるか知ってるんですか？」フィオンは、前のめりになって聞いた。

アルヴァは、きびしい目つきをした。

「洞くつは、しかるべき理由があってかくされているのよ、フィオン。あなたのお母さんは、あなたに洞くつ探《さが》しなんてしてほしくないと思うけど？」そして、フィオンのがっかりした様子を見て言い足した。「あなた、マラキーの家にいるって言ったかしら？」

「はい。夏の間、ここにいます」

「夏の間だけ？」アルヴァは、まゆをひそめた。「わたしはてっきり……」そのとき、かん高い泣き声がして、アルヴァは言いかけた言葉をひっこめた。息子のひとりの顔に、プラスチックのシャベルが当たったのだ。「ロナン！ そのシャベルをすぐにおろしなさい！ 失礼するわね、フィオン」アルヴァは、あらそってる子どもたちのところに急いで走りながら、フィオンのほうをふりかえってさけんだ。「〈嵐《あらし》の守り手〉によろしくね！ おじいさんが言ってた、魔《ま》の二歳児《さいじ》って、ほんとだわ！」

「伝えておきます」フィオンは返事をしたが、アルヴァ・キャノンはもう、声のとどかないところにいた。興奮《こうふん》して手足をじたばたさせる子どもたちを、浜辺《はまべ》から連れだしている。

フィオンは、イライラするのはやめようと思った。かんたんに見つけられるものならば、とっくにタラが見つけているはずだ。まだ時間はある。時間だけはある、と言っていい。

もし、邪悪《じゃあく》な魔導士《まどうし》が死んだわけではなく、この地面の下のどこかで復活《ふっかつ》の時をねらっているとしたらどうする？　もし、ぼく以外だれもこのことを気にしてないなら、ぼくが気にする理由もないんじゃないのか？　モリガンはもう何百年、いや、何千年も、この浜辺《はまべ》に足をふみ入れていない。あのキャンドルだって、モリガンの居場所《いばしょ》を見せてくれたわけじゃない。

――どうして？

フィオンはジーンズの後ろポケットから、キャンドル〈ファド　ファド〉の燃《も》えさしを引っぱりだした。

――どうして役に立たないものを作るんだろう？

フィオンは、はっとして、キャンドルを見直した――キャンドルをいろんな方向からじっくり見てみる。そして、確信《かくしん》した。キャンドルの先っぽの緑色の部分が、少なくとも二センチ半はぶくぶくと泡立《あわだ》ちながらのびている。キャンドルが、自己再生《じこさいせい》しているのだ。

頭にひらめいた考えに、フィオンはぞくっとした。自己再生したキャンドルをこの浜辺で燃やしたら、おじいちゃんと岬《みさき》にはりついて過去《かこ》をのぞいていた時に見た以上のものを、見られるんじゃないだろうか。もしかしたら、ダグザとならんで歩けるかもしれない。ダグザのときの声にこたえ、祖先《そせん》と肩《かた》をならべて立つことができるかもしれない。

船団《せんだん》は島に向かってくるところだろう。ワタリガラスの群《む》れが頭上で鳴きわめき……モリガンはそこにいるはずだ。フィオンはモリガンの記憶《きおく》に、モリガンとともに海をわたってくる影《かげ》に身ぶるいした。

――ただの〈記憶〉だ。

モリガンがまだ海にいるうちに、キャンドルはまた消える。

――だから、勇気を出せ。

自分はやれる。やらなくちゃいけない。

タラがこのことを知ったら、地団駄《じだんだ》をふんでくやしがるだろう。

フィオンの鼓動《こどう》がはげしくなる。風はすでに強くなっていた。その風がフィオンの耳もとでささやきかける。

――さあさあ。やってごらん。

今、浜辺にはだれもいない。フィオンと、フィオンの手のなかの嵐《あらし》だけ。

フィオンは立ちあがると、ポケットに手をつっこんでライターを探《さぐ》りだし、キャンドルの芯《しん》に火を近づけた。

キャンドルに命がともる。

島が大きく息を吸《す》いこむ。

大きなハンマーのように風がぶつかってきて、フィオンは、顔から砂《すな》にたおれこんだ。半分意識《いしき》を失ってぐったりと横たわる。炎《ほのお》はいきおいよくゆらめき、千年分の〈時の層《そう》〉が次から次へとフィオンにぶつかってくる。起きあがった時には、フィオンの口のなかは砂だらけで、浜辺《はまべ》は戦いの真っ最中だった。

ときの声がまた聞こえる。だが、前回より声が近い。あまりにも近くにいるので、革《かわ》と血が混《ま》じった強いにおいがかぎとれる。潮《しお》は引いていて、人けのない船が沖《おき》に運ばれている。ソウルストーカーと〈選ばれし氏族〉たちは浅瀬《あさせ》で戦っていた。あちらこちらで槍《やり》と剣《けん》がぶつかりあい、いくつもの首が海に転がっていく。

空はあざのような深いむらさき色をしていた。フィオンはよろよろと立ちあがろうとするが、ダグザが呼《よ》んだ嵐《あらし》の雲が上からおしつぶそうとしてくる。稲妻《いなずま》がビリビリバリバリと音を立てて、むちのように雲のなかを走っている。

風がフィオンをつついてきた。指でつくようにするどく。

——歩け。

フィオンのなかの声が言う。

——ふたりはこのあたりのどこかにいる。

空に雷鳴《らいめい》がとどろく。

——ふたりがおまえを待っている。

フィオンは、ソウルストーカーたちに近づきすぎる危険《きけん》はおかさないようにした。それでも、まわりにいるやつらの姿《すがた》は、しっかり見ることができた。みだれた髪《かみ》、うつろな目。その目はこの世を見ているというよりは、通りすぎたどこか別の世界を見ているようだった。フィオンは違和感《いわかん》のあまり、じっとしていられなかった。自分は存在《そんざい》すべきでないものにかこまれている――魂《たましい》のない形だけのもの、人間性《にんげんせい》のない人間。

ソウルストーカーたちは、血でぎらぎらと光る剣をたくみにあつかった。なめし革《がわ》でできたよろいのようなものを身につけ、そのすきまから腕《うで》や足が見えている。背《せ》の高い者もいれば低い者もいる。動きのすばやい者もいる。いろんなタイプがいるが、共通しているのは、動きが不自然なまでになめらかで、肩《かた》から首にかけてはうように、ねじれた黒いうず巻《ま》きもようの焼き印がおされているということだった。よろいの下からちらりとのぞくはだかの胸《むね》には、黒いワタリガラスの入《い》れ墨《ずみ》が入っている。

島民たちは体も小さく、やせて、骨《ほね》と皮ばかりだった。ソウルストーカーたちとくらべて、あまりにも、もろそうに見えたが、なんとか持ちこたえている。その時、女がひとり、石槍を手に海に突進《とっしん》していくのが見えた。女は敵《てき》の背後《はいご》につくと、首を引っかけて海のなかへと引きたおした。たおれたソウルストーカーのまわりをぐるぐる歩き、海をかきまわすように槍をひねる。すると、海もうずを巻《ま》いた。女がとどめをさそうと武器《ぶき》をかかげると、水は宙《ちゅう》にまいあがり、ソウルストーカーののどから体内へと流れ落ちていった。ソウルストーカーの腕や足がヒトデのように広がり、顔が青くなる。そしてそのまま、沖へと波に引きずられていった。

あっという間の出来事で、二十秒もかからなかった。

女が空に向かって歯をむきだすと、さっと雲がおりてきた。雲はむらさきと灰色《はいいろ》の筋《すじ》となってたなびきながら、女の体を包みこみ、肌《はだ》にしみこんでいった。

フィオンは、ぽかんと開いていた口を閉《と》じた。あの人は、人間だ。ぼくと同じように。それでも、自分の体の倍はありそうな敵《てき》をやっつけた。それも、直接触《ちょくせつふ》れもしないで！

そしてフィオンは、あることに気づいて衝撃《しょうげき》を受けた。飛んできた槍《やり》が鼻先をかすめる。その槍は、不自然なほどに曲がりくねって飛んでいくと、百歩もはなれていないところにいたソウルストーカーの心臓《しんぞう》につきささった。この間、祖父《そふ》といっしょにあの岬《みさき》の上からここを見ていた時、こんなシーンは、どれも見なかった。キャンドルの再生《さいせい》した部分はとっくに燃《も》えてしまったのに、炎《ほのお》はまだ消えていない。炎は、その下の暗い部分を燃やし続けている。

こんなこと、あり得ないはずなのに。

戦いは続き、フィオンはなんとかそれについていっていた。

風はどんどんせっかちになっていった。壮絶《そうぜつ》な剣《けん》と石槍のぶつかりあいからフィオンを引きはなし、岸に沿《そ》って引っぱっていく。その先では、ワタリガラスがわめきながら黒い円を描《えが》いて飛んでいる。フィオンは、ランタンのようにキャンドルをかかげた。ワタリガラスが描く円のまんなか、くちばしと羽と、ビーズのように小さな丸い目にかこまれたなかを、フィオンはあやつり人形のように突風《とっぷう》に引っぱられて通った。気づくと、フィオンはふたりの太古の魔導《まどう》士《し》といっしょに入《い》り江《え》に立っていた。

フィオンはあえぎながらふたりを見つめた。まわりの戦いの音が、ザーッというノイズにしか聞こえなくなった。

——ダグザたちにぼくは見えない。見えていない。

モリガンは、フィオンから少しはなれたところにうかんでいた。見るもおぞましいケープをまとっている。移《うつ》りゆく暗闇《くらやみ》のなか、ケープと思われたそれが、実はあえぎさけぶように口を開けた無数の顔が連なったものだということが見てとれた。

自分の姿《すがた》は相手に見えないとわかってはいたが、フィオンはモリガンに対する恐怖《きょうふ》をかくすことができなかった。無数の顔はモリガンがうばったソウルストーカーたちの魂《たましい》で、それがケープのように、モリガンのやせた体を包みこんでいる。大気から温かみを引きだし、それをなにか冷たくてぞっとするようなものに変えていく。モリガンの髪《かみ》はなめらかで、黒く、どこまでものびていた。肌《はだ》はとても青白く、光を放って冷たい骨格《こっかく》をうかびあがらせている。

吐《は》くかも、とフィオンは思った。自分の顔が体からはなれ、ほかの顔といっしょにモリガンのケープにならぶところを、思わず想像《そうぞう》してしまう。

——勇気を出すんだ。

フィオンは、ふるえる足でそろそろと前に進んだ。

——モリガンには見えてない。見えないんだ。

モリガンの血の気のないくちびるが動いて、呪文《じゅもん》をとなえる。黒曜石《こくようせき》のような黒い目は、目の前にひざまずく相手を見すえていた。

フィオンは気づいた。

——あれは……ダグザ？

がくりと頭がたれ、白い髪《かみ》が横顔をおおいかくしているので、ダグザに意識《いしき》があるのかどうか、フィオンにはわからなかった。ただ、ダグザは思ったよりずっと、人間っぽく見えた。弱く、もろそうに。ダグザの杖《つえ》は横に投げだされている。杖にはめこまれたエメラルドが、半分砂《すな》にうまっている。

フィオンが杖のほうににじりよると、暗闇《くらやみ》が胸《むね》をつきさした。一歩一歩、少しずつ近づく。額《ひたい》にういた汗《あせ》が氷に変わる。モリガンにまとわりつく影《かげ》が、フィオンの指先にそっと冷たいキスをする。恐怖《きょうふ》で身がすくむが、なんとかここまで来た。知らなくてはいけない。最後まで見とどけなくてはならないのだ。

モリガンは、ダグザの魂《たましい》をほどいていった。意図的にしわがれた声で呪文《じゅもん》をとなえているようだ。ダグザの胸《むね》から連なった光がいきおいよく飛びだし、きらきら光る繊細《せんさい》なクモの糸のようにふわりと宙《ちゅう》をただよった。光の糸はモリガンの近くで油っぽく黒いものに変わり、モリガンの歯の間から口に入ると飲みこまれていった。

——物語はこんなふうに進んでいくはずじゃなかったのに。

モリガンのまわりの影《かげ》が大きくなるにつれ、ダグザの光が弱くなっていく。

——なにかが、とてもとてもまちがっている。

風がフィオンの背中《せなか》に、こぶしをたたきつけた。フィオンは、はっとした。

——なんとかしないと！

「おい！」フィオンは、炎《ほのお》が消えつつあるキャンドルをふり回した。「起きてよ！　殺されちゃう！　起きて戦うんだ！」

ダグザは、前へ前へとうなだれていく。体がふるえ、最後の光が出ていった。

——だめだ、だめだ、だめだ、だめだ、だめだ！

「起きるんだ！」

ダグザには、フィオンの声は聞こえなかった。そう、もちろん聞こえない。でも、ほかにどうしろと？

——なにかしなくちゃ！

フィオンは、こぶしをダグザの背中にたたきつけた。

「なにかするんだ！」フィオンが、わめいた。

そのとき、フィオンの指先に衝撃《しょうげき》が走った。温かいものが電流のように腕《うで》をかけあがり、胸のなかで爆発《ばくはつ》する。

島が、しゃっくりをした。

モリガンはフィオンに目を向け、その終わりのないまなざしでひたと見すえた。

世界が、黒曜石《こくようせき》のようなふたつの目にぎゅっと凝縮《ぎょうしゅく》する。

フィオンは、ひざからくずれ落ちた。モリガンのさけび声がフィオンののどを伝って流れこみ、冷たい手に心臓《しんぞう》をわしづかみにされる。

ダグザが、よろよろと立ちあがった。

モリガンはフィオンとダグザの間で目をしばたたき、モリガンにつきしたがう影《かげ》が、貴重《きちょう》な一瞬《いっしゅん》のためらいを見せた。

ダグザが杖《つえ》をモリガンに向け、焼けつくようなまぶしい稲妻《いなずま》がモリガンの胸《むね》をつらぬく。

フィオンの手のなかで、キャンドルの火が消えた。モリガンのさけび声がいくつもの〈時の層《そう》〉を経《へ》てフィオンを追いかけてくる。世界がかたむき、まっ暗になった。

8. 奇妙《きみょう》な旅人

シェルビー・ビーズリーが浜辺《はまべ》の端《はし》で丸まっているフィオンを見つけたのは、それから一時間ぐらいたった時だった。

シェルビーはフィオンの肩《かた》をたたいた。

「ウミガメのものまねのつもり？　それとも、すっごくおなかがいたいの？　わかんないからうめいてみて。ウミガメのものまねしてるんなら一回。おなかがいたいなら二回うめいてよ」

フィオンは、頭を上げた。

かたむきかけた太陽の光が、シェルビーの顔をかこんでいる。口の端にしわを寄《よ》せて、大げさに顔をしかめている。シェルビーは後ろをちらりと見た。

「あんたのお姉ちゃんを呼《よ》んでこようか？　バートレイが今から歩いて送ってくところだから。ふたりでさよならできるように、わたし、気をきかせてあげたの」

フィオンは心のなかで「マジかよ」とつぶやいた。なんとか立ちあがったものの、まだひざががくがくしている。

「だいじょうぶ。ちょっと……寝《ね》ちゃったんだと思う」そう言うと、海に顔を向けた。海岸に打《う》ち寄《よ》せる波を見ると、息がつまった。浜辺《はまべ》に人けはない。あの戦いは、はるか昔の話だ。〈選ばれし氏族〉は生き残った。

フィオンも生き残ったのだ。

幸いなことに、シェルビーは兄とはまったくちがった。フィオンのおかしな様子を気にもとめない感じで、口もとから歯列矯正用《きょうせいよう》のワイヤーをきらりと光らせながら言った。

「新鮮《しんせん》な空気を吸《す》うのはいいことじゃない？　わたし、ここの海草のようなにおいが気に入ってるんだ。ダブリンではこういう空気は無理だもん」

頭上ではカモメが、のどの奥《おく》からしぼりだすようなかん高い鳴き声をあげている。

「そうだね」フィオンは心ここにあらずだった。頭のなかで、モリガンのあの視線《しせん》をまだ感じている。

モリガンはフィオンを見ていた。

向こうからは、フィオンの姿《すがた》は見えていなかったはずなのに、気づくとモリガンの視線にとらえられていた。

見られたと、フィオンは骨《ほね》の髄《ずい》の髄で感じた。モリガンとフィオン、ふたりの間をはるかな時がへだてる今でも、その感覚をふりはらうことができない。

モリガンの存在《そんざい》を、耐《た》えられないほど近くに感じる。

モリガンはフィオンの近くにいる。みんなの近くにいる。

「シェルビー」フィオンは、切羽つまったように言った。「アランモアを守るために、ダグザがなにを残してくれたかわかる？」

シェルビーは、おどろいて目をぱちくりさせた。

「話せば長くなるよ？」

「〈ギフト〉のこと。〈ギフト〉についてどうしても知りたいんだ」と、フィオンは強く言った。

「わかった……まず〈海の洞《どう》くつ〉。これは、自分ではどうにもならないことのためのもの。でも、ここについては、わたしがもう教えてあげたよね」

フィオンは、熱をこめてうなずいた。

「続けて……」

「えっと、〈ささやきの木〉。これは、これから起きることのためのもの」

「どういうこと？」

「未来を教えてくれる。そんな感じかな。どんなものなのか、ほんとのところはわたしも知らない。でも、うちのおばあちゃんの話だと、なにか質問《しつもん》すると答えてくれるんだって。ずいぶん昔に、おばあちゃんはそこに行ったことがあるんだけど、その時のことを今でも怒《おこ》ってる。木に怒るって、意味わかんないけど」シェルビーは考えるように言った。「でもわたし、おばあちゃんが羊をどなりつけてるとこを見たことあるから、木に怒るっていうのも、まあ、そんなにおどろくほどのことでもないかな」

　フィオンはフーッと息を吐《は》いた。

「そうか。で、ほかには？」

「〈メロウ〉とよばれる半人半魚ね。来るかもしれない侵略者《しんりゃくしゃ》に備《そな》えて」シェルビーは、さっきより自信ありげに言った。同じようなあり得ない不思議な話をしながら、目をきらきらと輝《かがや》かせている。「聞かれる前に言っておくけど、半人半魚といっても、〈メロウ〉はマーメイドじゃないからね。うちのおばあちゃんは、そういう細かいことにうるさいから。見た目は人間っていうより怪物《かいぶつ》っていう感じかな。わたしたちとは、あまりかかわりを持たない」シェルビーが、顔をしかめながら続けた。「それはたぶんいいことだけど。わたし、やっとイルカに対する恐怖心《きょうふしん》……ほら、イルカって不気味な笑い方するじゃない？……を克服《こくふく》できたところなんだよね。ま、とにかく、わたしたちは海の野蛮人軍団《やばんじんぐんだん》とはかかわらないよ」

　海の野蛮人軍団とはかかわらない――。フィオンの肩《かた》から力がぬけた。

「それから〈アンヴァル〉。これは空飛ぶ馬なの。とてもにげきれないような危険《きけん》に備えてね」

　まるで頭の後ろから太陽に照《て》らされているみたいにまぶしい笑顔で、シェルビーはしゃべり続けた。

「どの〈ギフト〉を探《さが》すかわたしが決めてもいいんなら、〈アンヴァル〉を探す。でもバートレイは八歳《さい》の誕生日《たんじょうび》パーティーで、ポニーにふり落とされたことをまだ根に持ってるのよ。

ママは、ポニー・トラウマだって言ってる。わたしはそんなのうそだって思ってるんだけどね。ま、どっちでも大して変わりはないのかも。だって、バートレイはあのバカみたいな洞《どう》くつにとりつかれてるんだから」そう言うと、大げさに息を吸《す》ってからつけ加えた。「ねえ、〈嵐《あらし》の守り手〉のことは知ってるんだよね？」

「ああ、知ってる。天気がどうのってやつでしょ」フィオンが興味《きょうみ》なさそうに言った。

シェルビーは、けげんな顔をした。

「じゃあ、わたしが知ってることはこれで全部かな」

フィオンは、ちょっと気が楽になってきた。モリガンを阻止《そし》するための備えは、一応《いちおう》いろいろあるらしい。役に立つものがちゃんとあるということだ。

それにしても、バートレイ・ビーズリーはポニーがこわいだなんて。笑っちゃうよ！

「ありがとう、シェルビー」

シェルビーは肩をすくめた。

「どういたしまして」

「〈海の洞くつ〉はまだ見つかってないんだよね？」フィオンは、探《さぐ》りをいれてみた。

シェルビーは悲しげに首をふった。

「ちょっとはわたしにまかせてくれるといいんだけど。バートレイは自分が先頭に立ってやらないと、例のバカげたお願いっていうやつをわたしかタラにとられるって心配してるのよ」

フィオンの顔がこわばった。とつぜん、クモが背中《せなか》をはいあがるみたいにぞわぞわと、新しい心配がめばえたのだ。

「かなえてもらえる願いはひとつだけなの？」

「そう、一世代でひとつだけ。だからバートレイは、だれを連れていくかでうるさいのよ。わたしは家族だし、タラは……タラはお兄ちゃんに忠実《ちゅうじつ》だからね……カノジョだから」シェルビーは、鼻筋《はなすじ》にしわを寄《よ》せた。「でも、あなたのことは敵《てき》とみなしてるのよ。バートレイの頭に、昔の家どうしのライバル意識《いしき》を植えつけたのは、うちのおばあちゃんなの。こんなこと言うのもなんだけど、おばあちゃんは昔からバートレイにあなたの悪口を言い続けてきたの。ほんとは、わたしにも言ってた。でも、わたしは自分の頭で考えたいほうだから」そう言うと、ごめんねという感じでにっこりした。「わたしの好きにできるなら、みんなで行くんだけど」

「きみにはかなえてほしい望みはないの？」ビーズリー家からのいわれのない敵対心にショックを受けていることをかくしながら、フィオンが聞いた。「もし、ひとつだけしかかなえてもらえないなら、なんでバートレイにゆずるんだよ？」

「わたしは、馬がほしいけどね」シェルビーが元気よく言った。「おばあちゃんのことは大好きだけど、望みをかなえてもらう人は結局、おばあちゃんの言うとおりに動く羽目になるのよ。そもそも、バートレイがあんなに一生けんめいなのも、おばあちゃんが理由なのよ。わたしは、だれかのあやつり人形になるのはいや」

「でも、どうしてそんな……」

「おい！　シェルビー！」呼《よ》ばれたように、バートレイ・ビーズリーが岬《みさき》に現《あらわ》れた。腰《こし》に手をあて、あごをぐっと上に向けている。ふたりのほうに大またで歩いてくる。

「ダグラスおじさんがバーベキューをはじめるってさ！　行くぞ！」

「うわさをすればなんとやらね」と、シェルビー。

「まさしく」と、フィオン。

「そんなところで、そのおかしなやつとなにやってんだ、シェル？」バートレイがさけんだ。

「おれの妹にちょっかいを出すな、ボイル！」

「お兄ちゃんのきげんがもっと悪くなる前に、もう行くよ。またね、フィオン！」シェルビーはあとずさりしながらそう言うと、走っていった。

＊＊＊＊＊

フィオンが家にもどると、ワタリガラスが一羽、煙突《えんとつ》の上にとまっていた。男がひとり、前庭でうろうろしている。燃《も》えるように赤いその髪《かみ》を見て、フィオンにはあの男だとすぐにわかった。今日は髪をポニーテールにしているが、たっぷりとした強烈《きょうれつ》な赤色のひげはドナルの店にいた時と変わらず、こんなに気温が高いのにまたしてもあのタートルネックを着ているのだからわけがわからない。男はイバラを念入りに調べ、指でとげをもてあそんでいた。詩人が詩のインスピレーションを求めているようにも見える。

「なにか用ですか？」フィオンは声をかけると、ゆっくり立ち止まった。

ワタリガラスが、カーッと鳴きながら飛んでいった。

その声に、フィオンは死ぬほどびっくりした。

――ただの鳥だ。鳥なんてこわくない。

男は、フィオンにほほえみかけた。きれいにならんだ輝《かがや》く白い歯が、強烈《きょうれつ》な赤毛との対比《たいひ》でよりいっそう白く見える。とげから手をはなすと、両手をポケットにつっこんだ。

「〈嵐《あらし》の守り手〉を探《さが》しているんだが」

フィオンは、顔をこわばらせた。たぶん、思いがけずワタリガラスが現《あらわ》れたせい。それか、心に焼きついたモリガンのまなざしのせいかも。とにかく、一気に警戒心《けいかいしん》が高まった。

「悲しいかな、きみのお姉さんに、〈嵐の守り手〉は留守《るす》だと言われてね」男は続けた。フィオンの記憶《きおく》よりやせている。肩《かた》は骨《ほね》ばっていて、あごがとがっている。体のラインはごつごつしていて、丸みがまったくない。「それとも、お姉さんはうそをついたのか？」

「すみません、どなたですか？」

男は、歌うような笑い声を立てた。

「すまない、フィオン。わたしはよく、名乗るのを忘《わす》れるんだよ。アイヴァンだ。数日前にダブリンからこの島に来た」そう言いながらあごを引いた。両手はジーンズのポケットにつっこんだままだ。「この島の歴史のとりこになってしまってね」

さも親し気に話しかけてくる男の雰囲気《ふんいき》、会話をはじめて以来一度も男がまばたきしていないという事実、そのどちらがこんなにも自分を落ち着かない気持ちにさせるのか、フィオンにはわからなかった。

「どうしてここに？」

「好奇心《こうきしん》だよ」アイヴァンは、フィオンの行く手をふさぐように前に出た。フィオンは、男のなまりからどこから来たのか判別《はんべつ》しようとしたがわからなかった。ゆったりした流れるような話し方。今にも歌いだしそうな、リズミカルなイントネーション。ダブリンから来た人の話し方には聞こえない。「魅力的《みりょくてき》なアイルランドの天気。そのすべてがかくれている場所がどこか、わかっていたら……もっと早くに来たのだが」

「この島の天気に慣《な》れることはないですよ。ほんとに予測不可能《よそくふかのう》なんで」

アイヴァンの目がきらりと光った。

「そうかな？」

まずいことを言ったのかな、とフィオンはあせった。不安で胃のあたりが落ち着かない。今日の出来事がまたよみがえってくる。今は他人と話すより、気分が安らぐうす暗い家のなかに入りたかった。

「そろそろ失礼します」

アイヴァンはその場から動かなかった。

「おじいさんがいつもどるか、知らないかい？　お姉さんは知らないようだったけど」

「わかりません」

アイヴァンのひげが、ぴくっと動いた。

「おじいさんが家を出ることはないと、思いこんでいたよ。わざわざ丘《おか》の向こうからローズが買い物のために来てくれるのは、そのためじゃなかったのかい？」この間フィオンが雑貨店《ざっかてん》の主人とかわした会話のささいな部分を持ちだされ、フィオンは、自分がまるでうす暗い取り調べ室のライトの下にいるような感じがした。「少なくとも、わたしにはそう聞こえたんだが……」

ふたりの間に、長い沈黙《ちんもく》が流れた。

フィオンはアイヴァンをにらんだ。

「いったい、おじいちゃんになんの用なんですか？」

アイヴァンはうっすらと笑みをうかべた。うすく開けた口もとから返事がくる。

「洞《どう》くつの件《けん》、だ」

フィオンは、心臓《しんぞう》をぐっとつかまれたかと思った。笑みをうかべていたアイヴァンが急に大きな笑い声を立てた。赤いひげが笑い声にあわせてふるえる。こめかみからほおへ、玉のような汗《あせ》が伝っていく。

「そうですか、あなたがいらっしゃったことは祖父《そふ》に伝えておきます。では」

フィオンはそう言うと、わざとらしくアイヴァンの前にまわりこんで家のなかに入っていった。

9. 告白《こくはく》

フィオンの祖父《そふ》は、居間《いま》の窓《まど》と窓の間に立ってじっとしていた。肩《かた》を丸めて、まるでさやのなかのインゲン豆のように身をせばめている。

「シーッ。身をかがめろ」と、祖父は小声で言った。

フィオンは、後ろ手で玄関《げんかん》のドアを閉《し》めた。

「やつなら帰るところだよ」

祖父は、窓ガラスに顔をおしつけた。史上最悪のスパイみたいだ。

「やれやれ」

「おかしなやつ」キッチンからタラの声が聞こえた。タラはいすをふたつならべてあおむけになり、携帯《けいたい》電話をいじっていた。「あいつ、まるでおじいちゃんを誘拐《ゆうかい》でもしにきたみたい」

「あいつはおそらく、けんかをふっかけるのが好きな旅人なんだろ」祖父は窓ガラスにおしつけていた鼻を引きはなした。「あんな目立つひげといっしょにどこに行くつもりだ？　ダグザと張《は》りあうつもりか？」

「それに、見た？　あのタートルネック」タラが、祖父と同じくらい嫌悪感《けんおかん》をあらわにして言った。「サイアク」

フィオンはおろした両手をこぶしをにぎって、ふたりの間をうろついていた。

「ふたりに話すことがあるんだ」

「なによ、かしこまっちゃって」と、タラが言った。

フィオンは、せきばらいをした。とつぜん心臓《しんぞう》が早鐘《はやがね》のように打ちだした。

「ぼく、今日、モリガンと会った。〈ファド　ファド〉の残りを燃《も》やしたんだ」

アニメでよく見るような大げさな大またの忍《しの》び足《あし》で窓からはなれつつあった祖父は、その場で立ち止まった。

「うそばっかり」タラの声がキッチンから飛んでくる。「あのキャンドルの下のほうは、燃やせないんだから」

フィオンは、強く言いかえした。

「うそなんてついてない」

祖父がくるりと向きを変えた。フィオンは、祖父の意識《いしき》がレーザーでねらいを定めるように自分に集中するのを感じた。

「どういうことだ？」

あの記憶《きおく》は、まだフィオンにまとわりついていた。まるで影《かげ》のように。胸《むね》がいたくてたまら

なかったが、それがこらえた涙《なみだ》のせいなのか、モリガンがフィオンののどの奥《おく》に残していった
さけび声のせいなのかわからない。
「モリガンと会ったんだ」声がこわばる。「あの海岸にもどって、〈選ばれし氏族〉とソウルス
トーカーの戦いを見た。五氏族のひとりが海を自由自在《じゆうじざい》にあやつるのも見た。指一本触《ふ》れずに
だよ。五氏族は魔法《まほう》を使ってたんだ」
「あのキャンドルが燃《も》えた……長い長い年月を経《へ》てとうとう」と、祖父《そふ》が静かに言った。
のどにつかえたかたまりを、フィオンは飲みこんだ。
「最後まで燃やしたんだ」
祖父はまばたきを一回した。ゆっくりと重たげに。
タラが立ちあがったのか、いすを引くキーッという音がした。
「そして、ふたりを見つけた」フィオンが、急いで続けた。「モリガンはぼくを見た。モリガ
ンがぼくをまともに見て、ぼくはそれを感じたんだ」フィオンはなぐられたように、自分の胸《むね》
をつかんだ。「ダグザがモリガンをなにかで撃《う》って、キャンドルが消えて、それからぼくは気
を失ったにちがいなくて。でも、気がついたらぼくはまだ浜辺《はまべ》にいて、溶《と》けたろうがぼくの手
をおおってて……。あのキャンドル、燃えつきちゃったんだ。おじいちゃん、ごめんなさい」
フィオンがそう言いながら片手《かたて》を上げた時、タラがキッチンから居間《いま》に入ってきた。
タラはその手をつかんでひっくりかえした。フィオンの手に残るまっ黒なろうの筋《すじ》を指でな

ぞる。

「こんなの……だからなんだっていうの？」

「うそつくわけないだろ。ぼくはタラじゃないんだぞ」そう言うと、フィオンは祖父のほうを向いた。「おじいちゃんは、ぼくのこと信じてくれるよね？」

祖父は、ひじかけいすのひじに腰《こし》をおろした。静けさのなか、祖父のひざがきしむ音がする。しばらく、祖父はなにも言わなかった。そのかわり、床《ゆか》の一点を見つめている。その目はどんよりとしていて、頭のなかのどこかをさまよっているようだった。フィオンは、自分の鼓動《こどう》を数えていた――十、三十、五十。ようやく、祖父の返事が聞こえた。

「ああ、フィオン。わしはおまえを信じるよ」

「なんですって？」タラが、ぎょっとしたように言った。

「ぼく、ダグザにさわったんだ」思いがけず祖父に信じてもらえたためか、フィオンはもう一歩ふみこんだ。「ダグザはひざをついていた。そして、なんでそんな気になったんだか、自分でもよくわからないんだけど、とにかく、ぼくがダグザの背中《せなか》をひっぱたいたような感じになって。そしたら指に衝撃《しょうげき》が走って。その時、モリガンがぼくを見たんだ！　モリガンがぼくに気を取られて、そのすきをついてダグザがさっと立ちあがって……」言い終わらないうちに、フィオンの声は小さくなった。

祖父《そふ》は、フィオンが人を殺したとでも告白《こくはく》したかのように、じっとフィオンを見つめている。

フィオンは、くちびるをぎゅっとかんだ。

「モリガンはもういないんだよね？　ちがうの？」声がふるえる。

「恐《おそ》れる必要はない」祖父《そふ》はあわてて笑顔を作った。「そんな必要はまったくない。わしがいっしょだ。おまえは今、家におるんだからな」

「ちょっと待って。おじいちゃん、なにフィオンに調子あわせちゃってんの？」タラが、口をはさんだ。「おじいちゃんが自分で言ったのよ？　ほかの〈時の層《そう》〉では、あたしたちは向こうから見えないって。風みたいなものだって！」そして、フィオンに向き直った。「あんたはさっきまで、モリガンやダグザのところで遊んでたわけじゃない。あんたは、海にあのキャンドルを投《な》げ捨《す》てて、こんなバカげた話をでっちあげただけよ。のけものにされたからってね」

「じゃあ、タラはなにしてたんだよ？」フィオンは怒《いか》りをあらわにした。「願いをかなえるチャンスを銀の大皿にもりつけて、とんまなカレシに『はい、どうぞ』って差しだすために、一日じゅう崖《がけ》の近くを走りまわってたんだろ？　もし自分の家族をなにより大事に思ってるんなら、そんなにかんたんにあいつにチャンスを差しだしたりするもんか！」

タラの口もとがゆがんだ。

「あたしにとってなにが大事かなんて、あんたにわかるわけないわ」

「いいかげんにせんか！」祖父がぴしゃりと言った。「そもそもわしは、つまらん口げんかがもとで家族が死ぬことなど望んどらん。こんなことなら、ばあさんともうひとり子どもを作って家族を増《ふ》やしておくべきだったよ」

タラは祖父をにらみつけた。

「あのキャンドルはだれが燃《も》やしても、とちゅうで消えちゃうのよ！　なのに、なんでフィオンの時だけ最後まで燃えたのよ？」

「ぼくのほうがタラよりマシだからだろ」と、フィオン。

「は？　何様のつもりよ」

「ダグザ、どうか、われに力を」祖父は悩《なや》みをふりはらうかのように、頭を右に左にとふった。

「いいか、ふたりとも耳の穴《あな》をかっぽじって、しっかり聞くんだ。そして今回はな、わしが『聞け』と言ったら、文字どおりちゃんと聞くんだ、タラ」タラは自分の靴《くつ》に視線《しせん》を落とした。うつむいたタラを見て、フィオンはざまあみろと思った。「この島にはいくつもの力が働いておる。それらは、わしにも完全に理解《りかい》できてるとは言えん。今、島は不安定な状態《じょうたい》にある。ほかの〈時の層《そう》〉が顔を出したり、なにかが現《あらわ》れたり消えたりしたという報告《ほうこく》がいくつもある。潮《しお》は自分のリズムを変えない。天気は相変わらず予測不可能《よそくふかのう》だし、鳥にいたっては、それ以上にわからん。今週はやたらとワタリガラスを見た。ここ数年……」

フィオンのほおが、ちくちくいたみはじめた。

「去年の夏は、絶対《ぜったい》こんなふうじゃなかったわ」タラが、つぶやいた。

「こんなに状態《じょうたい》が悪いのは初めてだ。嵐《あらし》の前でもこんなことはない」祖父は頭をのけぞらせて天井《てんじょう》を向いた。目をぎゅっとつむっている。

「あのアイヴァンって男が来たからじゃないの？」と、フィオンが言った。

「やつが、ただの好奇心旺盛《こうきしんおうせい》な観光客だといいのだがな。とはいえ、とにかく警戒《けいかい》するにこしたことはない。モリガンは、人間の魂《たましい》を山ほど自分の墓場《はかば》に連れこんでおる。モリガンには手下が多い。今もだ」そう言うと、祖父《そふ》はぱっと目を開けた。「わしとしては、おまえたちにじゅうぶん気をつけてほしい。わしがおらん時は、キャンドルを燃《も》やすな。そして、知らん人間とは話をするな。目立つようなこともするんじゃない」フィオンを見る祖父の表情《ひょうじょう》はけわしい。「フィオン、特におまえに言っておく。ふたりとも、わしのためにそうしてくれるな？」

祖父は疲《つか》れたように言うと、「たのむぞ」とつけ足した。

「わかった」ふたりは声をそろえた。

「もう二度と言わんぞ。あのいまいましい〈海の洞《どう》くつ〉には近寄《ちかよ》るな」

「わかったって」ふたりとも、うそをついた。

その夜、島はフィオンに子守歌を歌った。重なりあう〈時の層《そう》〉のかなたから、女のさけぶ声が聞こえる。はるかな時をこえて、海の向こうからフィオンをたぐり寄せる。フィオンは夢《ゆめ》から夢へとさまよいながら、メロディーに導《みちび》かれるまま、とがった崖《がけ》の端《はし》に行った。足もとの大きな洞くつから女の歌声が聞こえてくる。その声についていくと、そこには見上げるほど大きなまっ暗な穴《あな》。大きく開いた入り口には、するどい岩が牙《きば》のようにならんでいる。

洞くつのなかで、影《かげ》がひとつ動いた。フィオンはつまずきながら、その影を追った。まちがいない、あれは父さんだ。

10. 洞《どう》くつはどこに

次の日は天気もぱっとしなければ、〈海の洞《どう》くつ〉探《さが》しもうまくいかなかった。今となってはフィオンも、願いをかなえるチャンスは一度きりで、早い者勝ちだと知っていた。そこで、ドナルの雑貨店《ざっかてん》で島の地図を買い、洞くつの入り口がかくれていそうな崖《がけ》に印をつけてみた。すると、かなり都合が悪いことに、印は海岸のほとんど全体につくことになった。

うっとうしい風と戦いながら、ゆうに一時間かかってお目当ての崖にたどり着いても、調べられるかどうかは潮《しお》次第だった。潮は日を追うごとに高くなるようで、まるで島を飲みこもうとしているみたいだった。タラはほとんどの時間をビーズリー兄妹とすごしていた。岩壁《がんぺき》をひとつずつ調べては失敗に終わっていたが、ついにその日の夕方、にやにやが止まらないのか、ほおをひくつかせながら帰ってきた。

「あんたより先に見つけるって言ったよね」夜、ベッドに入ると、タラはそう言った。

「見つけたの？」フィオンは、おどろいて聞いた。もう、おしまいなのか？

「まあね。入り口におりていく道はまだ見つけてないけど。潮が引いたらそれも見つけられる

と思う」

——かなえられる願いはひとつだけなんだよ！

フィオンは、さけびたかった。

——なのに、そのチャンスをあっさりアイツにかっさらわせてやるのかよ？

羽ぶとんの下でこぶしを作る。体のなかでぶくぶくとあわ立つ絶望《ぜつぼう》を、必死で飲みこむ。わめきちらすつもりはなかった。やめてくれとたのむつもりもない。ただ目をぎゅっとつむり、ひたすら無視《むし》を続けた。結局、タラが猛列《もうれつ》ないきおいでメールを打つ音を聞きながら眠《ねむ》ってしまった。

次の日の朝、フィオンは、鳴りひびく教会の鐘《かね》の音で目を覚ました。

ディンゴーン、ディンゴーン、ディンゴーン。

岬《みさき》まで風に運ばれてきた教会の鐘の音は、戸口の下から小さな家のなかにさっと流れこみ、壁《かべ》ではねかえって、床板《ゆかいた》の下でふるえた。ベッドから転がりでたフィオンは、足の裏《うら》で鐘の音を感じた。ダブリンを出てから、ずいぶん時間がたった気がするが、島に来て二回目の日曜にすぎない。母とはなれて二回目の日曜だ。

母はたまに、気分がいい時、タラとフィオンをテンプルバー・フードマーケットに連れていってくれた。三人は屋台をのぞいたり、クレープを試食して味を十点満点で採点《さいてん》したりして、楽しんだものだ。ある霧雨《きりさめ》のふる日曜日、フィオンがベーコンジャムというものを初めて発見し、タラが明るいブルーに染《そ》められた卵《たまご》を見つけたのも、このマーケットだった。母がタフィー・マシュマロの大ぶくろを買って、一度に何個《こ》口に入れられるかを三人で競ったこともある。フィオンが十一個入れて勝利をおさめたのだが、母（七つで負けが確定《かくてい》）は、これが大好きなグリーンオリーブの実だったら自分が勝ったと言いはった。タラがもう一回勝負しようと言いだしたので、フィオンは、

「マシュマロを九つ、できるだけ長い間口に入れた者勝ちにしよう」と、さもタラの味方のような提案《ていあん》をした。結果、タラの口はお菓子《かし》でいっぱいになり、三人それぞれがかなりの時間、平和で静かにすごせた。

ディンゴーン、ディンゴーン、ディンゴーン。

フィオンは、ジャージのズボンをはいて、お気に入りのグレーのパーカーを着た。一番いいスニーカーもはいた。十一歳《さい》の誕生日《たんじょうび》プレゼントに、母がナイキのアウトレットショップで買ってきてくれたものだ。黒いスニーカーで、サイドにライムグリーンのロゴが入っている。フィオンがプレゼントの箱を開けた時、母は目をきらきらさせながら、

「冒険《ぼうけん》にはもってこいよね」と、言った。

フィオンがその靴《くつ》をはいてどこに行くつもりか、母が知ったら……。

バートレイとシェルビーは、昼前にやってきた。バートレイがシェルビーに無断《むだん》で、大事なコンディショナーを使っていたことについて、もめにもめている。フィオンは、花びらの散っ

た花を観察するふりをしながら、庭をぶらぶらしていた。タラはまだ家のなかだ。

「よお、ボイル！」と、バートレイが声をかけてきた。シェルビーが、手をふっている。「おまえが花に興味《きょうみ》があるとは知らなかったぜ。おれたちが探検《たんけん》している間、そんなことやってんのか？　庭いじりなんて、まるで八十歳のばあさんだな、おい」

とつぜん、強い風がふき、バラのしげみがフィオンにかぶさってきた。バラの花びらが、ささやきかけるようにフィオンの耳たぶをかすめる。

——このビーズリーの小僧《こぞう》をやっつけてやろうか？

「おにいちゃん、それは男女差別だよ」と、シェルビーが言った。「八十歳のじいさんならわかるけど」

「うるさい」バートレイは玄関《げんかん》ドアをバンとたたいた。

「どうせなら、もっと強くたたけよ。そうすりゃ、本土まで聞こえる」

バートレイはフィオンをぎろっとにらみつけると、口をゆがめてにやりと笑った。

「心配すんな、ボイル。洞《どう》くつに行ってきたら、ちゃんとなにもかも教えてやるから」

「もし行けたら、な」と、フィオン。

バートレイは、うすら笑いをうかべた。

「うらやましいか、ボイル？」

「うらやましくなんかない」フィオンは、すぐに言いかえした。

「ところで、おまえはなにを願うつもりだ？　友だちができますようにってか？　そんな願いをかなえられる洞《どう》くつ、あるわけないよな。そうだ、根性《こんじょう》をくださいってのはどうだ？　それか、去年の処分品《しょぶんひん》よりマシな靴《くつ》がほしいとか？」

「バートレイの靴だって、けっこうダサイと思うけど？」シェルビーが口をはさんだ。

フィオンは、うわべだけ笑顔をうかべた。

「おまえはその性格《せいかく》を直してもらうんだろ、バートレイ？　でも、顔のほうは神さまの力も借りないと、どうしようもないよな」

シェルビーは、笑いがこぼれないように手の甲《こう》で口をおさえた。肩《かた》をひくひくさせ、顔をまっ赤にしている。

バートレイが、じろりと妹をにらんだ時だった。バートレイがよりかかっていた玄関《げんかん》ドアをいきおいよく開けて、タラが出てきた。重心を失ったバートレイは腕《うで》をふりまわし、ふたりはもつれあうようにして転んだ。うまく盛《も》りあげてひねってあったご自慢《じまん》の髪型《かみがた》がくずれていないか、バートレイはあわてふためいてチェックすると、それからようやく、転んでしまったタラに「だいじょうぶか」と手を貸《か》して立たせてやった。

「これじゃあ『騎士道精神《きしどうせいしん》は死《し》に絶《た》えた』と言われるはずだわ」と、シェルビーが言った。

バートレイとタラは、「ごめん、あいつが……」だの「あたしこそ急いでて……」だのと、ひとしきりたがいに言いわけしあった。やがて、バートレイが、

「準備《じゅんび》はいいか?」と聞いた。

タラはポニーテールをキュッと結んだ。

「いいわ」

「いざ灯台《とうだい》へ!」シェルビーが、フィオンをちらりと見ながら言った。

「だまれ!」バートレイが、敵意《てきい》丸出しで言った。

フィオンは、いちいちうるさいやつだと、ぐるりと目を回した。

「またね!」と、シェルビー。

「百科事典となかよくね! おなかがすいたからって、百科事典なんて食べちゃだめよ!」と、タラが言った。

三人は、岬《みさき》をおりていった。

フィオンは、頭のなかで百を数えた。それから、三人のあとを追った。

教会のあたりまで来たところで、タラの姿《すがた》を見失った。タラのかわりに、見たこともないくらい背《せ》の高い男が目の前に現《あらわ》れた。背が高いだけでなくがっしりしていて、広い肩幅《かたはば》にたくましい腕をしているので、そこらへんの男の二倍は大きく見えた。さらに、キッチンのデッキブラシにしか見えないような、特大サイズの口ひげもはやしている。

「よお、フィオン・ボイル。ようやく会えたな!」よくひびく大きな声。見覚えのある小さな丸い目が、勝ちほこったように光っている。

「こんにちは」フィオンが、ぎこちなくあいさつした。その男は、明らかにバートレイの身内だとわかる顔つきをしていたが、島生まれのなまりがあり、バートレイの父親とは思えなかった。ということは、つまり「ダグラスおじさん」ということか。

フィオンがたずねようとした時、ひとりの女が男をひじでおしのけて出てきた。長い髪《かみ》はまっ白で、やはり背《せ》が高いが、男とちがってやせて筋《すじ》ばっている。

「ひさしぶりじゃないか、フィオン・ボイル」炭のようにまっ黒な小さい目で、フィオンをじろじろ見た。「ほんとにまあ、ずいぶんとひさしぶりだね」

フィオンは、鼻にしわを寄《よ》せた。

「あの、だれかとまちがえてませんか?」

「エリザベス・ビーズリーだよ」女が、きゃしゃな手をのばしてきた。あくしゅをしたフィオンは、その手の力強さと、にぎった手をふる元気のよさにびっくりした。「マラキーとは、古くからの友人でね」

口ひげの男がフンと鼻を鳴らしたので、フィオンは男がいたことを思いだした。エリザベスの登場で影《かげ》がうすくなったものの、気づけばまだそこにいる。

「夏休みは楽しいかい? 島はやさしくしてくれてるかね?」エリザベスは、あいそよく聞いてきた。

「あ、ええ、まあ。その――」

「ダグラスとあたしゃ、あんたにぜひ会わせたい相手がいるんだよ」エリザベスが、フィオンの返事をさえぎるように言った。

ダグラスは、フィオンの背後《はいご》にいるだれかを手まねきし、

「来い、来い。〈嵐《あらし》の守り手〉の孫をしょうかいするぜ」と、うなるような声で言った。

フィオンがおどろいたことに、アイヴァンがどこからともなく目の前に現《あらわ》れた。ひげはとかしつけられ、赤毛の髪は顔にかからないように編《あ》みこまれている。いつもの黒いタートルネックのセーターに、しゃれたブレザーとジーンズをあわせている。それにしても、この天気にそのかっこうは、いくらなんでも暑すぎやしないか。

「あいさつはすんでる」アイヴァンが明るく言った。

「アイヴァンはうちの遠縁《とおえん》にあたるんだよ」

「ほんとですか？」

「あたしより、ずっとこの島にくわしいんだ。アイヴァンは、一族の将来《しょうらい》にかなり投資《とうし》してるからね。いやここは、島の将来っていうべきかもね」エリザベスが笑いながら言った。

フィオンは、アイヴァンがますますうさんくさく思えてきた。

「あなたは、アランモアの歴史に興味《きょうみ》があるんじゃなかったんですか？」

アイヴァンはにやりと笑った。

「聞いたことないか、フィオン？　歴史はくりかえすってな」

「またボイルが〈嵐《あらし》の守り手〉になるかどうかは話が別だがな」ダグラスが言った。笑っているせいで、大きすぎる口ひげが、やたらとふるえている。「フィオン、おまえが突拍子《とっぴょうし》もないことを思いつく前に、あの〈ギフト〉は、おれの甥《おい》っ子がちょうだいすることになってる。みんなはおまえが受けつぐと思っとるかもしれんが、そんなこたぁどうでもいい。ここらあたりじゃあ、ものごとはすぐに変わるんだ……」

フィオンはそれを聞いて青ざめた。なんだって？

ダグラスはアイヴァンにウインクすると、かん高い笑い声をたてた。

「ただあいつには、ちょっとばかし手伝いが必要ってわけだ」

エリザベスの口もとから笑みが消えた。

「あんたのじいちゃんはどんな調子だい、フィオン？　ずいぶん長い間、こっちにおりてこないけど……」

アイヴァンは、静かな笑みをうかべている。視線《しせん》はフィオンを通りこし、そのかすみがかかったような目が見ているのは、未来もしくは過去《かこ》？　いや、その両方かもしれない。

「次の守り手は、まだはっきりとは……わからないんじゃないか」

「もちろん、そうだ」と、ダグラスもしたり顔でアイヴァンに口をそろえた。

次の守り手……。

心臓《しんぞう》が、はげしく打つ。いったい自分は、どこで失敗したのだろう？　それに、どうしてビーズリーのやつらはこんなにも自信たっぷりなんだ？　とにかくバートレイ・ビーズリーを見つけて、やつがなにを願うつもりなのか、つきとめなくてはならない。

「失礼します。行くところがあるんで」そう言うと、フィオンは三人に背《せ》を向けた。

「まさか洞《どう》くつじゃないよな？」ダグラスが後ろから声をかけてきた。「おまえのようなやせっぽちのぼうずは、あそこにおりたら二分ともたないぞ。嵐が来てるんだからな」

嵐。ダグラスの言い方があまりにも真剣《しんけん》だったので、フィオンはその場で足を止めた。空をちらりと見る。

「雲なんて、ひとつもないですよ」

エリザベスが、とげのある感じでクスクスと笑った。邪悪《じゃあく》な鳥が交尾《こうび》の相手を求める鳴き声のようだ。

「これはふつうの嵐じゃないんだよ、フィオン」

「島が起こす嵐だ」アイヴァンの口調には、強い期待感がにじんでいる。

ダグラスは、うすら笑いをうかべた。

「十二年ぶりにな」

フィオンは、体ごと向き直った。

「なんですって？」

「おやおや、フィオンはこんな話聞きたくないんじゃないかい？」あまったるいほほえみを顔にはりつけながら、エリザベスが言った。「かわいそうなコーマックの身の上に、あんなことがあったんだからさ」

フィオンは、心臓《しんぞう》が止まりそうになった。父の名前が口にされるのを聞くのは、ずいぶんとひさしぶりだった。その名前が、うすい雲のようにその場にただよう。父さんの名前を指で引っかけて、このおぞましい連中から引きはなしたい、とフィオンは思った。

「あの時、あたしたちは、魔法《まほう》がコーマックに受けつがれると思ってたんだよ。島はすっかり目を覚ましていた。嵐《あらし》が今にも巻《ま》き起《お》こりそうだった。そしてその時……まあ……」エリザベスは、声を落とした。白髪《はくはつ》の先が、顔のまわりでヘビのようにおどる。「救命ボートなんかで、出かけるべきじゃなかったんだよ。自分からトラブルに飛びこんでくようなもんじゃないか」

フィオンは、なにか勇かんで大胆《だいたん》なことを言いたかったが、下くちびるがふるえ、父が嵐のどまんなかに引きこまれるところが思いうかんで言えなかった。父さんはどんなにこわかったことだろう。最後の瞬間《しゅんかん》、想像《そうぞう》を絶《ぜっ》するほど孤独《こどく》だったにちがいない。

「あたしゃ最初、その昔に見たのはコーマックだと思いこんでたんだよ。でもね……」エリザベスのうわべだけの配慮《はいりょ》は、今や影《かげ》も形もない。あからさまに笑い、フィオンの顔にうかぶ悲しみを見て喜んでいる。「でも、コーマックは覚えてなかった。あんたは父さんにそっくりだ。まったく本当に、血はうすまるってことがないんだねえ。ボイルの顔は……とにかく強烈《きょうれつ》だよ。あれ以外は、ってことだけど……」エリザベスは小さな目を細めた。

フィオンは、かたまったようにつっ立っていた。エリザベスのいじわるな笑みに、身動きが取れない。

「なに以外？」

エリザベス・ビーズリーの顔から、笑みが消えた。

「コーマックの瞳《ひとみ》の奥《おく》には、常《つね》に海があった。子どものおまえにだって、ちゃんと見ればわかったはずだよ。コーマックは、とってもとっても勇かんだった」

「でも、結局は、それほどでもなかったがな」と、ダグラス。

アイヴァンが不愉快《ふゆかい》なせきばらいをした。

フィオンは、ヤドカリが殻《から》に走りこむみたいにすばやくあとずさった。

「フィオン」エリザベスが呼《よ》んだ。そうするのはまずいとわかってはいたが、フィオンは今一度立ち止まった。エリザベスの表情《ひょうじょう》は、まるで瞳の向こうのどこかに影《かげ》が落ちたようにいっそう暗い。

「おまえが〈守り手〉になることは絶対にない」

教会の前を足早にすぎる間も、エリザベスの言葉は亡霊《ぼうれい》のようにフィオンにつきまとった。あまりにも急いで歩いたので、息が切れてきた。頭の奥で、父の名前が点滅《てんめつ》サインのようにうかんでは消える。

――コーマックの瞳の奥には、常に海があった。

——コーマックは、とってもとっても勇かんだった。

じゃあ、ぼくはどうなんだ？

バートレイは、いったいなにを〈海の洞《どう》くつ〉に願うつもりだろう？　その願いが祖父《そふ》の身に危険《きけん》をおよぼすような、いやな予感がするのはなぜだ？

灯台《とうだい》に行こう。フィオンが走ると、風も走った。島はぼくの味方だ。ぼくもほかの人と同じようにここの人間なんだ。フィオンは自分に言い聞かせた。十二年前、この島が父さんを殺したわけじゃない。父さんを死なせた嵐《あらし》は、島が起こしたわけじゃないんだ。

道はのぼり坂になり、フィオンはそこをかけあがった。ぜいぜいと息を切らしながら湖をすぎ、人けのない野原をかけぬけ、百年はたっていそうなくずれかかった石の家の横を走る。頭上では、黒い鳥が何羽も金切り声をあげている。

——カラスだ。ただのカラスだ。

自分に言い聞かせる。

ワタリガラスは、島のいたるところから追ってきた。フィオンは、そのかん高い鳴き声を無《む》視《し》しようとした。

ようやく、灯台がある崖《がけ》に着いた。両手をついて崖の下をのぞきこむ。

タラの気配はなかった。

そこにあるのは、まわりにこだまする自分のはげしい息づかいだけ。

ワタリガラスさえも、どこか沖《おき》のほうに姿《すがた》を消していた。そよ風が草をなでていく。フィオンは、島に笑われている気がして仕方なかった。だれかの冒険《ぼうけん》に乗っかったところで、ついていくのはむずかしい。

フィオンは、足を引きずるようにして灯台をあとにした。はてしない野原をすぎ、気がつくと、波止場の近くにある救命艇《きゅうめいてい》の基地《きち》にいた。基地の建物の壁《かべ》にもたれ、ずるずると座《すわ》りこむ。ここは、フィオンの父が——父の父、そのまた父、さらにそのまた父も——毎日をすごし、数々の冒険に乗りだしていった場所だ。救命艇に乗って。勇気を胸《むね》に。

フィオンはじっと座りこんだまま、かなり長い間そこにいた。島民がときたま通りすぎ、なかには立ち止まってもう一度見る人——あの子、死んだおやじさんにそっくりじゃないか。ま、おやじさんの足もとにもおよばないけどね——もいたが、フィオンはだれにも反応《はんのう》しなかった。風に包まれ、フィオンはただただ物思いにふけっていた。

11. ささやきの木

フィオンがやっと祖父《そふ》の家に着くと、タラたちはすでにもどっていた。キッチンのテーブルで携帯《けいたい》動画を見ているタラは、レモン色のセーターに着がえていた。新しくそばかすが増《ふ》えたほおの横で、みだれた髪《かみ》が広がっている。

「どこ行ってたのよ?」タラが、強い口調で聞いた。「あんたが出かけようがなにしようが、知ったこっちゃないけど、あのクソまずいエビマヨ味のポテトチップスでおなかいっぱいにさせるつもりじゃないでしょうね? 今夜の夕食当番はあんただけど」

バートレイは、居間《いま》でキャンドルのラベルを読んでいたが、ふりかえってにたにたと笑った。

「なんだよ、まだ友だちがいないのか、ボイル?」

フィオンは、自分の目をうたがった。このヘアスタイル命のヴォルデモートの策略《さくりゃく》からタラを助けようと島じゅう走りまわっていたというのに、当の本人はここに座《すわ》って、栄養《えいよう》ある食事とはなんぞやと、えらそうに説教するなんて。おいしそうなにおいがすると言ってココナツシャンプーを味見した、あのタラが! そもそも、この島で、エビマヨ味のポテトチップスなんて手に入るのか？

「タラたちは、〈海の洞《どう》くつ〉に行くかと思ってた」と、フィオンは言った。

「シーッ！　おじいちゃんに聞こえるでしょ！」と、タラ。

「潮《しお》が引きそうもなくて」シェルビーが、口いっぱいにチューイングキャンディをほおばりながら言った。「潮が高すぎてなにも見えなかったの。鳥たちにじゃまされたし。だからあきらめて、店に寄《よ》ってお菓子《かし》を買って、こうして『残念でした会』を開いてるってわけ」

「だから、みんな灯台《とうだい》にはいなかったんだ」と、フィオンがつぶやいた。

だが、この言葉が口からもれたとたん、フィオンはつぶやいたことを後悔《こうかい》した。もらした言葉を全部口におしこみ飲みこんで、なかったことにできたらいいのに。

バートレイがくるりと向き直った。

「おまえ、おれたちをつけてたのか？」

タラは、携帯をおろした。

「なーんですって？　あんた、あたしたちのこと、まさかスパイしてたっていうの？」

「うん、そうだよ」フィオンは、あっさり認《みと》めた自分にびっくりした。

バートレイが、顔を二分しそうなほど大きな笑顔になった。

「それはそれは、超《ちょう》みっともないことだな」

「おまえの髪だって似《に》たようなもんだろ」電光石火のごとく、フィオンがかえした。

「いったいなにごと？」タラがまゆをひそめて言った。こんなふうにまゆをひそめたタラは、母にそっくりだ。ふたりとも同じ濃《こ》い茶色の目をしているが、タラの目には母とはちがう感《かん》情《じょう》が常《つね》にあらわれている——怒《いか》りと短気だ。

「おまえの願いってなんなんだよ、バートレイ？　うちの家族に関係あることだって知ってんだぞ」フィオンがせまった。

バートレイは横目でじろりとにらんだ。

「さては、ばあちゃんに会ったな？」

「ああ。ひってえばあちゃんだな。それで、おまえの願いはなんなの？」

「そんなことないよ」シェルビーが、かばうように口をはさんだ。「うちのおばあちゃんは、ふつうとはちがう……その、ビジョンを持ってるだけ。これからの島についてね。それに、おばあちゃんが作ってくれるグルテンフリークッキーは超《ちょう》おいしくて、ふつうのクッキーと同じくらい食べられるレベルなんだよ」

「あんた、どうしてとつぜん、バートレイの願いをそんなに気にしはじめたの？　競泳のオリンピック代表チームなんて、興味《きょうみ》ないでしょ」

「そんなの、こいつの願いじゃない。こいつの願いは、うちの家族に関係あることなんだ」フィオンは、バートレイから目をはなさずに言った。

タラは、バートレイのほうを向いた。

「この子、なんの話してんの？」

「おれの家族に関係あることだ」バートレイは、タラを無視《むし》してフィオンに言った。そして、暖炉《だんろ》の横の棚《たな》から、細い金色のキャンドルをぬきとった。

フィオンは、大またでバートレイに歩み寄《よ》った。

「おい！　それはおまえのじゃない！　もどせ！」

「やだね」バートレイは、キャンドルをフィオンの手のとどかないところに持ちあげた。「こいつらは全部、おれのものだ！　っていうか、もうすぐおれのものになる。ひとつ残らずぶっこわしてやるから覚えとけ」

「おじいちゃん！」フィオンは祖父《そふ》を呼《よ》んだが、バートレイはもう玄関《げんかん》まで行っていた。

タラが立ちあがった。

「フィオン！　やめなさ……」

「おじいちゃん！　バートレイがうちのものをぬすんでくよ」

「バートレイ！　もどってきて！」シェルビーもさけんだ。でも、もうだれも人の言うことなんて聞いてない。

フィオンは、バートレイを追いかけていった。

「それをかえせ！」

バートレイが、ぱっとふりかえった。決意のこもった目が光る。

「このキャンドルのラベルには、おれのばあちゃんの名前が書いてある。どういうことか、説明してみろ！」そう言いながら、キャンドルを指で差した。

「かえせ！」

「これは、おれのばあちゃんのものだ！」

「おまえに、火をつける権利《けんり》はないだろ！」つかつかと近づきながら、フィオンがさけんだ。

バートレイはポケットからライターを引っぱりだすと、キャンドルの芯《しん》の上で火をつけた。

「やめろ！」フィオンはバートレイに突進《とっしん》した。フィオンの指がバートレイの手首をつかむと同時に、キャンドルの芯に火がついた。

島が息を吸《す》いこんだ。ふたりは岬《みさき》の端《はし》から端まで一気にふき飛ばされ、フィオンは肺《はい》に空気を入れようと必死にあえいだ。

「はなせ！」バートレイがさけぶ。

「いやだ！」手錠《てじょう》のように、バートレイの手首をつかんだまま、フィオンもさけぶ。「火を消せよ！　なにが起きるかわからないんだから！」

「やなこった、バカ！」バートレイは、ガゼルのようにはねながら走った。フィオンをふりきろうとするあまり、今にも転びそうになっている。「ばあちゃんが、この〈時の層《そう》〉のどこかにいるはずなんだ！」

「なにかほかのものもいるかもしれない！」フィオンは息を切らしながら言った。バートレイにおくれずについていこうとはするものの、恐怖《きょうふ》が首になわを引っかけ、そのなわの端をモリガンの冷たい指先がぐっとつかんでいる気がしてしまう。

「あぶないよ！」

「じゃあ、この手をはなしてとっとと帰れ、おくびょうもの！」バートレイは背《せ》の高い草と草の間をはねるように走っていく。走りながらウォーッとさけび、高らかに笑った。地面の表面がうすくはがれて、ふたりの頭上をぬけていく感じがする。

祖父《そふ》のキャンドルのなかに、バートレイ・ビーズリーをひとり置いていくことはできなかった。ひとりにしたら、あいつは帰ってこられないかもしれない。下手したら、もっとキザったらしい野郎《やろう》になって帰ってくるかもしれないし。

それにしてもこのキャンドルは、エリザベス・ビーズリーのいったいなにを知ってるんだろう。

あたりでは、昔の嵐《あらし》がよみがえりつつあった。ぶあつい灰色《はいいろ》の雲がむくむくとわき起こり、静電気をはなっている。

バートレイが、走るのをやめた。

「はなしてくれ」くの字に体をまげながら言う。「吐《は》きそうだ」

「そうか、わかった」フィオンは、あいているほうの手でバートレイがにぎっているキャンドルをもぎとった。

「おい！　かえせ！」バートレイが急いでフィオンのそでをつかんだ。

フィオンは、キャンドルを頭の上にふりかざした。

「おじいちゃんのものを持ちにげしたおまえを信用するとでも思ってんなら、おまえこそおめでたいやつだ」

バートレイは言いかえす気力もなかった。フィオンの手首をつかんだが、風に酔《よ》ったのかその指はまだふるえている。

「上出来だよ」

少なくともこれで、このまま〈記憶《きおく》〉のなかにいるかどうか、自分が決めることができる。フィオンはそう思った。危険《きけん》のにおいがしたら、すぐにキャンドルの火をふき消せばいい……。それでも万一、最悪の事態《じたい》になったら、モリガンにバートレイの魂《たましい》を先に食ってもらうことにしよう……。

ふたりは、また歩きはじめた。本来の風の流れからはずれたかすかな風に導《みちび》かれ、一面草だらけの平原を進んでいく。次第に空気が霧《きり》をふくんで重くなっていった。

まもなく、野生の花が咲《さ》きみだれる野原に着いた。花がふたりの鼻先までのびていて、野原のまんなかに向けて、らせんを描《えが》くように連なって咲いている。

バートレイはむらさき色の花を引きよせ、においをかいだ。

「ラベンダーだ」

「ラベンダー？　せっけんを作ってるひまなんてないよ」と、フィオンが言った。

「当たり前だ。ラベンダーが咲いてるってことは、〈ささやきの木〉の近くにいるってことなんだ」おまけに、バートレイはもう一度かおりを吸《す》いこんだ。「やっぱりおれたちは、〈ささやきの木〉に向かってるんだ」

ラベンダーがふたりを迷路《めいろ》にさそうように、前へ後ろへとゆれている。

「どうしてそんなに確信《かくしん》が持てるんだよ？」

バートレイが手をはなすと、ラベンダーの細い茎《くき》はいきおいよく、兵士のようにもとの列にもどっていった。

「〈ささやきの木〉の場所は、常《つね》に変わる。ラベンダーの迷路が目印なんだ」バートレイらしくないうわずった声で言った。こうした情報《じょうほう》が手に入ると思えば、フィオンはバートレイといっしょにいることに、少しは耐《た》えられる気がした。まあ、ほんとにほんとにちょっとだけだけど。「あとはそれをたどって行けばいいだけだ」

「そうか。そりゃいい」

「おまえ、ほんとになにも知らないんだな」

「おまえに友だちは少ないってことぐらいは知ってるよ」と、フィオン。

バートレイは雲がうねる空に向けてあごをあげながら、フィオンを迷路に引っぱっていった。

「負け犬にむだづかいする元気はないんだよ」

「そっちこそ負け犬じゃないか」フィオンが、大またで歩きながら言った。

花をたどってぐるぐる内側へと進んで行くにつれ、通路の幅《はば》はどんどんせまくなり、とうとうふたりは横向きでしか歩けなくなった。ラベンダーがふたりのほおをなで、雷鳴《らいめい》がライオンのうなり声のようにとどろく。

迷路《めいろ》のまんなかには、小さな穴《あな》が開いていた。なかはまっ暗だ。ふたりはその穴の両縁《りょうふち》をはさんで立った。

「で、どうすんの？」と、フィオンがたずねた。手ににぎったキャンドルをちらりと見てから、果てしない暗闇《くらやみ》をのぞきこむ。

バートレイが、自信なさげにあたりを見まわした。

「この穴に飛びこまなきゃいけないんじゃないか？」

「知ってるとは思うけど、〈記憶《きおく》〉のなかでも人は死ぬからね」

「木への行き方は、毎回ちがうんだ。うちのばあちゃんの場合は、この行き方だったんだろう。そうでなきゃ、ばあちゃんの名前のラベルがついたキャンドルがおれたちをここに連れてくるわけがないだろ？」

こうなったら飛びこむしかない。この〈時の層《そう》〉に引っぱりこまれてから初めて、フィオンはバートレイとくっついていることを心強く感じた。

「わかった」

「手をはなすなよ、ボイル」

「過去《かこ》に置いてきぼりにされるんじゃないかって心配してるわけ？」

「まあな」バートレイが悪態《あくたい》をつきたいところをぐっとがまんしているのがわかり、フィオンは満足した。

「そんな心配しなくていい。ぼくはビーズリーじゃないからな」

「へらず口ききやがって。三つ数えたら飛びこむぞ」

フィオンはうなずいた。

「一、二の、三！」

ふたりはいっしょにジャンプすると、地中深く落ちていった。そろいもそろって、さけび声がどんどん大きくなる。そんな状態《じょうたい》が、六秒は続いただろうか。少年たちはアランモアの古い〈時の層〉を、コントロールもなにもできないままひたすら落ちていき、胃がひっくりかえるような思いをしながら、最後は頭を上にしてロケットのように穴から飛びだした。

ふたりはだんご状態におり重なって、さっきと同じラベンダー畑に着地した。今回、そこに花の迷路はなかった。ラベンダーの背丈《せたけ》もさっきより低く、ひざをかすめるていどだし、野生の花らしくてんでばらばらに生えている。空では嵐《あらし》の雲が鳴りをひそめ、雲の周囲だけが光っている。

ふたりは、立ちあがった。

野原の反対がわに、古いオークの木がそそり立っている。フィオンがこれまでに見たどの木よりも、どうどうとして背《せ》が高い。枝《えだ》は空に向かってのび、まるで、勝利をおさめた戦士がふしくれだった腕《うで》を天に向けてつきあげているよう。かと思えば、土のなかで探《さが》し物《もの》でもするかのように、大地に向かってのびている枝もある。幹《みき》はあり得ないほど太く、あらゆる方向にねじれていて、樹皮《じゅひ》にあまたの顔がほりこまれているように見える。

「すごいな」フィオンとバートレイは、口をそろえた。

宿敵《しゅくてき》同士だろうがなんだろうが、さすがにこれは意見が一致《いっち》した。

その木の前には、ふたりのティーンエイジャーがならんで立っていた。

ひとりは、エリザベス・ビーズリー。

そして、もうひとりは、マラキー・ボイル。

茶色い髪《かみ》がふさふさに生えているマラキーは、今より何十歳《さい》も若《わか》い。でも、肩《かた》の角度や左足に重心をかけるところ、エリザベスになにか言おうと横を向いた時の鼻の形から、フィオンはその少年が祖父《そふ》だとわかった。

ふたりが、手の平を木の幹におしあてた。

火がついたように空が光る。

雲から稲妻《いなずま》が走って木のどまんなかを直撃《ちょくげき》し、フィオンとバートレイは飛びあがると同時に肩《かた》をたがいにはげしくぶつけた。

マラキーとエリザベスが飛びすさると同時に、木がまっぷたつに裂《さ》けた。木に火がつき、炎《ほのお》が樹皮をなめ、枝がはぜる。木のいたるところがまばゆいばかりの金色に輝《かがや》く。

「目の前で見ると、マジすげえな」と、バートレイが言った。ほんの一瞬《いっしゅん》、ふたりはたがいのにくしみを忘《わす》れ、奇跡《きせき》の融合《ゆうごう》とも言える燃《も》える木に見入った。

枝が前へ後ろへとゆれ、葉が落ちる。炎がぼたぼたとあちらこちらの草の上に落ち、マラキーとエリザベスはあっという間に金色に輝く炎にぐるりと囲まれた。

フィオンは目をはなすことができなかった。

「おじいちゃんたち、だいじょうぶかな？」

「もちろんだいじょうぶだ、バカ。今も生きてるじゃないか」

「言葉に気をつけろよ」フィオンが、くぎをさした。

オークの木がなにか言っている。シューッと空気がもれるようなその声は大きく、風にこすれあい、地面をふるわせて足もとからも伝わってきた。フィオンとバートレイはこっそりしのびより、パチパチと炎がはぜる音の向こうのかすれ声に耳をすましました。

「話すか……話を……聞く……か……」

「今からおまえのじいちゃんが、うちのばあちゃんから〈嵐《あらし》の守り手〉になる権利《けんり》をぬすむんだ」にがにがしい顔で、バートレイが言った。バートレイの興奮《こうふん》は冷め、〈ささやきの木〉を見つけた喜びが、一族の過去《かこ》にかかわる現実的《げんじつてき》な強い怒《いか》りに変わっていく。「すべてあっという間に起きたって、ばあちゃんは言ってた」

前のほうで、エリザベス・ビーズリーがせきばらいをした。かん高い声がこちらまで聞こえてくる。

「島がふたたび嵐《あらし》を起こしはじめたわ。マギー・パットンの時代は終わりに近づいている。あたしは、自分が次の〈嵐の守り手〉になれるかどうか知りたいの」

長い間、木はだまりこんでいた。樹皮《じゅひ》を指でたたきながら、エリザベスはイライラをつのらせていった。ため息が長く大きくなる。

そのとき、マラキー・ボイルがひざからくずれ落ち、ふるえはじめた。目をぎゅっとつむり、燃《も》える木のほうへ頭をのけぞらせる。炎《ほのお》の影《かげ》がマラキーの肌《はだ》の上でおどる。マラキーの体がけいれんしている。エリザベスがさけびはじめた。

「なにが起きてるんだ?」フィオンがぞっとしたように言った。

「い、い、い、なにが起きてるんだ?」バートレイがフィオンのまねをして笑った。「あいつは、ばあちゃんの目の前で〈嵐の守り手〉になろうとしてるんだよ!」

「マラキー! 目を開けて! あたしなんだから! あたしがなるはずなんだから! あんた、なりたくもなかったんでしょ!」

フィオンとバートレイは、黒こげのオークの葉っぱと、地面に首をかたむけているラベンダーの花をふみこえて、もう一歩近づいた。

バートレイが言った。

「もう九世代もの間、ビーズリー家からは〈嵐の守り手〉が出ていない。次はビーズリーの番だって、マラキーは知ってたんだ。なのに、あいつはそんなこと、気にもかけなかった。おれの家族から、その権利《けんり》をうばった。だから今度はおれが取りもどす！」

雨がふりだした。大きな雨つぶが、弾丸《だんがん》のようにいきおいよく落ちてくる。

でも、フィオンはそんなことどうでもよかった。ヘビのように地面ではげしくけいれんする祖父《そふ》から目をはなせない。体がそりあがって、背骨《せぼね》が今にも折れそうだ。フィオンは、この木には決してなにもたずねないでおこうと決めた。

「でも、どうしてそんなに〈嵐の守り手〉になりたいわけ？」フィオンはたずねた。エリザベス・ビーズリーは足をふみならし、木に向かってさけんでいる。自分の犬を木に殺されでもしたようなさわぎだ。となりでバートレイが自分の祖母を見ながら、祖母と同じ絶望感《ぜつぼうかん》を味わっていることが伝わってくる。

「つまりその、あんなキャンドルのこと、マジでそんなに気になる？」

バートレイはフィオンのほうを向いた。顔がじゃまで木が見えなくなり、バートレイの頭には炎の王冠《おうかん》がのっていて、まるで髪《かみ》が燃えているみたいだった。

「ボイル、おまえはほんとになんにも知らないんだな」バートレイがあざ笑った。「〈嵐の守り手〉は、天気のキャンドルを作ってるだけじゃない。世界を構成《こうせい》する四大元素《げんそ》、〈地〉、〈水〉、〈火〉、〈風〉というエレメントをすべてあやつることができるんだ」

「え?」

「島は、エレメントにつながる魔法《まほう》の力を〈嵐《あらし》の守り手〉のなかにそそぎこむ。守り手は、すべてのエレメントをその指先にたくわえる。そうすることで、指先ひとつで島の持つ力を使えるようになるんだ!」

フィオンはしばらくバートレイを見つめた。パチパチと炎《ほのお》のはぜる音がふたりの間の沈黙《ちんもく》を満たし、雨がふたりの顔を伝っていく。バートレイが言う〈嵐の守り手〉としての祖父《そふ》なんて、フィオンにはまったくイメージできなかった。作業台からも、ほこりだらけのキャンドルの棚《たな》からも、そしてろうの鍋《なべ》からもかけはなれた存在《そんざい》の祖父なんて、フィオンには想像《そうぞう》すらできなかった。おじいちゃんが、ダグザがやったように海のなかに立つ? エレメントをあやつる? 海をおしもどし、風を寄《よ》せ集《あつ》める? おじいちゃんにやれるわけがない!

フィオンの頭のなかで小さな声がした。いや待てよ。おじいちゃんは、どうやってキャンドルを作ってるんだ? 天気をキャンドルに入れるって、いったいどうやって? それだって不《ふ》可能《かのう》なんじゃないか?

「アランモアの島民が、マラキーをどうしてあんなに尊敬《そんけい》してると思ってるんだ?」バートレイは、雨つぶをペッと吐《は》いた。「おまえまさか、役に立たないにわか雨だの、つまんない夕焼けだのを、年がら年じゅうクソみたいなキャンドルにつめこんでるだけで尊敬されると、本気で思ってるんじゃないだろうな？」バートレイは、フィオンに答えるひまをあたえなかった。「マラキーは島民が作物を育てる手助けをする。島民の家畜《かちく》の健康《けんこう》を守る。漁師《りょうし》が海に出る時は波をおだやかにする」そこまで言って、にやりと笑った。「でもまあ、この嵐が起きるのは止められないけどな」

フィオンは、信じられないと首をふった。

「そんなのおかしい」

バートレイは、心底あきれたようにぐるりと目を回した。

「どこがどうならおかしくないってんだ？　いいか？　〈海の洞《どう》くつ〉、自分ではどうにもならないことのためのもの。これは〈地〉。〈ささやきの木〉、これから起きることのためのもの。これは〈火〉」自分の言葉を証明《しょうめい》するみたいに、肩《かた》ごしに後ろを親指で指す。「〈メロウ〉、来るかもしれない侵略《しんりゃく》者に備《そな》えて。これは〈水〉」バートレイはフィオンの目の前に片手《かたて》を出し、指を折って数えている。「〈アンヴァル〉、空飛ぶ馬。とてもにげきれないような危険《きけん》に備えて。これは〈風〉だ」ここでひと息ついたその息がふるえている。「そして、ダグザに代わってこの四つのエレメントをあやつる者が、〈嵐の守り手〉だ」

あやつる者。

記録する者ではなく、あやつる者。

みちびく者。

「でも、もしおじいちゃんがそんな力を持ってるなら、ぼくにもわかると思うんだけどな」フィオンが、自信なさげに言った。

バートレイは、まゆを上げた。

「そうか?」

「だって、かくす必要ないだろ?」フィオンは、すぐさま言いかえしたが、確信《かくしん》は持てなかった。

「それはマラキー・ボイルが、過去《かこ》を恐《おそ》れるちっちぇー老《お》いぼれだからだよ」バートレイは、世界でこれ以上わかりきったことはないと言わんばかりだ。そのいまいましいすぼんだ口から聞こえてくるのは、バートレイの祖母《そぼ》かと錯覚《さっかく》するほど似《に》ている声。「おれたちがダグザの魔《ま》法《ほう》をかくすのをやめたら、一度くらい表舞台《おもてぶたい》に出てみたら、どんだけましな生活が送れるかわかってんのか?」しゃべればしゃべるほど、炎《ほのお》の王冠《おうかん》は燃《も》えて輝《かがや》きを増《ま》し、目がふつうではなくなっていく。バートレイは、〈ささやきの木〉のほうを指でさした。「なにができるようになるか、考えてみろ。おれは、王になれる。ここだけの王じゃない、アランモアの外の王にもなれるんだ。みんな、おれを愛してくれるだろう。ビーズリーの名が、全世界に広まるんだ。もうよそ者ではなくなる。ただつっ立って、ダグザが〈選ばれし氏族〉に残してくれたものを、ボイルがむだづかいするところをながめてなくてすむんだ」

しゃべればしゃべるほど、バートレイはますます祖母そっくりに聞こえた。こんなビジョンを孫の頭にたたきこんだエリザベス。そしてバートレイは、自分がどんなにバカげて見えるか、まったく気づいていない。

「頭がおかしいよ」あとずさりしながら、フィオンが言った。とはいえ、バートレイが描《えが》くビジョンは、フィオンにもかんたんに想像《そうぞう》できた。そうなったらバートレイがすべての権力《けんりょく》をにぎり、だれもかれもしたがうことになるだろう。バートレイは、忘《わす》れられたビーズリーの栄光《こう》を取りもどすためなら、平気でほかの人にみじめな思いをさせるだろう。だが、このビジョンには、もっと深い意味もある――守ってきた秘密《ひみつ》が、全世界にさらされることになるということだ。そうなったら、モリガンの手下たちは、せっかく忘れていた記憶《きおく》を取りもどし、自分たちがなくした魂《たましい》を求めて、ぞろぞろともどってきてしまう。

「魔法は、見せびらかすためにあるんじゃない。島を守るためにあるんだ！　ここには、邪悪《じゃあく》な魔導士《まどうし》が埋《う》まってるんだぞ！」と、フィオンが言った。

バートレイは目をぐるりと回した。

「モリガンは、もう千年以上も動いてすらいないんだ！　過去は忘れ去られるだけ。ビーズリーこそが未来だ。アイヴァンも力を貸《か》してくれる！」

「アイヴァン？　あいつのことなんてよく知らないだろ！」

「アイヴァンは、ずっと音信不通だった親戚《しんせき》なんだ」バートレイが、言いわけっぽく言った。

「ずっと音信不通だったウソツキのまちがいじゃないのか？　あいつ、おまえたちのだれとも全然似《に》てないじゃないか。それに、どこのなまりだか、あんなしゃべり方聞いたことないぞ！」

「おまえは、アイヴァンがこっちの味方だからねたんでるだけだ。おれはアイヴァンの家系図《かけいず》を見せてもらったんだからな」バートレイは、食ってかかった。

フィオンはイライラして、髪《かみ》をかきむしった。

「だからって、あいつが、あいつの言うとおりのあいつだってことの証明《しょうめい》にはならないだろ！　ちがったらどうするわけ？　ソウルストーカーだったらどうする？」

バートレイは鼻で笑った。

「おまえって、じいちゃん以上に被害妄想《ひがいもうそう》なんだな、ボイル」

「おまえこそ、ぼくが思ってた以上にバカなんだな」フィオンが、言いかえした。「わけわかんないこと言ってんなよ」

「アイヴァンがビーズリー一族の人間じゃないんなら、どうしておれに〈海の洞《どう》くつ〉の場所を教えてくれるんだ？」

フィオンは、ぼうぜんとバートレイを見た。

「そうだろ？」バートレイは、得意げに言った。「アイヴァンは、これまでずっとこの島を研究してきたんだ。あっという間に洞くつの場所をつきとめたよ。あとは、おれがそこに行くだけだ」

「もしあいつが、ほんとにビーズリーの子孫なら、どうしてあいつは自分で願いをかなえに行かないんだ？」

「アイヴァンは、おれに次の〈嵐《あらし》の守り手〉になってほしいからだよ。おれならビーズリー家の栄光《えいこう》を取りもどせるって、わかってるんだ！」目がぎらぎらしている。雨はバケツをひっくりかえしたようにふっているが、バートレイは気にもしてない。「おれは、生まれた時から、その義務《ぎむ》を果たすように言われて育った。アランモアの次の〈嵐の守り手〉はおれだ。おまえに止めることはできない！」

「さあね」

バートレイは、フィオンをつかんだ手に力をこめた。その指は、燃《も》えるように熱い。雲がうねる空をちらりと見上げた。

「この嵐は、今、おれたちの時代でも起こりつつあるんだ。島がおまえを選ぶなんて、本気で思ってるのか？　おくびょう者のくせに」

「おくびょう者なんかじゃない！」これはうそだ。「それに、次の守り手は、ぼくたちのどちらでもないかもしれないじゃないか！　タラかもしれないし、シェルビーかもしれない。ほかのだれかかも……」フィオンの声が小さくなっていった。

バートレイは歯をむきだしにして、恐《おそ》ろしげな笑みをうかべた。

「いいか、ボイル。おれは、嵐がやってくる前に〈海の洞くつ〉に入り、願いをかなえるつもりだ。その時が来たら、おれがどんな力を手に入れたか、おまえにもわかるだろうよ。おまえのバカなじいちゃんが——」

その時だった。フィオンがバートレイを強くおし、バートレイはにぎっていたフィオンの手をはなして後ろにひっくりかえった。フィオンがさけぶ。

「うまくいくといいな!」

「ボイル、おまえ」ポンというかすかな音を立てて、空気がバートレイを飲みこんだ。バートレイの輪かくがゆらめき、島がバートレイをもとの〈時の層《そう》〉に飛ばした。

あっという間に、フィオンは気分がよくなった。

——いつでもこうできたらいいんだけどな。

フィオンは、その場にひとり残された。手のなかのキャンドルはもう残りわずかだ。燃《も》えさかる古い木のそばで、胸《むね》の前で腕《うで》を組んだエリザベスが、祖父《そふ》のまわりを歩いている。

フィオンは、エリザベスのほうにそっと近づいた。しっかり見たかったのだ。まわりにただよう敵意《てきい》を感じる。それがエリザベスのものなのか、バートレイのものなのか……はたまたフィオン自身のものなのか、わからないが。

エリザベスは横たわったマラキーの胸に足をおろすと、ボタンでもふむように靴《くつ》でマラキーの胸をふんだ。

「おい!　やめろ!」フィオンがさけんだ。

エリザベスはよろめきながらあとずさった。きらりと光るビーズのような小さくて丸い目で、フィオンをまっすぐに見すえた。

「ボイル……」思わずつぶやくと、エリザベスは怒《いか》りをおさえるかのようにささやいた。「うそでしょ？　次の〈守り手〉はあたしでしょ？」

フィオンは、キッとエリザベスをにらむと、ひと言ひと言に怒りをこめてさけんだ。

「おまえが、なることは、絶対に、ない」

エリザベスは、フィオンに向かって歩きはじめた。

フィオンは、キャンドルの炎《ほのお》をふき消した。

――ひさしぶりじゃないか、フィオン・ボイル。ほんとにまあ、ずいぶんとひさしぶりだね。

島が息を吸《す》った。エリザベス・ビーズリー――ベティ――は、燃える木と彼女《かのじょ》の燃える目とともに姿《すがた》を消した。

――おまえがなることは絶対《ぜったい》にない。

12. 海難事故《かいなんじこ》

家にたどり着くのに、一時間近くかかった。もと来た道をもどる間に、太陽は燃《も》えるような海に溶《と》けていった。祖父《そふ》の家、〈ティル・ナ・ノーグ《とこわかのくに》〉に着いたフィオンは、屋根の上にワタリガラスがならんでいることに気づかないふりをした。怒《おこ》った足取りで家のなかに入ると、せまい廊下《ろうか》をずんずんぬけ、裏口《うらぐち》から出てドアをバタンと後ろ手で閉《し》めた。

「言いたいことがたくさんあるんだけど」

祖父は作業台におおいかぶさるようにして、ろうの鍋《なべ》をかきまぜていた。

「わかっとる」

「わかってるって、どのくらい？」

「ほとんど全部だ」祖父は、じっくり考えながら言った。「だがな、正直に言えば、アメリア・イアハートがどこに行っちまったのかは、わしにはまったくわからん」

つまらないじょうだんだ。ずいぶん昔に遭難《そうなん》した女性《じょせい》飛行士のことなんてどうだっていい。

フィオンは一回深呼吸《しんこきゅう》をすると、不満をすべて思いおこし、フェリーをおりた瞬間《しゅんかん》からフィ

読者通信カード

書　　名			
ご氏名			歳
ご住所	(〒　　　　　　)		
ご職業（ご専門）		ご購読の新聞雑誌	
お買上書店名	県 市	町	書店

本書に関するご意見・ご感想など

＊お送りいただいた情報は、小社が責任をもって管理し、以下の目的以外には使用いたしません。

- 今後の出版活動の参考とさせていただきます。
- ご意見・ご感想を匿名で小社の宣伝物等に使わせていただく場合がございます。
- DM、目録等をお送りすることがございます。

郵便はがき

恐縮ですが
切手をおは
りください

1620815

東京都新宿区筑土八幡町2―21

株式会社
評論社

読者通信カード係　行

オンの内側でどんどん大きくなっていた嵐《あらし》を解《と》きはなった。

「おじいちゃんは、ぼくが知りたいことを、いったいいつになったら話してくれるわけ？　それともぼくは、自分の家族の秘密《ひみつ》にかかわれるほど一人前ではないってこと？」

祖父はめがねの縁《ふち》ごしにフィオンをじっと見た。

「どうしてそうなるんだ？」

「だっておじいちゃんは、ぼくになにも話してくれないじゃないか！　島のことだって、おじいちゃんのことだって、ぼくは全部、いちいちビーズリーの人間から聞かされることになってるわけ？」ぎゅっとにぎりしめたこぶしのつめが、手のひらに食いこむ。「おじいちゃんはエリザベス・ビーズリーから、〈嵐の守り手〉の権利《けんり》をぬすんだの？」

祖父は気持ちをかくすように、両手で作業台の縁をぐっとつかんだ。

「おまえの短気は、ばあさんゆずりだな」

「あーイライラする！」フィオンは、思わず髪《かみ》をかきむしった。

祖父は自分の頭のてっぺんをたたきながら言った。

「気をつけろ。二度と生えてこんかもしれんぞ」

「おじいちゃん！」

「わかった、わかった」祖父はちょっとだけまじめな顔になった。「あれはわしが決められることでも、エリザベスが決められることでもなかったというのが事実だ。〈嵐の守り手〉は、モリガンから島を、そして、外の世界を守るために選ばれる。島が、その役目にもっともふさわしい人間を選ぶんだ。その時が来たら、モリガンに対抗《たいこう》して島民を率《ひき》いる人間が選ばれる。五氏族のだれにでも可能性《かのうせい》はある。島は、別に順番に選んでるわけではないからな」

「でも、バートレイの意見はちがう」フィオンが、ぴしゃりと言いかえした。「バートレイは、次の〈嵐《あらし》の守り手〉はビーズリー家の人間であるべきだと思ってて、その願いをかなえるために〈海の洞《どう》くつ〉に行こうとしてる」

祖父《そふ》は顔をしかめた。口もとのしわが深くなる。

「ビーズリーの人間はいつも、ダグザが残してくれた力を自分たちのために使いたがる。そして恐《おそ》れるべき相手、モリガンを恐れない」

フィオンは、モリガンのあの得体の知れない視線《しせん》を思いだしてぞくっとした。

エリザベス・ビーズリーの燃《も》えるような目が、頭にうかぶ。

──おまえがなることは絶対《ぜったい》にない。

フィオンはふと、自分の姿《すがた》が〈時の層《そう》〉のなかで相手に見えていたことに気づいた。

「さっき〈記憶《きおく》〉のなかで、ぼく、エリザベス・ビーズリーに見られてた」

「そうか」祖父が眉間《みけん》に深いしわを寄《よ》せた。「ということは、おまえはわしらのように、別の〈時の層〉に行った時、姿が見えなくはならんのだな」

「どうして？」不安がつのる。

祖父はじっと考えた。

「おまえとダグザの出会いに答えがあるのかもしれんな」そして、いっそう顔をしかめながらこうつけ加《くわ》えた。「だが、その答えがなんなのか、わしにはまったく見当もつかんとしか言いようがない」

フィオンは、思わず身をすくめた。ダグザに触《ふ》れた時に指先からかけぬけた衝撃《しょうげき》がよみがえる。モリガンの前にフィオンの姿《すがた》が現《あらわ》れたのは、あの全身をつらぬくような温かみのせいだ。あれはまだ自分のなかに残っているのだろうか？

「そう言えば遠い昔、エリザベスがわしとふたりで〈ささやきの木〉に行った時、木の近くでわしによく似《に》た知らない少年を見たと言っとった。エリザベスはコーマックを見たのだと、わしは思いこんどった。そうか、おまえだったのか」

祖父は、フィオンに向かってというより、ひとりごとのようにしゃべっていた。

フィオンは気に入らなかった。なにもかもビーズリー家がからんでいるように思えるところも、ビーズリー家がアランモアへの最大の脅威《きょうい》をまったく気にしていないところも。さらに、ビーズリー家の面々が、島を守るための最大の武器《ぶき》を今にもぬすもうとしていることも。

「バートレイは、もう〈海の洞くつ〉の場所はわかったたって言ってたよ」

「〈海の洞くつ〉は、とても見つけにくい。たとえ場所がわかっても、入り口までおりて行く道を見つけるのは至難《しなん》の業《わざ》だ」

祖父《そふ》の言葉に、フィオンは体の力が少しぬけた。

「よかった」

祖父はあごを、ぐいっと引いた。

「フィオン、すまなかった」ため息をつく。「わしのせいで、おまえは自分を取るにたらない存在《そんざい》だと思ってしまったんだな。だが、それは事実とはかけはなれている。この島の奇妙《きみょう》なあれこれに慣《な》れてから、わしの役目について知るのが一番だと思ったんだ。だが、おまえの度《ど》肝《ぎも》をぬかないようにと思うあまり、わしはおまえを暗闇《くらやみ》に置くようなまねをしてしまった。暗闇は人を動揺《どうよう》させる場所なのにな。特にこの島では」

フィオンは、のどにつかえたものを飲みこんだ。

「もういいよ」と、ぶっきらぼうに言う。「少なくとももう、秘密《ひみつ》はないってことでいいんだよね？」

「ああ、もちろんだ」祖父がおもおもしく答えた。

フィオンは、祖父の向かいのスツールに腰《こし》をおろした。作業台についた両ひじをすべらせて、祖父のほうに体をかたむける。

「おじいちゃん、ほんとに天気をコントロールできるの？」あやしむように聞いた。

「めったにやらん。島のためになる時だけだ。わしが救命艇《きゅうめいてい》で働いておったときは、役立った」

フィオンは、あぜんとして祖父を見つめた。こんなとっぴでわけのわからない力のことを、祖父があっさり認《みと》めたことに圧倒《あっとう》されてしまう。

「だが、力はなるべく取っておこうと思っとる」

「でも……どうして？　力は使ったほうがいいんじゃないの？」フィオンは早口でまくしたてた。

祖父はスツールに深く座《すわ》ると、作業台の縁《ふち》を指でトントンと軽くたたいた。

「力を使ってなにをしろって言うんだ、フィオン？　一番高い家の屋根から稲妻《いなずま》でも落とすのか？　それを見せてまわって金でももらうのか？　バートレイ・ビーズリーがやりそうなことだが」

これについては、深く考えるまでもなかった。

「そんなことはしない。でも、バートレイに暴風雨《ぼうふうう》をおみまいすることはできるかも。あいつを氷の宮殿《きゅうでん》に閉《と》じこめるとか。それか、終わりのないハリケーンのような絶望的《ぜつぼうてき》な状況《じょうきょう》に置きざりにするとか」

これを聞いて、祖父はフンと鼻をならした。

「さすがは大人の発言だな」

「おじいちゃんは、どうやってキャンドルを作ってるの？　魔法《まほう》はどこから来るわけ？」

「それはまた、次の機会にしようか、フィオン？」祖父は両手をぎゅっと組みあわせると、首をかたむけた。「もうおまえにも、わしが何者かわかったわけだから、次の〈嵐《あらし》の守り手〉について話そうじゃないか」

「ぼくは、キャンドルについて話したいんだけど」

「そうじゃないだろ。おまえが話したいのは、〈嵐の守り手〉の魔法《まほう》についてのはずだ。そして、その魔法は、だれが次の〈嵐の守り手〉になるかによって変わってくる」

「もう秘密《ひみつ》はないんじゃなかったの？」フィオンはまた、イライラしはじめた。

「いずれなくなるということだ」

フィオンはひじをついて祖父《そふ》のほうにかたむけていた重心をもどすと、そのまま脱力《だつりょく》した。やられたって感じだ。おじいちゃんは、こうやってぼくをイライラさせては、自分が元気になってるんじゃないか。

「わかった。じゃあ、次の〈嵐の守り手〉について話そう。ぼくは、次はバートレイだなんて、これっぽっちも思っちゃいない」

「わしもそんなことは思っとらん」そう言いながら、両手のほこりをはらった。「もうそのことは解決《かいけつ》ずみだな。次に進もうか？」

「おじいちゃんは、ぼくになってほしいの？　それはそれで、かなりのプレッシャーになるんだけど……」フィオンが、用心するように言った。

祖父はぶきみな笑みをうかべた。

「プレッシャーだけでなく、同じくらい責任《せきにん》も負わされるし、力も得られる。ところでフィオン、おまえは、次の〈嵐の守り手〉になりたいのか?」

力。

フィオンは、黙《だま》りこんだ。この荒涼《こうりょう》とした古代の島の守護者《しゅごしゃ》になるということは、数式のかわりに雪嵐《ゆきあらし》について学び、詩のかわりに虹《にじ》を作るということ。島民全員に名前を知られるということ。自分がコントロールする空の下で結束をかためる一族のひとりになり、人々を闇《やみ》から守らねばならないということ。そして、〈地〉、〈水〉、〈火〉、〈風〉の四つのエレメントを指先であやつるということ。

〈嵐の守り手〉の魔法。自分がその魔法を使えるかもしれないなんて。それも、自分が好きなように。

魔法でやれることを知った今、フィオンは〈嵐の守り手〉になりたくてたまらなかった。

だがそのとき、モリガンのことが頭にうかんだ。フィオンの心臓《しんぞう》に残された、モリガンの氷のように冷たい手の跡《あと》。

モリガンが、本当に復活《ふっかつ》したらどうする?

フィオンは、胸《むね》をきゅっとしめつけられた。

「ぼくにはとても、うまくやれないよ」とうとう、フィオンは言った。「ボイルの血筋《ちすじ》のくせに、海を見れば胃がむかむかするんだ。島がそのことをまだ知らないとしても、きっとすぐにばれてしまう。ぼくは〈嵐《あらし》の守り手〉になれるほど勇かんじゃない」フィオンは、悲しそうにほほえんだ。

作業台の木目をなぞる。海の泡《あわ》が風に散るように、〈嵐の守り手〉になるという決意が、やっぱりそんなの不可能《ふかのう》だという思いに変わる。胸《むね》のまんなかに、にぶいいたみが残った——この運命はいどむだけの価値《かち》があるというのに。孤独《こどく》でちっぽけな人生よりもはるかに重要ですばらしいはずなのに。

祖父《そふ》はまゆをひそめた。

「どうして、そう決めてかかるんだ？」

「あんなに勇かんだった父さんだって、守り手にはなれなかったんだ。父さんは、ものすごく勇かんだったのに。バートレイのばあちゃんですら、父さんのことは勇かんだって認《みと》めてたのに」フィオンが、静かに言った。

そう、これが冷たくもきびしい現実《げんじつ》なのだ。

フィオンの父は、アランモア島史上最大級の嵐の最中に、海でおぼれ死んだ。くわしい事《じ》情《じょう》は、だれにもわからなかった。というのも、コーマックは二度ともどってこなかったからだ。

その日の午後、なぜかコーマックは、たったひとりで救命ボートに乗って海に出た。嵐はいきおいを増《ま》し、コーマックのボートは沖《おき》で座礁《ざしょう》したのだろう。おそらく岩にぶつかり、ばらばらになったにちがいない。コーマックは、海に飲みこまれた。だが、その日、救助要請《ようせい》の遭《そう》難《なん》信号を聞いた覚えがある者はだれもおらず、行方不明者の報告《ほうこく》もいっさいなかった。コーマック・ボイルの葬式《そうしき》がとりおこなわれるころには、すでにフィオンの母はおさない娘《むすめ》タラとともにフェリーに乗って本土に向かっていた。そのときフィオンは、まだ母のおなかのなかにいた。それ以来、母がアランモアにおりたつことはなかった。

フィオンは手のひらにつめの跡《あと》が残るくらいぎゅっと、手をにぎりしめた。

「新しい〈嵐の守り手〉は嵐のなかで選ばれるって、バートレイが言ってた。そういうもんだって。島がそわそわしはじめ、自分で嵐を起こし、〈ギフト〉が次の世代に受けつがれるって」

「そうだな」と、祖父が言った。

フィオンはどんどん気分が落ちこんでいった。

「っていうことは、父さんにとって、だれか知らないけどその人を救助できるかどうかが、ひとつのテストみたいなものだったにちがいないね。そして、父さんは失敗したんだ。失敗しなければ、父さんは今ごろぼくたちといっしょにここにいただろうから。父さんが、〈嵐の守り手〉になってたんだ」

祖父は、むずかしい顔をしながらあごをなでた。

「あの嵐はとても強力で、雲のまわりがぴかぴかと光っておった。だから、わしらは新しい〈嵐の守り手〉が決まる時が来たとわかったんだ。おまえの父さんは、嵐の二週間前に〈ささやきの木〉をおとずれた。その時、木が、わしら全員がうすうす感じておったこと――つまり、次の守り手はコーマックだということを告《つ》げたと、わしは思っておった。ところが、それはまちがいだった。〈ささやきの木〉がいったいなにをコーマックに見せたのか、だれも知る者はおらん。秘密《ひみつ》をかかえたまま、コーマックはいってしまった」祖父《そふ》は、しゃがれた声でせきばらいをした。「おまえの父さんは、わしが知るかぎりもっとも勇かんな男だった。島はそのことを、だれよりもちゃんとわかっとっただろう。コーマックをテストする必要などなかったはずだ」

「じゃあ、父さんはむだ死にしたんだね」フィオンのなかのもっともどす黒い部分――影《かげ》でありとげである部分――が、口をついて出た。それは悲しみといたみをともなう言葉だったが、同時にどこかほっとする言葉でもあった。ようやく、生まれる前に父親を失うという不公平さについて話すことができたのだ。こんなことを口にしたら母が動転するんじゃないか、母が負のスパイラルにおちいって部屋に閉《と》じこもってしまうんじゃないかと恐《おそ》れる必要はない。

「父さんは、どうしてひとりでボートに乗って出かけたんだろう?」

「わからん」と、祖父は認《みと》めた。祖父が認めたことでフィオンはなにか勝利に似《に》た気分を味わったが、胸《むね》に広がったのは温かい感情《かんじょう》ではなく、靴《くつ》の裏《うら》についたガムのように冷たくねばねばしたなんとも言えないものだった。

フィオンは、海に悲しみをぶつける母の姿《すがた》が忘《わす》れられなかった。父の死という現実《げんじつ》が蒸気《じょうき》のように立ちのぼり、島というものがあそこまで残酷《ざんこく》になれることが信じられない。

「島はなにもかえしてくれないの？」フィオンが、むかつく思いで聞いた。

「うむ……昔も昔、ずっと昔、わしが今のおまえよりもかなり小さかったころ、わしもおやじを海にうばわれそうになった。しかし、その時は、島はおやじをもどしてくれた」

その言葉は、パンチのようにフィオンの体にめりこんだ。自分でもおどろくぐらい一気に涙《なみだ》があふれ出た。涙はきそいあってほおを流れ、セーターのえりにしたたり落ちた。だれかに体のなかをかきまわされているようないたみが走る。海は、祖父が父親をかえしてくれとたのんだ時、その願いをかなえた。十二年前、母も同じことを願った。でもその時、この島は母には背《せ》を向けたのだ。

フィオンがくだけちった自分のかけらをひろい集め、もとどおりにくっつけようとしている一方で、祖父は話を続けていた。

「一九四〇年の十二月のことだ。これまで経験《けいけん》したことがないくらいひどい天気におそわれた。ハリケーン級の風がふいていただけでなく、みぞれに雪に氷のつぶまでふってきた。〈嵐《あらし》の守り手〉ですらコントロールできないほどだった。北からやってきた嵐にあおられ、リヴァプールに向かっていたオランダの貨物船《かもつせん》は航路《こうろ》をはずれた」祖父は両手を広げて動かして、船の大きさを示《しめ》した。「その貨物船は、アランモアの数十キロ沖《おき》で岩に座礁《ざしょう》した」

祖父が顔をしかめた。頭のなかで当時にもどり、記憶《きおく》を寄《よ》せ集《あつ》めているのだろう。

「その船の名は、ストーヴェイク号といった。わしのおやじと仲間の救助隊が救難《きゅうなん》信号を受信した時には、十名の乗組員がすでに波に飲まれ、それより多くの乗組員が嵐《あらし》の海で必死にもちこたえていた」

フィオンは、ぶるっとふるえた。あまりにもあざやかに想像《そうぞう》できた。大きな船が怒《いか》れる空にその腹《はら》を見せてひっくりかえり、半狂乱《はんきょうらん》の船乗りたちが船のはらわたのように吐《は》きだされる。

「ストーヴェイク号にとって、アランモアの救命艇《きゅうめいてい》が最後の望みだった」祖父《そふ》は親指と人さし指を近づけて「ぎりぎり」という仕草をしてみせた。「救命艇は小さく、ハリケーンの風に耐《た》えられるような帆《ほ》ではなかったし、エンジンもこの仕事にじゅうぶんな装備《そうび》とは言えなかった。無謀《むぼう》な任務《にんむ》だった。そんなこと、島の人間は全員わかっとった。だがな、アランモアで救命艇の仕事をする者は、みんな誓《ちか》うんだ。自分自身の命より、危険《きけん》にさらされている命を優先《ゆうせん》するということを。たとえどんなにこわくとも、前へ進まねばならん。たとえ、もどってこれないとわかっていても」

フィオンは、足もとを見つめた。フィオンには、そんなことを誓うなんて、自分の足首に足かせをつけ、さかまく海に自分をしばりつけるようなことに思えた。父や祖父がしたように自分の命を海に結びつけるなんて、フィオンには想像もつかなかった。

「十二月のあの寒い日、救難《きゅうなん》信号を受信したメンバーは、それぞれが決断《けつだん》せねばならなかった」

フィオンを見る祖父の青い目には、荒《あ》れくるう海の様子がまざまざとよみがえっているようだ。

「家族とともに島に残り、これまでに経験《けいけん》したことがないくらいひどい嵐がおさまるのを待つか……」

「それとも、行くか。たとえどんなにこわくとも」フィオンが、静かに言った。

嵐が父の命をうばった日に、父が救助に出たように。

祖父はうなずいた。

「彼《かれ》らは、行くことを選んだ。九人全員が、だ」

フィオンは、のどのつかえを飲みこんだ。涙《なみだ》は止まったが、ほおの内側はまだひくついていたし、胸《むね》はドキドキとうるさいほどに鳴っている。

「午前六時半、船は最初の波を、そしてまた次の波をこえて港を出ていった。その日と翌日《よくじつ》の夜明けまで、島の女性《じょせい》たちは黒い服を着て海岸を行ったり来たりしていた」

「みんなはどうやって帰ってきたの？　おじいちゃんは〈海の洞《どう》くつ〉に、願いをかなえてもらいに行ったの？」

祖父の目がきらりと光った。

「われらが〈嵐の守り手〉マギー・パットンが、〈海の洞くつ〉へ連れていってくれた。あの日、洞くつはわしらに親切だった」

「島がみんなを家に帰してくれたんだ」フィオンは小声で言った。

「長く過酷《かこく》な救助活動の末、救命艇《きゅうめいてい》は港に帰ってきた」今でもそれが信じられないみたいに、祖父《そふ》は首をふった。祖父の目は称賛《しょうさん》に満ちて輝《かがや》いていたが、フィオンはただそれを――なにかをやっとのことで成しとげた達成感とでもいうようなものを――想像《そうぞう》することしかできなかった。「救命艇は、十八人のオランダ人乗組員を救助し、本土へと送った。のちに、オランダのウィルヘルミナ女王は救命艇の勇かんな行為《こうい》をたたえて、メダルを九名全員に授《さず》けた。王立救命艇協会からも、同じく全員にメダルがおくられたんだ」そう言いながら祖父は身を乗りだし、フィオンもつられて身を乗りだした。暗がりのなか祖父の白目がひときわ白く映《は》え、見たことがないくらいの大きな笑みをうかべている。「ジョージ四世は、王立救命艇協会の後援者《こうえんしゃ》だった。だから、救命隊は王さまにも認《みと》められたと、わしは思っとる」

勇かんな行為。こんな言葉、おとぎ話のなかでしか聞いたことがない。

祖父はさっと立ちあがり、フィオンがなにか言おうとしたわけでもないのに「シーッ！」と制《せい》するみたいに指を上げた。

「ここで待っとれ！」そう言うと家に入り、すぐにもどってきた。

「手を出してみろ」

そして、フィオンが差しだした手のひらに、オランダ女王からおくられた銅《どう》のメダルをのせた。それは、大きめの硬貨《こうか》ぐらいの大きさだったが、見た目よりずっと重みがあった。

裏庭《うらにわ》はすっかり暗くなっていた。月がいつの間にか空にのぼり、光を投げかけている。月の光にメダルをかざしてみると、とつぜん、においを感じた。金属《きんぞく》のつんとしたにおいだが、同時に土くささもある。このメダルは、はるばる海をわたってやってきた。長い年月の間、ボイル家の男たちのポケットや戸棚《とだな》にしまわれてきたのだろう。古いものなのにとても輝いていて、表には海難《かいなん》救助の様子と、聖書《せいしょ》から引用した王立救命艇協会のモットー〈深い海にわたしを飲みこませないで〉が彫《ほ》られている。

フィオンは、親指の腹《はら》でメダルの縁《ふち》をなぞった。

「おじいちゃんの父さんのメダルだね」

「もう、おまえのものだ」祖父がふたたび腰《こし》をおろすと、スツールがきしんだ。屋根にいたワタリガラスたちの姿《すがた》はなく、今ここに祖父と自分しかいないことを、フィオンはうれしく思った。

「このメダルは、おまえの父さんにやるつもりだった。だが、その……」まぶたの裏《うら》にかくれた涙《なみだ》がまたこぼれ落ちるのがこわくて、フィオンはまばたきをがまんした。「コーマックをもどしてくれとたのむには、あまりにもおそすぎるんだよ」祖父はフィオンの心にずかずかとふみ入らないよう、言葉を選びながら続けた。「その……もし、おまえが、そのことを洞《どう》くつに願おうとしているのならば、だ。ダグザの力をもってしても、死者をよみがえらせることはできん」

フィオンは、メダルをぎゅっとにぎりしめた。手のひらに感じるいたみが胸《むね》のいたみより強くなるまで。

「コーマックは誓《ちか》いをたてたんだ、フィオン。どんな結果が待ち受けておるかわかっていて、出かけたんだ。わしが知るかぎりいつだって、あいつはだれよりも勇かんだった」

「でも父さんは、難破船《なんぱせん》の救助に行ったわけじゃない。父さんの物語が語りつがれることもない」

「コーマックの物語はおまえじゃないか、フィオン。おまえとタラだ。そして、おまえの母さんだ。わしだって、おる。だれかが覚えておるかぎり、その者が本当にいなくなることはない。その者の物語だって消えはしない。そこが、アランモアのすばらしいところなんだよ。島は決して忘《わす》れない」

フィオンはにぎりしめていたこぶしを開き、なかにたまった熱気をにがした。

「ぼくは、このメダルにはふさわしくないよ、おじいちゃん」そう言うと、エリザベス・ビーズリーに教会の外で言われた言葉を思いうかべながら、メダルを作業台の上に置いた。「ぼくの目の奥《おく》には、海がないんだ」

いつの間にか雲にかくれていた月がその切れ間から顔を出し、月の光が祖父《そふ》の頭にかかった。祖父はメダルを、もう一度フィオンのほうにすべらせた。

「勇かんさとは、恐《おそ》れを忘れるだけのことだ。それ以上でもなければ、それ以下でもない」メダルを軽くたたく。「胸《むね》につけておけと言ってるのではない。よかったらまくらの下にでも入れておけ、というだけだ」

「なんで？　ぬけた歯を入れといたら歯の妖精《ようせい》が来るみたいに、これを入れといたら海の妖精でも来てくれるっていうの？」

祖父は笑った。風がふたりを包むようにふき、フィオンの髪《かみ》がサラサラとなびく。まるで風も笑っているみたいだ。

「さあ、どうだろうな」祖父はウインクした。

13. 海の妖精《ようせい》

真夜中というにはまだ早い時間のこと。フィオンは夢《ゆめ》のなかにいた。海は崖《がけ》の上までせりあがり、大地にはらわたを吐《は》きだしている。血にそまった尾《お》ひれとまっ黒な歯を持つ〈メロウ〉たちが、フィオンの足首をひっかく。自分のうろこをはぎとり、フィオンの肌《はだ》におしつけながらそっと歌う。

――深い海にわたしを飲みこませないで。

〈メロウ〉たちが悲しみのうめき声をあげ、その大きく開けた口から銅《どう》のメダルがつぎつぎ転がり出る。

――深い海にわたしを飲みこませないで。

「おい！」遠くで声がひびいている。

〈メロウ〉たちの姿《すがた》がかすかに光り、ホログラムのようにゆらめく。聞き覚えのある悲しみの歌が割《わ》りこんできた。島の女の歌が風に運ばれてきて、夢が変わっていく。

――おいで、こちらへ、恐《おそ》れを知らぬわたしのボイル。

――見せてあげるよ、わたしの魔法《まほう》を。

今回は、言葉がよりはっきりと聞き取れた。声の主を探《さが》して崖の斜面《しゃめん》をすべりおりるフィオンの頭上を、歌声が流れていく。

――土の下へ来て、願っておくれ。

――おまえのもとにわたしをもどして、と。

「フィオン！」呼《よ》ばれてハッと目を開けると、鼻から二センチもはなれていないところに祖父《そふ》の鼻があった。「さあさあ、起きなさい。かわいい嵐《あらし》っ子！」

フィオンは「うーん」とうめいた。腕《うで》も足も心地よい重みがあり、まるで流砂《りゅうさ》のようにシーツが体にまとわりついている。

祖父が、フィオンのベッドの端《はし》に座《すわ》って軽くはねた。

「冒険《ぼうけん》に出る準備《じゅんび》はいいか？」

「興味《きょうみ》ない」寝《ね》がえりをうちながら、フィオンが言った。

祖父が、羽ぶとんをひっぺがす。フィオンは思わず「うわっ！」と声をあげた。部屋はぞくっとするほど寒かった。無理やり起こされたうえ、いきなりふとんをはぎとられ、パジャマ一枚《まい》ではうすすぎてがまんできない。

「それ、かえしてよ！」

祖父は立ちあがると、フィオンをベッドから引きずりだした。そして、タラがすぐ後ろでぐっすり眠《ねむ》っているにもかかわらず、フィオンを部屋から連れだしながら大きな声で話し続けた。

「やあ、わしの名はマラキー・ボイル。きみの海の妖精《ようせい》だ！」祖父《そふ》はパジャマ姿《すがた》のままで、電気がついていない廊下《ろうか》にデッキシューズの足音がひびく。廊下の棚《たな》にならべられたキャンドルたちが、なにごとかと興味《きょうみ》しんしんでふたりを見つめている。「絶対《ぜったい》乗り物から手や足を出すんじゃないぞ」

「乗り物って、なんのこと？」フィオンが、祖父の後頭部に向かってたずねた。

祖父は口笛で調子っぱずれなメロディーをふいていたが、フィオンがキッチンでスニーカーをはきはじめると、ちょっとふくのをやめて念をおした。

「くつひもはちゃんと結べよ」そして玄関《げんかん》ドアの横にあるコートかけから灰色《はいいろ》のぼうしをぱっと取り、うっすら積もっていたほこりをふーっとふいた。ほこりの粒子《りゅうし》が舞《ま》い、炉棚《ろだな》のキャンドルの光にきらめく。

まだ半分目が覚めていないせいか、フィオンはいつになく素直《すなお》で、言われるままにかがんでくつひもを結んだ。

「なんで？　いったいなにごと？」

祖父はパジャマのポケットから一本のキャンドルを引っぱりだすと、それを前後にふってみせた。

「今晩《こんばん》ずっとこの嵐《あらし》を探《さが》しておった。なんと、長靴《ながぐつ》のなかに転げ落ちとったのを見つけたんだ!」得意げに言う。

フィオンはぱっと立ちあがると、祖父の手からキャンドルをたたき落とそうとした。

「いやだ!」

祖父は後ろへぴょんと飛びすさった。

「おっと、気をつけろ。さもなきゃ、マギー・パットンがあの世からもどってきてとりつくぞ! マギーはこのキャンドルに記録をしこんだあと、まるっと一日半も眠り続けたんだからな!」

フィオンには、その理由がわかる気がした。

それは、高さがある太めの、シンプルな棒状《ぼうじょう》のキャンドルだった。緑色がかった灰色のような青色で、ところどころ透《す》けているが下に行くほど、にごった色になっていた。さしずめ、海に沈殿物《ちんでんぶつ》がたまっているような感じだ。そのキャンドルのにおいは、火がまだついていない状態《じょうたい》でもはっきりかぎとれ、フィオンの鼻孔《びこう》の内側にはりついた。雨でびしょぬれの木材やぼろぼろになった帆《ほ》のにおい。海草にまみれ、海のうずにまきこまれて半狂乱《はんきょうらん》になった男たちのあわれなさけび声のにおい。冷たい雨と、大音響《だいおんきょう》とともに落ちた雷《かみなり》が海をこがす、ジュッという音のにおい。危険《きけん》と冒険《ぼうけん》と恐怖《きょうふ》と希望、それらがすべていっしょになったにおい。そして、えんりょもためらいもなく鼻をさす刺激臭《しげきしゅう》。

祖父はフィオンを玄関から外へと引っぱりだした。勝ちほこったように目をきらきらさせている。キャンドルをくわえ、片手《かたて》でフィオンの手をしっかりにぎり、もう片方の手で〈ストーヴェイク号〉というラベルのキャンドルにライターで火をつけた。キャンドルはジュッと音を立てて燃《も》えはじめ、ふたりの背後《はいご》でドアがバタンと閉《し》まった。

そよ風が波紋《はもん》を描《えが》くように大きなひとつの輪となって、家からまわりに広がっていく。フィオンの目の前にあるすべてのもの――イバラのしげみや、からみあう木、生いしげる草や花――が地面に向けて頭をたれ、アランモアの〈嵐《あらし》の守り手〉におじぎをした。

〈ティル・ナ・ノーグ〉の木戸がギーッと音を立てて開いた。

祖父《そふ》はくわえていたキャンドルを手に持つと、「いざ行かん！」とさけんだ。その声からあふれる高揚感《こうようかん》にせきたてられるように、ふたりは坂をかけおりた。祖父が頭上高くにかざすキャンドルの火が、『やあ、わしを覚えとるかい？』と月にあいさつしているみたいに、前へ後ろへとゆれる。

「おじいちゃん！　速くてついていけないよ！」風がじれったげにフィオンの背中《せなか》をおす。

「ひざを上げろ！」祖父がさけんだ。祖父は一歩一歩、胸《むね》につきそうなくらい高くひざを上げている。「そうだ、うまいぞ！　もっと高く！　こんな感じだ！　よし、いいぞ！　すばらしい！　おまえがどんなに勇かんか、島に見せてやれ！」

祖父とフィオンは走り続けた。頭上で星々がはじけ、月が空をわたり、暗闇《くらやみ》をくだく。

「急げ！」と、祖父がさけんだ。フィオンに力を貸《か》そうとするように、風が後ろからふきつけてくる。

「吐《は》きそうだよ！」フィオンはさけんで、スピードをおさえようとつないだ手をぐっと引っぱった。

島がおどろくべき速さで後ろに飛んでいく。家々や木々が大地に消えていく。

「キャンドルは、取りこまれた嵐が大きければ大きいほど、速く燃える。時はだれのことも待ってはくれん！　ボイルの人間だって待ってはもらえんぞ！」祖父が大声でわめき、〈時の層《そう》〉がもう一枚《まい》はがれた。〈記憶《きおく》〉がゆっくり形になっていく。「もうそこだぞ！　朝になる前に波止場に着かねばならん！」

フィオンは、横腹《よこばら》がもうれつにいたくなってきた。

「キャンドル、を、消す、ことは、できない、の？」ゼーゼーと息を切らしながら、フィオンがさけんだ。「お願い！」

「やってみればこわくない」祖父の言葉には、緊張《きんちょう》がまったく感じられなかった。全速力で走っているのに、呼吸《こきゅう》もみださず、キャンドルをオリンピックの聖火《せいか》のように頭上高くかかげている。「こわいのは、やる前だけだ、フィオン。今はその、やる前なんだからな！」

「おじいちゃんが、これでなにか変わるって思ってるんなら、そんなのまちがいだよ！　言ったでしょ、ぼくは勇かんな男じゃないって！」フィオンが、さけびかえした。

「くだらん！　自分のルーツを理解《りかい》するまでは、自分がほんとはどんな人間か、わかるわけがないだろう！」祖父の青と白のパジャマのズボンはずりあがり、シャツはケープのように後ろに風でふくらんでいる。「木の根っこに気をつけろ！」

祖父《そふ》がそう言ったとたん、木の根が地面から顔を出した。祖父は野性《やせい》の勘《かん》でもあるのか、ガゼルのようにぴょんと飛んで、なんなくよけた。フィオンはつまずいた。

祖父はフィオンをぐいっと立ちあがらせると、前へと引っぱった。

「気をつけろと言っただろうが！」

「根っこが出てくるって、どうしてわかったの？」フィオンは苦しそうに息をした。と、そのとき、祖父がぐいっと右に引っぱった。ひと昔前の木製《もくせい》の荷馬車がどこからともなく現《あらわ》れ、丘《おか》をゴトゴトとのぼってきて、フィオンはあやうくひかれるところだったのだ。

「わしが思ったとおりだ！」祖父はうれしそうに目を輝《かがや》かせると、キャンドルを前へ後ろへとふった。「おまえがキャンドルを持ってなければ、向こうからおまえの姿《すがた》は見えないんだ！われわれの航海《こうかい》はまだまだ続くぞ！」

フィオンは置いていかれまいと、祖父の手をしっかりとにぎりしめた。

「そんなこと、どうしてわかったの？」

「類《たぐい》まれなる直感を使ったまでだ！」祖父は高らかに笑い、風もいっしょに笑った——島と島の守り手が一致団結《いっちだんけつ》している感じがする。「こんな大冒険《だいぼうけん》は、わしもずいぶん長い間やっておらんかった。どんなにおいがするものか、とっくに忘《わす》れておったわ！」

フィオンにとって、それは牛や馬のフンでできた肥《こ》やしのようなにおいだった。あまりにもいきなりでまごついてしまうにおい。〈時の層《そう》〉はカサカサとはがれ続けていった。そのなかに、ひづめの音を立てて通りすぎていく農耕馬《のうこうば》や、変わったぼうしをかぶって今より大きなサイズの新聞を持った男たち、バスケットを持って岬《みさき》を行き来するショールをまとった老婆《ろうば》たちが見える。

〈時間〉がちょっと飛んで、あっという間に波止場の近くまで来た。まわりはすぐに朝になり、同時に冬もやってきた。フィオンは、歯がカタカタ鳴った。寒さのあまり、指先や鼻先の感覚がない。頭上の空は暗く灰色《はいいろ》にうずを巻《ま》き、ちょうど外海のほう、港の向こうで、雲がゴロゴロと音を立てている。

〈記憶《きおく》〉が、ようやく落ち着いたようだ。雷《かみなり》と雨のにおいがする。フィオンには、冒険というよりうなる猛獣《もうじゅう》のように思えた。

フィオンは祖父を後ろへ引っぱった。

「もうたくさんだよ！」とさけぶ。長い木の桟橋《さんばし》からはなれようとしてつまずき、転びそうになる。「ぼくたちは、ここにいるべきじゃないんだ！　危険《きけん》だ！」

祖父はうれしそうにかん高い笑い声をあげ、あたりの鳥たちもみんな、祖父にあわせるかのようにかん高い声で鳴いた。

「恐怖《きょうふ》がそう言わせてるだけだ！　言っただろ？　恐《おそ》れることはないって！」

桟橋《さんばし》の端《はし》では、木の救命ボートのまわりに女の人や子どもたちが集まっていた。これからボートに乗りこもうとしている男たちとだきあっている。フィオンは心臓《しんぞう》が口から飛びだしそうだった。ボートは、なにかを救出する能力《のうりょく》を備《そな》えた船というよりは、巨大《きょだい》なカヌーに見える。男たちは防水布《ぼうすいふ》でできたケープのようなレインジャケットを着て、防水仕様のゴム長をはいている。防水加工《かこう》されたつば広のぼうしで顔がかくれているので、男たちが恐怖《きょうふ》を感じているのかどうか、フィオンにはわからなかった。

子どもたちが泣いている。

フィオンは祖父《そふ》に、必死でうったえた。

「やだ、やだ、やだ、やだ、やだ。絶対《ぜったい》、いやだ。ボートだけはかんべんして。そんなの水に入るのと同じじゃん！」

〈時間〉がふたたび飛んだ。ボートに乗りこむ男たちの無事をいのって集まった群衆《ぐんしゅう》がばらけ、祖父はその集団《しゅうだん》のどまんなかをつっきった。パジャマ姿《すがた》のふたりが全速力で走りぬけたことに、だれひとり気づかない。祖父が桟橋からボートに飛びこんだ時にぶつかってたおしそうになった、大きな青い目をした小さな男の子でさえ気づかなかった。

フィオンは祖父に続いて、救命ボートに転がりこんだ。〈時間〉が飛んで、ボートを島から引きはなす。はねるようにうきしずみするボートのなか、男たちは帆柱《ほばしら》の両側に広がって配《はい》置《ち》についている。フィオンは祖父のあとをはうように必死でついていき、船尾《せんび》にくっついて座《すわ》りこんだ。ボートの外へふきとばされないよう、錨《いかり》につながる太いアンカーチェーンに、片腕《かたうで》でしっかりしがみつく。

「おじいちゃん、あやうくあの男の子を殺すところだったよ！」フィオンが、海のいきおいに負けないようにさけんだ。

祖父が笑った。沖《おき》に出るため、甲板《かんぱん》を行き来して船を操作《そうさ》する男たちの必死のどなり声など、能天気《のうてんき》なまでに気にとめていない。

「さっきのぼうずは、このわしだよ！」だがその笑い声には、前よりゼーゼーと苦しげな音が混《ま》じっていた。足の指の間に氷のような水がたまって、体が冷えてきたせいだろう。「あの時は、風がぶち当たったと思ったがな！」

はげしい波が船体にぶつかって、ボートが大きくかたむく。フィオンは錨につながる太いアンカーチェーンにしがみついて悲鳴をあげた。同時に、ひとりの救命隊員がフィオンの上に身を乗りだし、思うようにならない帆をもとの位置にもどそうと引っぱった。引っぱられた帆のポールが肩《かた》をかすめ、フィオンは頭をひざの間につっこんでなんとかよける。

祖父が、にぎりしめたフィオンの手をぐっと引きよせ、ふたりはだきあうように丸まった。長い手足にぬれたパジャマをはりつかせたままひとつに丸まるその姿《すがた》は、この場にまったく似《に》つかわしくないものだった。ふたりの間では、キャンドルの炎《ほのお》がいどむように燃《も》えている。

「わしがしっかりキャンドルを持っとる」そう言うと、祖父はウインクした。「目の前に十一歳《さい》のぼうずが急に現《あらわ》れたら、このボートの男たちは全員大さわぎになっちまうからな」

フィオンは、キャンドルを持たずにすんでほっとした。自分がこの救助ミッションをだめにするか、島にこの〈時の層《そう》〉からけりだされる、もしくは海に放りだされるかして、守り手になるチャンスを――。

「息を止めろ！」

フィオンが息を止めたところへ、大きな波がおそいかかってきた。頭上からおおいかぶさる海水が耳のなかに流れこみ、首を伝って、肌《はだ》から骨《ほね》の髄《ずい》までしみこんでいく。急激《きゅうげき》なふるえにおそわれ、息もできない。甲板《かんぱん》ではどなり声が飛びかい、隊員が必死になって帆《ほ》を調整している。〈時間〉がまたしても飛んだのか、気づくと船は沖《おき》のほうへ、嵐《あらし》の中心へと引っぱられていた。

フィオンは海水を吐《は》きだし、目にしみる海水をこすった。ふりかえるとそこに島の姿《すがた》はなく、雨がふりだしていた。寒気《さむけ》が背筋《せすじ》をぞわぞわっとかけあがり、胸《むね》に入りこむ。

――最高だね。これで、『死ぬまでにやっておきたいことリスト』から『肺炎《はいえん》』は消せる。

「超《ちょう》寒いよ。どうせ船に乗るなら、あったかい南の島に行きたかった」

「これは精神修養《せいしんしゅうよう》だからな」祖父《そふ》が、やたらうれしそうに言った。「いいか？ 万全の注意をはらえば、一度に複数《ふくすう》のキャンドルを燃《も》やして、別々の〈時の層〉をつなぎあわせることができるんだ」

「それなら、〈夏の太陽〉ってキャンドルでも持ってきてくれたらよかったのに」フィオンは文句《もんく》を言った。

祖父は、乗組員たちのほうを頭でくいっと示《しめ》した。

「あの男たちを巻《ま》きこまんようにするのが一番だ。それにとにかく、あれもこれも全部ひっくるめての冒険《ぼうけん》だからな！」祖父は肩《かた》でフィオンを軽くこづいた。「さあ、もうすぐだぞ」

こんな沖から泳いでもどることはできないし、この〈時の層〉のなかで時間を巻きもどすこともできない。この〈記憶《きおく》〉に耐《た》え、〈記憶〉がふたりを溺死《できし》させないことをいのるしかない。

生きて帰ることができたら、絶対《ぜったい》山ほど文句《もんく》を言ってやる。フィオンはそう思った。

あっという間に、ボートは嵐の中心に送りこまれた。波はボートが乗りこえようとするたび大きくふくらんで、救命隊員を海におし流そうとする。祖父の指示《しじ》にしたがい、フィオンは目をつぶったり、息を止めたりした。しばらくして祖父が、

「目を開けろ！」とさけんだ。「ストーヴェイク号だ！」

「おーい！」隊員が、船に向かってさけんだ。

フィオンが、ぱっと頭を上げた。さけんだ隊員は、帆をおろしたところだった。ボートはめちゃくちゃゆれていたが、バランスをしっかり取って立っている。ここまで来る間にぼうしをふき飛ばされたようで、顔がはっきり見える。非常《ひじょう》に背が高く、頭ははげてぴかぴかに光っている。そして、うずまく海と同じ色の目をしていた。なじみのある、忘《わす》れるわけのない青色。

「わしの父さんだ！」フィオンの祖父《そふ》がさけんだ。祖父の声に、今度は単なる興奮《こうふん》以上のもの、相手の心の一角をしめつけ、とつぜんあふれる思いでいっぱいにさせるようななにかが混《ま》じっていた。

「わしの父さんはものすごく勇かんだろ、フィオン？」

フィオンは、おどろくほど祖父にそっくりなその若《わか》い男に魅了《みりょう》されながら、同時に、肩《かた》ごしにそびえたつ野獣《やじゅう》にも注意を引かれた。フィオンたちが乗った救命ボートの十倍はある巨《きょ》大《だい》な灰色《はいいろ》の貨物船《かもつせん》が、ななめにかたむいてその腹《はら》を見せている。いくつものとがった岩が、貨物船の端《はし》にささり、その場を動けない船は海に飲みこまれつつあった。

不可能《ふかのう》に思える任務《にんむ》を目のあたりにし、甲板《かんぱん》の上の男たちは口ぐちに、

「ちくしょう、なんてこった」とつぶやいた。

「ショータイム！」大声でさけぶ祖父の口のなかに、新たな雨つぶが束になって落ちた。

「風上に錨《いかり》をおろせ！」フィオンの曾祖父《そうそふ》がさけぶ。荒《あら》あらしく動きまわるブーツと船べりを乗りこえてくるどん欲《よく》な波をさけ、フィオンと祖父はボートのすみにごそごそと移動《いどう》した。ここで〈時間〉が、またしても、ふたりをシューッと先に飛ばした。気づくと、救命ボートはストーヴェイク号の横に来ており、アンカーチェーンがどんどんおろされていく。

ストーヴェイク号の船員たちは、船尾《せんび》で身を寄《よ》せあっていた。男たちが必死で助けを求めるさけび声は風にふき消されて聞こえないが、両手をはげしくふり回しているのが見える。波が

おしよせてきて、男たちの姿《すがた》が一瞬《いっしゅん》、完全に視界《しかい》から消えた。出かかった悲鳴がフィオンののどもとで止まる。

「おじいちゃんはこわくないって言ってたけど、こんなにこわい思いしたことないよ！」フィオンが祖父にどなった。

祖父はフィオンを引き寄せた。手にはしっかりキャンドルをにぎっている。

「ちゃんと見とけ！」そこにまた波がかぶさってきた。〈時間〉がおどってうずを巻《ま》き、空を灰色《はいいろ》に、そして白色にぬる。その一部始終をフィオンは見ていた。救命隊員たちが、救命用のうきわをつけたロープを発射《はっしゃ》した。一回目は船までとどかず、二回目も失敗。三回目にしてようやく成功《せいこう》した。ストーヴェイク号の船員たちは救助ロープをつかみ、奥《おく》まで引っぱっていって船に固定した。

「うまい！　実にすばらしいじゃないか！　おい、ちゃんと見たか、フィオン？　すごいよな！」祖父は、まるで映画《えいが》を見ているかのように歓声《かんせい》をあげた。座《すわ》ったまま水につかり、全身ガタガタふるえている人とはとても思えない。

フィオンはキャンドルをちらりと見た。火はまだ燃《も》えているが、半分以上溶《と》けている。もし火が消えてしまったら、ふたりは救命ボートも救命ブイもなしに海へ落ちることになる。

「見ろ！」祖父がキャンドルで指した。島の男たちが救命ボートの片側《かたがわ》に集まり、うきわのロープをたぐりよせている。最初の生存者《せいぞんしゃ》だ。男たちがロープを引くたびに、うきわに体をあずけた生存者《せいぞんしゃ》のひざに波が打ち寄《うよ》せる。男たちはうめきながら力のかぎりロープを引き、ずぶぬれで重みの増《ま》した生存者はとうとう彼《かれ》らのもとにたどり着いた。男たちが生存者の肩《かた》をつかんでボートに引きずりあげた。空いたうきわを、ロープがついたまま投げかえす。

「最初の生存者だぞ、フィオン！　見ろ、ほっとした顔をしとる！　立つこともできないじゃないか！」

あのあわれなオランダ人船員が立ちあがれないのは、ほっとしたからというよりはむしろ、心に傷《きず》を負ったせいだろうと、フィオンは思った。だが、そうは言わなかった。ほかに気を取られていたからだ。アドレナリンが指先をかけめぐり、耳の先まで熱くする。気づくと、恐《きょう》怖心《ふしん》を忘《わす》れていた。

フィオンは、ひとり、またひとりと、ストーヴェイク号の生き残り十八名が、うきわを使って救助ボートに引きあげられるのを見ていた。冷え切った彼らの肌《はだ》はうっすらと青ざめ、しゃべろうとすると歯がカチカチと鳴った。論理的《ろんりてき》に言って、これだけのことをするには何時間もかかってるはずだ。低くなってきた空が、もう夕方だということをはっきり示《しめ》している。だが、嵐《あらし》はあっという間にすぎ、気づくとボートは水をかきわけてアランモアへと向かっていた。

小さなボートは荒波《あらなみ》をもろに浴びていたが、ゆれはもうそんなにひどくなかった。十八人の男たちの重さが加わったことで船が安定したせいか、それともようやく恐怖を乗りこえて現実《げんじつ》を見られるようになったせいかはわからない。フィオンは、モーターの横で祖父《そふ》にもたれるようにして丸まっていた。ボートは、二十七人の船乗りとふたりの密航者《みっこうしゃ》ですきまもない状態《じょうたい》だった。

フィオンと祖父は、島の男たちが故郷《こきょう》に向かって船を進めるなか、オランダ人船員たちが自分たちと同じように身を寄せあっているのを、だまって見ていた。祖父は生気のない目をしていたが、それがふり続く雨のせいなのか、それとも、ほんの五、六メートルしかはなれていないところにいる父に自分の姿《すがた》が見えていないせいなのか、フィオンにはわからなかった。

フィオンは、祖父がにぎりしめているキャンドルを見た。溶《と》けたろうがたれて、手にかかっている。ほとんど燃《も》えてしまって、残りはほんのわずかだ。

とうとう、嵐がすぎさった。島が海原からはい出るように姿を現《あらわ》す。太陽の光が雲のすきまからさっとさしこみ、灰色《はいいろ》だった空が白っぽくなっていく。フィオンの歯はカチカチ鳴らなくなり、指が温まってほぐれはじめた。

「な？　こわくなかっただろ？」と、祖父が言った。

「そんなことないよ」フィオンは、自信なさげに言った。

桟橋《さんばし》が見えてきた。たくさんの人々が様子を見に、桟橋の端《はし》に集まっている。その輪から歓《かん》喜《き》の声があがり、小さなボートは島に向かって流れるように進んで行った。島がすぐそこまで来たとき、祖父がフィオンを引《ひ》き寄《よ》せた。

「わしの記《き》憶《おく》がたしかならば、おまえは泳げるはずだよな？」

「あんまり得意じゃないけどね。なんで？」

フィオンは答えながら祖父《そふ》の手のなかのキャンドルに目をやった。キャンドルのろうは溶《と》けきって、祖父の手のひらにたまっている。火は今にも消えそうだ。

「残念なお知らせがある……」祖父が言いかけた時、キャンドルの火が消えた。

島はふるえるように息を吸《す》い、フィオンは悲鳴をあげた。ボートが消え、祖父とフィオンは足から海に落ちた。

14. ティル・ナ・ノーグへ

フィオンは思いきり海水を吸《す》いこんだ。水面めざして水をけるものの視界《しかい》がぼやける。腕《うで》や足をやみくもにばたつかせる。どっちが上かわからない。もがけばもがくほど、腕や足は重くなる。頭のなかで光が点滅《てんめつ》し、パニックの底で、おぼれかけていることを自覚した。

海がフィオンをうばいに来たのだ。

そのとき、一本の手がフィオンのわきの下にするりと入ってきて、ぐっと胸《むね》をかかえた。フィオンはそのまま糸のついたあやつり人形のように、海の底から引きあげられた。水面に頭を出すと、はげしくせきこんだ。水を吐《は》いては冷たい空気にあえぐ、ということをくりかえす。

祖父はフィオンがしずまないようにささえてくれていた。片手《かたて》をシートベルトのようにフィオンの胸に固定し、もう片方の手で岸のほうへと泳いでいく。

「もうだいじょうぶだぞ。頭をのけぞらせろ。ささえてやるから」祖父があえぎながら言った。

フィオンは祖父の肩《かた》に頭をもたせかけた。月がふたりを見おろし、空いっぱいの星がまたたくなかを進んでいく。ふたたび真夜中で、島は不気味なほどに静かだった。

ふたりは頭を地面につけ、砂《すな》の上をはうようにして岸にあがった。海にいたのは短い時間だったとわかっていたが、フィオンには何時間にも感じられた。頭はずきずきし、のどは、せきのしすぎでひりひりいたむ。

「おじいちゃんのおかげで助かったよ。もうだめかと思った」フィオンはしわがれ声で言った。

祖父《そふ》は体を起こすと、月を見上げてまばたきをした。それからフィオンのほうに顔を向けた。

「コーマックか？」

冷たい、ねばついた恐怖《きょうふ》が背中《せなか》を伝う。

「え？　なに？」

祖父は砂を見た。ふたりのまわりに、うっすらと影《かげ》ができている。祖父はふたたびフィオンのほうに顔を向けた。まゆをぐっと寄《よ》せている。ふだんより目の色が暗い。青い目はどんよりとくもり、いつもならそこできらめいている星がまったく見えない。

「おまえ、こんなところでなにしてるんだ、コーマック？　ここは寒いな。わしは寒い」

フィオンは、目を見開いた。

「ぼくだよ、おじいちゃん。フィオンだよ」そう言うと自分を指さしたが、バカげたことをしているなと後悔《こうかい》した。「おじいちゃん、だいじょうぶ？」

祖父は頭をふった。

「家に帰りたい」小さな声でつぶやく。「わしを連れて帰ってくれ、コーマック」

フィオンはいきおいをつけて立ちあがると、手を差しだした。

「わかった。家に帰ろう」

祖父はフィオンの手を取ると、ぎゅっとにぎりしめた。フィオンに手をはなされるのを恐《おそ》れているみたいだ。

フィオンは、岬《みさき》にもどった。月の光が帰り道を照らしてくれる。

「ぼくたち、何時間くらいあっちに行ってたと思う？」髪《かみ》の毛《け》についた海草を取りながら、フィオンが聞いた。

祖父は足もとを見ながら、とぼとぼとフィオンのあとをついてきた。

「タラは気づいてるかな？」フィオンがもう一度祖父にたずねた。「気づいてないほうに一票。あのまま寝《ね》てるよ、きっと」

祖父はなにも答えなかった。

「タラは一度寝ると、なかなか起きないんだ。ぼくが小さかったころ、タラがあまりに起きないから、死んでるんじゃないかって思って、よく脈《みゃく》をはかったもんだよ」

ふたりは、砂利道《じゃりみち》をザクザクとふみしめながら進んだ。

「タラもそんなに悪いやつじゃないんだ」フィオンはしゃべり続けた。声に絶望感《ぜつぼうかん》がにじむ。

「寝てる時は、っていう意味だよ。意識《いしき》がない時のタラは、まあ耐《た》えられるレベルなんだ。あ、いびきをかいてる時以外ね。あのいびきは、人間っていうより馬だよ。一度タラにそう言ったことがあるんだけど、タラは丸一週間、ぼくと口をきかなかった。人生でサイコーの一週間だったよ」しわがれ声でしぼりだす言葉のとげで、のどの奥《おく》がいたい。が、フィオンはそのいたみを無視《むし》した。「結局母さんは、ぼくにあやまらせたんだ。ぼくにしてみれば、ほんと不公平な話だよ。でも、あれはきっと、母さんもいびきをかくからだと思うんだ。母さんは、自分のいびきも馬みたいじゃないかって心配になったんだろうね」

祖父《そふ》があまりにもしっかり手をにぎっているので、フィオンの指はむらさき色に変わりはじめた。それでもフィオンは、祖父の手をあえてふりはらおうとはしなかった。

「母さんのいびきは、馬みたいじゃないけどね。母さんのはゾウだよ。母さんがかぜをひいた時は特に。でも、母さんのはゆるせるんだ。だって、母さんのせいじゃないからね。タラとちがって母さんには、いびきをおぎなうだけのいいところがたくさんあるんだよ」

それからしばらく、フィオンはしゃべるのをあきらめた。そのあとにおとずれる沈黙《ちんもく》にも耐《た》えられなかったし、つまらないことをペチャクチャしゃべる、どんどん高くなる自分の声にも耐えられなかった。祖父とフィオンがならんで、よろよろと坂をあがっていくと、風はふたりの背中《せなか》を後ろからおし、島は道から小石や石をどかしてくれた。

――ありがとう。

フィオンは心のなかで礼を言った。おかげで、全然とは言えないけれど、それほど孤独《こどく》を感じずにすんだから。

——助けてくれてありがとう。

それに答えるように、木々はカサカサと葉の音を立て、一羽のフクロウがふたりの肩《かた》に星くずをまきちらしながらホーと鳴く。「どういたしまして」という島の声が聞こえた気がした。

ティル・ナ・ノーグがもう目の前というところで、祖父がこう言いだした。

「母さんが寝《ね》てくれるといいんだが。母さんは、暗くなってからわしらが出歩くのをいやがるからな」

フィオンは、木戸のところで立ち止まった。

「母さんはダブリンにいるよ、おじいちゃん」

祖父はフィオンの手をはなした。

「ウィニーは小さい時、暗闇《くらやみ》がこわかったと言っとったろ？　今もまだ、そこから卒業できとらんと思う。だがな、わしがこんなことを言ったと母さんには言うなよ、コーマック。例の木のスプーンで、ふたりともぶたれることになるぞ」

フィオンは、祖父について庭の小道を進んだ。今度はフィオンがだまりこむ番だった。家に入るとドアを閉《し》め、フィオンは自分と祖父を外の世界から遮断《しゃだん》した。祖父は暖炉《だんろ》のほうへふらふらと歩いていくと、あかあかと燃《も》えるキャンドルの前に立ち、そのかおりを思いきり吸《す》いこんだ。フィオンは電気ケトルのスイッチを入れてからバスルームへ行き、見つかったなかで一番大きいタオルを二枚《まい》つかんだ。

タオルを持って居間《いま》にもどってみると、祖父《そふ》は目を閉《と》じてお気に入りのいすに座《すわ》っていた。キャンドルの光が祖父の頭でおどり、両ほおに炎《ほのお》の影《かげ》を落としている。フィオンは、祖父にタオルを差しだした。

「かわかさなきゃ。温まらないとかぜを引いちゃうよ」

祖父はタオルを受け取った。

「お風呂《ふろ》の準備《じゅんび》をしようか?」と、フィオンが聞いた。

祖父は首をふった。

「わしらがどこに行っとったか、母さんには言うなよ。暗くなってからわしらが出歩くのをいやがるからな」

「言わないよ」フィオンは、そっと言った。

祖父が靴《くつ》をぬぐのを手伝い、自分のスーツケースのなかにあった一番ぶあついソックスをはかせた。

「ウィニーは小さい時、暗闇《くらやみ》がこわかったと言っとっただろ?」祖父は、ソックスのなかでつま先をごそごそ動かしながら言った。「ほんとのことを言うと、ウィニーがそこから卒業できたかどうかわからんのだ。でも、わしがそんなことを言ったなんて、母さんには言うなよ。さもなきゃ、木のスプーンでわしがぶたれるからな」

「言わないよ」フィオンは、疲《つか》れた足取りでキッチンに向かいながら答えた。マグカップにお茶を入れると、緊張《きんちょう》しながら祖父にマグカップをわたした。

祖父は、マグカップの紅茶《こうちゃ》をじっとのぞきこんだ。ミルクたっぷりの茶色い液体《えきたい》のなかに、なにかを探《さが》しているみたいだ。

「ほかになにか、ぼくにできることあるかな?」

祖父はひと口紅茶をすすると、首をふった。にごっていた目に、青い色がもどりつつある。

「寝《ね》なさい。わしもすぐ寝るから」

フィオンは居間を出ようとしてためらい、暖炉《だんろ》の上のキャンドルをちらっと見た。

「おやすみ、おじいちゃん」

祖父はにっこりほほえむと、手にしたマグカップをちょっとふった。

「おやすみ、フィオン」

フィオンはかわいたパジャマに着がえると、ベッドにもぐりこんだ。羽ぶとんをあごまで引っぱりあげ、天井《てんじょう》をじっと見つめる。『こわいのは、やる前だけだ』と言ったあの時、おじいちゃんはたしかに正しいことを言ったと思う。でも、それ以外はまちがっていた。行く前もこわかったし、行ったあともこわかった。暗闇のなか恐怖《きょうふ》がのどを伝いおり、胸《むね》をうめつくして、フィオンは息もできなかった。

フィオンは、自分が選ばれるかもしれない〈嵐《あらし》の守り手〉のことがすごく気になっていた。新しい守り手が選ばれたら、それまでの守り手はどうなってしまうのかが頭からはなれない。

落ち着かない気分のまま うとうとしはじめたころには、もう底なしの海のことなどすっかり忘《わす》れていた。考えていたのは、ただふたつ。祖父《そふ》の目のなかにあった嵐《あらし》の雲のことと、急に胸《むね》に広がった、自分のなかでとんでもないことが起きるかもしれないという新しい恐怖《きょうふ》。

暗闇《くらやみ》の底で、フィオンはまた子守歌にとらわれた。

——おいで、こちらへ、恐《おそ》れを知らぬわたしのボイル。

——見せてあげるよ、わたしの魔法《まほう》を。

さそうようなあまい歌声。

——土の下へ来て、願っておくれ。

——おまえのもとにわたしをもどして、と。

フィオンは、洞《どう》くつの入り口の前に立っていた。がいこつのような影《かげ》がたくさんはい出てくる。

——ワタリガラスが群《む》れるところに、わたしはいるから。

——永遠《えいえん》の眠《ねむ》りから覚ましておくれ。

その声は、どんどん大きく、かん高くなっていった。歌詞《かし》が次第に変わっていく。うっとりと聞いていたはずが、いつの間にか恐怖しか感じていないことにフィオンは気づいた。

——果てなき石の下から、ほりおこして。

——そして、おまえの魂《たましい》を手に入れたなら、二度とはなしはしない！

15. 秘密《ひみつ》の棚《たな》

次の日の朝、フィオンは祖父が部屋から出てくるのを待ちかまえた。

「どうしたっていうの?」ちょうど昼前にキッチンに現《あらわ》れたタラが聞いてきた。

「いったいいつから、そこでぼーっとしてんの?」

フィオンは、棚にかざられた祖母の写真のすぐ下の段《だん》に置いてある、〈ウィニーの月虹《ムーンボウ》〉というキャンドルから目をそらした。そのキャンドルにこめられた〈記憶《きおく》〉のことを、ずっと考えていたのだ。キッチンから居間《いま》に通じるアーチ形の出入り口で、タラが両手を腰《こし》に当てて立っている。まだパジャマ姿《すがた》で、髪《かみ》は頭のてっぺんで無造作《むぞうさ》にとめてあった。

「タラが寝《ね》ていた時間にくらべたら大したことないよ。睡眠《すいみん》時間新記録なんじゃないの?」

「今日はあたしをイライラさせないほうがいいわよ」タラはキッチンに入っていくと、オレンジジュースをグラスについだ。「きげんが悪いんだから」

「そりゃまた、めったにない不幸な出来事だね」フィオンが、皮肉たっぷりに言った。「なんでまた?」

タラはパンをふた切れ、トースターに入れた。

「最近、よく眠《ねむ》れないから。あと、雨がふってるからよ。今日は出かけられないもの」

「どうして？　雨にぬれると溶《と》けちゃうとか？」

太陽がのぼったあと、いつしか湿気《しっけ》に変化が起き、午前中は細かい雨がふったりやんだりしていた。幸いなことに、この天気がバートレイ・ビーズリーをこの家から遠ざけておいてくれている。

タラはティーバッグをフィオンに投げつけた。

「うるさい、バカ！」

ティーバッグは、フィオンをかすめて暖炉《だんろ》のなかに落ちた。

「ひろって」

「やだよ」

「ああもう！　一日じゅうここに閉《と》じこめられてるなんて、あり得ない。マジ不公平」タラはぐちぐち言った。

「熱波のキャンドルを燃《も》やして、向こうに行ってくるとか？　できれば、なるたけぼくから遠くはなれたところにしてよ」と、フィオンが言った。

「おじいちゃんの監視《かんし》なしにキャンドルは燃やせないでしょ。だれかさんが〈ファド　ファド〉を最後の最後まで燃やしてくれたせいでね」タラはそう言うと、フィオンをにらんだ。

「っていう話だけど、ほんとのところはどうなんだか！」

フィオンもしかめ面をした。

「わかった。次からはタラを見習って、なんにも話さないでおくよ」

トーストとバターのかおりが居間《いま》までただよってきた。タラは、大きなため息をもらした。

「島から一歩外に出たら、魔法《まほう》について話してはいけないことになってるの。おじいちゃんにそう言われたのよ。母さんだって、魔法のことは話題にさえしてくれなかった。あんたもそれは知ってると思うけど」

生まれてこの方、「ごめんね」なんて言ったことがないタラのことだ、これでも相当努力してあやまってるつもりなんだろうなと、フィオンは思った。

「母さんは、タラに魔法のことを一度も話さなかったの？　去年島から帰ったあとでも？」

タラは、手に持ったバターナイフを置いた。

「母さんがなにを話すっていうの？　あたしたちが生まれた島が、父さんを殺したってこと？　そこでは魔法の嵐《あらし》が起きて、その魔法が父さんをあたしたちからうばったってこと？　そんなのとても無理でしょ、フィオニー。自分の目で見なけりゃ信じられるわけないもの」そう言うと、タラはトーストをそのままにして、居間に入ってきた。そして、キャンドルがつまった棚《たな》から雪の結晶《けっしょう》の形をしたキャンドルを引きぬき、指でつまんでくるくると回した。

「あたしがこのなかの一本に火をつけて、猛吹雪《もうふぶき》に行っちゃうまで、おじいちゃんはなにも話してくれなかった。おかげで、足の指が一本、凍傷《とうしょう》になるところだったんだから」

フィオンは、ますますあやしみながらタラをじっと見た。

「それは……あやまってるってこと?」

タラは棚《たな》にキャンドルをもどした。

「事実を言ってるだけよ。あんたは、待たなきゃいけなかったようにね。そういうことになってんのよ」

「あやまってるように聞こえるけど?」とフィオン。

「ちがう」

「これはつまり、ぼくもタラといっしょに〈海の洞《どう》くつ〉へ行っていいってこと?」フィオンが期待をこめて聞いた。父を生きかえらせることができないと知った今となっては、なにを願ったらいいかわからなかった。でも、バートレイのたくらみを止めなくてはならないことだけはまちがいない。フィオンが次の〈嵐《あらし》の守り手〉になれるほど勇かんではないとしても、バートレイがなったら災難《さいなん》だ。

「それはだめ」タラがはっきり言った。「バートレイが、あんたは来ちゃだめって言ってるし、だれを連れていくか決めるのはバートレイだから」

「本気で、あいつに願いをかなえさせてやるつもりなのかよ?」フィオンは、信じられないとばかりに頭をふった。「洞くつは、一世代につき、たったひとつしか願いをかなえてくれないってこと、わかってる？　なのにタラは、その権利《けんり》をあいつに使わせよう——いや、むだ使いさせようとしてるんだよ？　あいつが〈嵐の守り手〉になるために。そして、あいつは守り手になったらまずまちがいなく、この島を破滅《はめつ》させちゃうぞ」

「なにを大げさなこと言ってんの。バートレイは、悪い人間じゃないわよ」

「もし本気でそう思ってるんなら、タラはぼくが思ってたよりずっと、ソフトクリームもどきの髪型《かみがた》をしたあいつに目がくらんでるんだな」フィオンはそう言うと、ふたりの対立がもっとひどくなる前に居間《いま》を出た。

廊下《ろうか》に出て祖父《そふ》の部屋のドアをノックし、ドアに耳をおしつける。

「おじいちゃん？」

「合い言葉は？」部屋のなかから声がする。

「知らないよ」

「ブブー！　はずれです。もう一度どうぞ」

フィオンは、額《ひたい》をドアにおしあてた。

「アブラカダブラ？」

「顔をあらって出直して来い！」祖父が大きな声で言った。

「アランモア？」

「ほう、正解《せいかい》に近づいてきたな」祖父のくぐもった声がドアの向こうから聞こえてくる。「だが、まだ正解からはここと南極なみにはなれとるぞ」

フィオンはため息をついた。

「マラキー・ボイルは超《ちょう》イケメン。これでどう?」

しばらく間があいた。

「入ってよし」

フィオンは、なかに入ると後ろ手でドアを閉《し》めた。祖父《そふ》の部屋に入るのは初めてだ。祖父はいつも、注意深くドアを閉めっぱなしにしていた。そして今、フィオンはその部屋のまんなかに立っているわけだが、なかはフィオンが想像《そうぞう》したとおりだった——完全なるカオスのなかのカオス。

小さくて、ま四角な部屋。そのなかに、祖父は山ほどものをつめこんでいた。洋服ダンスは大きく開きっぱなしで、シャツやネクタイが、まるでにげだそうとでもしているみたいに引きだしからあふれ出ている。部屋の四隅《すみ》には本が無造作《むぞうさ》に積み重ねてあって、今にもくずれ落ちそうだ。窓《まど》にかかった花もようのカーテンの下には、木でできた棚《たな》があり、キャンドルがいくつか、まるでおもちゃの兵隊のようにならんでいる。

好奇心《こうきしん》が背中《せなか》をはいのぼり、肩《かた》をたたいた。

せまくるしい寝室《しんしつ》の奥《おく》のベッドで、ふとんをひっかぶるようにして祖父が寝《ね》ている。まわりは、くしゃくしゃに丸めたティッシュだらけだ。

「心配せんでいい、フィオン。死の床《とこ》についてるわけじゃない。そう見えるかもしれんがな。わしはただ、ひどいかぜを引いておるだけだ」フィオンにも、それはわかった。祖父の鼻先はまっ赤で、きのうより声の調子はしっかりしているものの、ひどい鼻声だった。「そして、おまえにもわかるだろうが、男がかぜを引くといつもかなり重症《じゅうしょう》になる」

「母さんもそう言ってたよ」フィオンは、神妙《しんみょう》な口ぶりで言った。祖父がかぜを引いていることはかわいそうだが、おしゃべりないつもの祖父にもどっていたのでほっとした。「なにかほしい？　紅茶《こうちゃ》でも持ってこようか？」

祖父は、ごろりとまくらにたおれこんだ。

「そのひと言をずっと待っとったところだ、フィオン」

「ハチミツとレモンを入れる？」あるかどうかわからなかったが、フィオンはとりあえず聞いてみた。

「なにを言っとるんだ。正しい入れ方をしたものが飲みたい。ティーバッグをひとつカップに入れて二分半むらす。そして、ミルクは三十ミリリットルだ」

フィオンはベッドにじりじりと寄《よ》ると、祖父の顔のしわをじっくり見た。くちびるがまだ少し青ざめている。

祖父はため息をついた。

「少なくともわしらのうちのひとりは、きのうの夜を無傷《むきず》で切りぬけられたんだ」

「気休めにそう考えるのはいいけどさ、ぼくだってまちがいなく心に傷《きず》を負ったよ」

それを聞いて、祖父《そふ》は顔をしかめた。

「わしはきのう、最後どうやって終わったのか記憶《きおく》がまったくないんだ」そう言うと、きのうのことを思いだそうとするかのように、まゆとまゆの間を人差し指でこすった。「あまりにすごい冒険《ぼうけん》をしたから、最後の印象《いんしょう》がどうもな」

フィオンは、足もとを見た。本人が忘《わす》れていることを思いださせるべきかどうか、まよう。

「そうだね、まあその……いろんなことが起きたからね。しばらくは海に入りたくないってところかな。それはまちがいない」説明するかわりにこう言った。

祖父はベッドの上に起きあがり、ものすごくいきおいよく音を立てて鼻をかんだ。おかげで、その場の気まずい空気がやぶられた。

「ああ」鼻をかんだティッシュを丸めながら、祖父が言った。「これだけ大きい鼻だと、かぜはよりつらくなる」

フィオンは寄《よ》り目《め》をして、自分の鼻を見た。その大きさを思いだして顔をしかめる。

「よくわかるよ」

「別の観点からすれば、鼻がまともだということは、世界一とまでは言わんが大西洋のこちら側で一番うまいブルーベリーマフィンを焼くのと同じくらい、すごいということだ」と言って、祖父はちょっと物思いにふけった。「それか、『ボヘミアン・ラプソディ』（一九七〇年代にヒットした、ロックバンド、クイーンの代表曲）を一音もはずさずに歌うのと同じくらいだな」

「なに、『ボヘミアン・ラプソディ』って？」

祖父は、あからさまにぎょっとした目つきでフィオンを見た。

「紅茶《こうちゃ》を持ってくるよ」フィオンは、窓《まど》の下の棚《たな》をちらりと見ながら言った。「あと、トーストもね」

好奇心《こうきしん》を背《せ》おったまま、部屋から出た。

その日の午後、タラはキッチンでずっと、なにやら料理をしていた。この家で一番大きな鍋《なべ》を火にかけ、ぐるぐるとかきまわしている。その様子はまるで、大鍋をのぞきこんでいる魔女《まじょ》のようだった。

「スペシャルスープを作ってるから」様子を見にきたフィオンに、タラが言った。「これを飲めば、おじいちゃんは一発で治るわよ。まあ、見てなさいって」

雨はふり続いていた。窓ガラスにポツポツとあたる雨音を聞きながら、フィオンは百科事典の〈あ行〉から〈か行〉までを読んで数時間をすごした。読みながら、アーサー王伝説の円卓《えんたく》の騎士《きし》のひとりとして、キャメロットの都にいる自分を思いうかべていた。

夕食の準備《じゅんび》ができ、祖父の部屋のドアをノックしたが、返事はなかった。ドアをそっと開け、なかをのぞきこむ。祖父はぐっすり眠《ねむ》っていた。小さないびきをかいている。フィオンはつま先だちで入っていくと、ベッドサイドのテーブルから、数時間前に自分が運んだトーストの皿を回収《かいしゅう》した。そして、窓《まど》の下の棚《たな》をよく見てみようと、そっと窓際《まどぎわ》へ行ってしゃがんだ。

雨が窓ガラスに当たる音がする。フィオンは、島の視線《しせん》をはっきりと感じた。

棚には、キャンドルが六本、きちんとならべられていた。

先頭のふたつは、さまざまな色あいの青色が混《ま》ざったキャンドルで、〈一九五九年に記録された過去《かこ》最低潮位《ちょうい》〉と〈一九八二年に記録された過去最高潮位〉。きらきら輝《かがや》く無数の星がちりばめてある三つめのまっ黒なキャンドルには、〈ペルセウス座《ざ》流星群《ぐん》〉と書いてある。四つめの〈皆既《かいき》月食〉は、オレンジのようにまん丸で、深紅《しんく》よりも深い赤色をしている。五つめは上に向かってきれいにうずを巻《ま》いたキャンドルで、そのうずが蛍光《けいこう》グリーンになっている。ラベルには〈北のオーロラ〉と書いてある。

そして六つめのキャンドルが〈コーマック〉だった。

フィオンの手の上で皿がふるえる。トーストのくずが、皿の縁《ふち》から床《ゆか》へと落ちた。

それはまるで、嵐《あらし》から彫《ほ》りだしたようなキャンドルだった。怒《いか》れる空からつかみ取り、円《えん》柱《ちゅうけい》型に流しこんだよう。側面が泡立《あわだ》ち、今にもそこから雲がむくむくとわいてきそうだ。まんなかはダークグレーで、縁がむらさき色をしている。先端部《せんたんぶ》では、まるで波がはねるようにろうがおどり、そのうずまく波が深く底知れない青色へと流れこんでいる。胴《どう》の部分に銀のラインがななめに走り、うす暗がりのなかでも異様《いよう》なまでにきらめいている。

――ただの〈記憶《きおく》〉だ。

フィオンは自分に言い聞かせようとした。たとえそのキャンドルがフィオンのほおに熱をそそぎ、くちびるをふるえさせているとしても。

祖父《そふ》がふたたび、いびきをかきだした。前より大きないびきで、バイクのギアがしっかり入ったような感じだ。

――ただの〈記憶〉じゃない。

今度は別の声がした。

――ぼくの父さんの〈記憶〉だ！

――じゃあ、取ってみろよ！

フィオンはキャンドルの上に手をのばしたものの、ためらった。風が窓ガラスをガタガタ鳴らす。祖父が寝《ね》がえりをうった。いびきがくしゃみに変わり、祖父は自分のくしゃみで目を覚ました。

フィオンはさっと立ちあがった。祖父は目を覚ましてしまったものだから仕方なく、今にもくっつきそうな目を無理やりこじ開けている。

「ス、スープがあるよ」フィオンがあわてて言った。「タラが作ったんだ。タラ・オリジナルっていうやつ。何時間も煮《に》こんでたよ。あざやかなオレンジ色なんだ。正直、ぼくはおすすめしないけど、でもタラは、これを飲めばおじいちゃんはよくなるって自信があるみたいだよ」

フィオンはほほえんだけれど、口の両端《りょうはし》がひきつっていた。ほおが、かーっと熱くなる。やろうとしていたことの罪《つみ》の意識《いしき》で、言葉がぽんぽんと出てくる。「おじいちゃんを起こそうと思って入ってきたんだ。ノックしたんだけど返事がなくて聞こえなかったのかなって思ってなかに入ったら皿があったから今取ったとこで、あ、びっくりさせちゃったんならごめん、とにかくスープのことを言いたくて、で、スープいる?」

「そりゃ、ありがたい」祖父《そふ》があくびをしながら言った。「ちょうどスープの夢《ゆめ》を見とったところだ。おまえのばあさんは、最高にうまいチキンスープをよく作ってくれたもんだ」

「タラに期待はできないよ」

祖父は舌《した》なめずりをした。

「タラ特製《とくせい》スープの大盛《おおも》りをお願いしようかな」

フィオンは、窓《まど》の下のキャンドルに目を向けないようにがんばった。

「わかった。じゃあ、持ってくるよ」

祖父は両ひじをついて、ベッドの上に体を起こした。

「起きるよ」そう言うと羽ぶとんから足をいきおいよく出し、つま先を曲げたりのばしたりした。「歩けそうだ。キッチンまでぐらいが限度《げんど》だけどな」

フィオンは、自分に不利《ふり》なことを口走ってしまう前に大急ぎで部屋から飛びだした。窓《まど》ガラスはガタガタ鳴るのをやめ、雨はふりしきるのに疲《つか》れたのか小雨に変わり、ガラスに静かに水《すい》滴《てき》をちらしている。

三人は、いっしょに食事をした。スープを口にふくんだフィオンは、あまりのまずさに目がくらむほどの衝撃《しょうげき》を受け、ていねいにスープをことわると、かわりにサンドイッチを作った。タラはがまんして自分の分を全部飲みほすと、あてつけるようにフィオンが残した分も飲みほした。一方祖父は、スープをひと口飲むとスプーンを置き、たのんでもいないのに七分かけて『ボヘミアン・ラプソディ』をアカペラで歌ってくれた。その後タラは携帯《けいたい》で、ユーチューバー同士がたがいにイタズラをしかけあってる動画を見に、寝室《しんしつ》へもどっていった。

タラがこちらの声がとどかないところまで行ってしまうと、祖父はスープのボウルをおしやりながら、今にも死にそうにハアハアと息を切らして胸《むね》をたたいた。

「口にあわなかったんだ?」フィオンが、にやりと笑った。

「フィオン、食糧難《しょくりょうなん》になってもこれはかんべんしてくれ」

「かくし味がなにかわかった?」

祖父は、オレンジ色の液体《えきたい》をじっと見つめた。

「……絶望《ぜつぼう》、か?」

「おしい!」フィオンは、サンドイッチのパンの耳をひと口かじった。「正解《せいかい》は、酢《す》、です」

「ニンジンと酢」のろいのようにするどくとげのある言い方だ。「タラはわしらのことを好きだとばっかり思っとったが、どうやらちがったようだな」

「タラはぼくたちに耐《た》えているつもりなんだ。で、前にも言ったと思うけど、サイテーなのはタラのほうだから」

祖父《そふ》は、自分の分のスープをこっそり処分《しょぶん》すると、ベッドにもどった。フィオンは、暖炉《だんろ》のそばのひじかけいすに体を丸めておさまった。ひざの上には百科事典を広げる。つきあってくれるのは、雨だけだった。夜のとばりがおり、頭にうかぶのは父のこと、そして、祖父の寝室《しんしつ》にかくされたキャンドルのこと。

おそらく、あの願いをかなえる方法はほかにある。

16. キャンドルどろぼう

その夜、雨はまるでうらみでもあるかのように、すさまじいいきおいでふった。雨はその後数日ふり続き、夜明けから日が暮《く》れるまではげしくふる雨が、島をどこまでもぼんやりとした灰色《はいいろ》に染《そ》めあげた。三人は豪《ごう》雨によってせまい家のなかに閉《と》じこめられ、祖父はふたたび一心不乱《いっしんふらん》にキャンドル作りに精《せい》をだした。家の屋根には一羽また一羽とワタリガラスが集い、そのかん高い鳴き声が煙突《えんとつ》を通して聞こえてくる。

その週の終わりまでに、フィオンはつまらないスポーツ選手の自伝を三冊《さつ》と、ラスプーチンとかいうロシア人についての本を一冊読み、タラはひどくまずいクッキーを八回も焼いた。家に閉じこめられることによるストレスで、タラが一番イライラしていた。あのふわふわヘアの、いけすかないキメキメぼっちゃんに会えないことが、少なからずその原因《げんいん》となっているのはフィオンにも推《すい》測《そく》がついた。あのぼっちゃんは明らかに、タラより自分の髪《かみ》をまとめることに夢中《むちゅう》なようだけれど。

幸いなことに、次の火曜には青空が広がり、あたたかくなった。フィオンはこのところ、暗《くら》闇《やみ》で歌いかけてくるあの声のせいで眠《ねむ》りが浅《あさ》かったが、今日は声のことは忘《わす》れ、前みたいにゆっくりと朝寝《あさね》を楽しんだ。ベッドのなかでのびをしながらあくびをした。窓《まど》の外ではスズメが元気よくさえずっている。今日はいい日になりそうな予感がする。と、そのとき、バートレイ・ビーズリーのハッハッハという高笑いが、まるで毒ガスのように部屋に入りこんできた。

フィオンは、天井《てんじょう》を見つめてため息をついた。

いつも以上に時間をかけて身じたくをする。ぼくが出ていくころには、バートレイのやつ、魔法《まほう》のように消えていなくならないかな、と期待しながら、シャワーを二回浴び、歯を三回みがいた。タラはこの二、三日かなり友好的だったけれど、自由が完全にもどってきた今となっては、その態度《たいど》がいつまで続くかわからない。

ようやく居間《いま》に行ったフィオンは、目の前の光景《こうけい》に（もちろん最悪の意味で）びっくりした。バートレイが祖父《そふ》のお気に入りのひじかけいすにふんぞりかえって座《すわ》り、そのひょろっとした足を投げだして、暖炉《だんろ》にもたせかけている。大音量で音楽を聞いているらしく、ヘッドホンからの音もれが部屋のこちら側にいるフィオンまで聞こえてきた。

「おい！」フィオンはつかつかと歩いていくと、バートレイの顔の前で手をふった。「おーい！」

バートレイが、目をぱちっと開けた。足を動かしたひょうしに、炉棚《ろだな》の上のキャンドルをたおしそうになる。

「気をつけろよ！」フィオンは、その足をはたいた。「おろせ！」

バートレイは足をおろすとそのまま前に投げだした。ついでにフィオンの足首をける。アイフォンから鳴りひびく音楽のボリュームを下げると、うすら笑いをうかべた。

「なんでだよ？　なにが気に入らないんだよ？」

「おまえには関係ない」フィオンにだって本当のところはわからなかったけれど、それを認《みと》めたくなくてこう言った。

バートレイは両腕《りょううで》を頭の上へあげてのびをすると、首を回した。

「おまえがおれをばあちゃんの〈記憶《きおく》〉から放り出して以来だな。あの時は、歩いて帰るのに一時間もかかったぞ。ケータイの電波もとどかないようなところだったんだからな」

「じゃあ、おまえの相手をしてくれたのはおまえの頭だけってことか？　そりゃサイアクだったな」

「まわりでカラスがギャーギャーわめいて、静けさを楽しむよゆうもなかったぜ」

「それって、ワタリガラスのことか？」フィオンはなんだかいやな予感がした。

バートレイは、片手《かたて》をひらひらさせた。

「知ったことか」

「タラはどこだよ？」

バートレイが、右のほうをあごで指した。

「おまえの母さんに、おまえの悪口を言ってるよ」

「母さんから電話？」

フィオンはバートレイの返事を待たなかった。玄関《げんかん》ドアをいきおいよく開け、姉を探《さが》しに飛びだした。雲ひとつない青空が広がり、あたたかな太陽の光がさんさんとふりそそいでいる。

タラは庭の向こう、岬《みさき》の先端《せんたん》にいた。耳に携帯《けいたい》をおしあてて、行ったり来たりしている。

フィオンは、タラの注意を引こうと両手を大きくふりながら走っていった。タラは歩き続けていたが、フィオンをちらりと見るとあわてて電話を切り、携帯をポケットにつっこんだ。

「なにしてんだよ？　どうして切っちゃったの？」フィオンはタラに追いつくと言った。

「母さんが、もう電話を切らなきゃいけないって。週に一回、あるていどの時間が取れる時に電話がかかってくるの」

フィオンは、姉を見つめた。

「週に一回って、どういう意味だよ？」

タラは首をかしげた。

「あたし、なんかわかりにくいこと言った？」

「母さんは、タラに電話してきてたってこと？」思いもよらない胸《むね》のいたみに、息を飲む。

「もちろんよ。あんたまさか、母さんがあたしたちを船でこんなへき地に送りこんで、それっきり思いだしもしないなんて、思ってたわけじゃないでしょうね？」

それこそ、フィオンが思っていたことそのものだった。

「母さんはどうして、ぼくには電話してきてくれないわけ？」

タラはくるりと向きを変えると、わざとらしく両手を大きくふりながら、祖父《そふ》の家へともどりはじめた。

「そんなこと知らないわよ、フィオン。母さんは、かけてるみたいよ。でも、あんたがケータイを充電《じゅうでん》してないんでしょ」

フィオンは、タラのあとを追いかけた。

「じゃあ、どうしてそのこと教えてくれなかったんだよ？　どうして、母さんと話させてくれなかったんだよ？」

「忘《わす》れてたからよ！」タラは庭の小道をどしどし歩きながら言った。「ちょっとは落ち着きなさいって」

「母さんから電話がかかってるって、ぼくに言えばよかったじゃないか！」声のボリュームがどんどん大きくなる。「ぼくがものすごく母さんと話したがってるって、タラ、知ってただろ！」

「いいえ、知らなかったわ」フィオンのほうをふりむきもせずに、タラが言った。そのまま居間《いま》に入っていくと、バートレイの向かいにあるいすにたおれるように座《すわ》りこんだ。

「ねえ」声音がさっきまでとまったくちがう。すっかり恋人《こいびと》モードであまったるい声だ。「さっきはごめんね」

「いいよ」バートレイがにやりとした。「お母さん、どうだった?」

「そこそこって感じ。今日はあんまりしゃべらなかったわ」

フィオンは、ふたりの間に立った。

「ぼくはとつぜん、透明《とうめい》人間になったわけ?」

「もう、なんなのよ?」タラがイライラしながら言った。

「せめて、あやまるつもりはないの?」

タラは、やれやれと目をぐるりと回した。

「なんについてあやまれって言うの?」

「信じられないよ。タラがいじわるだってことは知ってた。でも、ここまでひどいやつだとは思わなかったよ」

タラがどなった。

「あたしが母さんと電話しようとなにしようと、あんたには関係ないでしょ!」

フィオンは、なにかをぶっこわしたい衝動《しょうどう》にかられた。ぼくがどんなに傷《きず》ついているか、どうしてタラにはわからないんだ? どうしてぼくをまたこんなふうになかまはずれにして、しかもそれを気にもしないんだ?

「タラはどうしてぼくにそんなひどいことを言うわけ?」フィオンは、うなだれて言った。

「ビーズリーのやつらとなにかする時、どうしていつもいつも、そこまでぼくをなかまはずれにするんだよ？」

バートレイは、祖父《そふ》のいすのひじかけに両腕《りょううで》をゆったりのせ、背《せ》もたれにもたれかかりながら言った。

「言ってやれよ、タラ。言ってやったら、だまるんじゃないか？」

「言うって、なにを？」と、フィオン。

「そこまでにしておくわ」タラは、げんなりしたように言った。

「いいから」バートレイが、強く言った。

タラは、くちびるの端《はし》をかんだ。その様子は、母さんがなにか悩《なや》みごとをかかえている時にする仕草にそっくりだった。

「教えてやれって」と、バートレイ。

「教えるって、なにを？」と、フィオン。

タラは、鼻筋《はなすじ》を、指でもむようにした。

「明日は、父さんの命日よ。忘《わす》れたの？」

フィオンは、顔から血の気が引くのがわかった。そろそろ命日だということはわかっていたが、日付けを追うのを忘れていたにちがいない――島では毎日があっという間にすぎ、最近では今日が何日かなんて考えもしないようになっていた。なんせ、携帯《けいたい》は調子がおかしいし、学校にも行ってないのだから――。

「もちろん、忘《わす》れるわけないだろ！」

タラは目を細めた。

「だからね、母さんは、今日はいちだんと悲しいのよ」

「だからって、どうしてタラがそのことでぼくに罰《ばつ》をあたえるんだよ？　ぼくのせいじゃないだろ」

「あきれたやつだな」バートレイが、とげとげしく言った。「おまえのせいに決まってるだろ、ボイル。そんなこともわかんないのかよ？　マジで？」

「やめて」と、タラが言った。

バートレイは、タラを無視《むし》して続けた。

「おまえのせいだよ。おまえがおやじさんにそっくりだから、おまえの母さんはおまえを見るたび、自分の夫《おっと》が死んだことを思いだす。悲しむことになる。それで具合が悪くなるんだよ！」

タラが息を吸《す》いこんだ。

「バートレイ、やめて」

「タラが言ったことだろ」バートレイはいすから立ちあがると、フィオンを見おろすように立った。ビーズのような目がきらりと光る。「理解《りかい》できたか、ボイル？　もうわかっただろ？　全部、おまえのせいなんだよ。おまえの母さんがおまえと話したくないのも無理ないよな？」

フィオンは、後ろによろめいた。バートレイの言葉がナイフのように胸《むね》につきささる。

「これが、おまえの母さんがおまえをここに送りだしたそもそもの理由なんだよ！　次にキャンドルを燃《も》やす時には、おれたちみんなのためにも、嵐《あらし》といっしょにふっ飛んでってくれよな」

フィオンの視界《しかい》はトンネルのようにせばまり、赤い顔でにやにや笑っているバートレイ・ビーズリーしか見えない。

「そんなの、うそだ」

バートレイが、うすら笑いをうかべた。

「じゃあ、姉ちゃんに聞いてみろよ」

「タラ？」フィオンが、そっと言った。「そんなのうそだって、あいつに言ってやってよ」

タラは、フィオンのほうを見ようともしない。

その事実に、部屋のあたたかみがすべて吸い取られていく感じがした。

――どうして今まで気づかなかったんだ？

――母さんをこわしたのは、ぼくだった。

――母さんがにげださなくちゃならなかった理由は、ぼくだった。

――母さんの目の奥《おく》から影《かげ》が完全に消えることはなく、消えてもそれが長く続かないのは、ぼくのせいだったんだ。

バートレイは、両手でシッシッと犬を追いはらうような仕草をした。

「さあ、あっちへ行って、じゃましないでくれ。おれたちは、あのいまいましい潮《しお》の流れを、見はってなくっちゃならないんだから」

「フィオン」タラが力のない声で言った。

フィオンは、タラの言いわけを聞くつもりはなかった。タラの沈黙《ちんもく》が、すべてを物語っている。フィオンは居間《いま》をはなれた。これで、しゃっくりのような変な音が口から出ても、タラたちには聞こえないだろう。

せまい廊下《ろうか》のうす明りのなか、フィオンは覚悟《かくご》を決めることにした。感傷《かんしょう》にひたってるひまはない、すべてはぼくにかかってるんだ。父さんをかえしてほしいと願うことはできないかもしれない。でも、母さんはまだ生きてる。そして、ぼくのせいで苦しんでるんだ。それをどうにかする責任《せきにん》がぼくにはある。母さんにもう一度元気になってもらわなくては。そう、永遠《えいえん》に。

祖父《そふ》は、裏庭《うらにわ》の作業台にいた。祖父の寝室《しんしつ》のドアが少しだけ開いている。島に見られていてもかまうもんか。今回はそう思った。ぼくは今日、〈海の洞《どう》くつ〉を見つけるんだ。母さんをもとの母さんにしてみせる。そして、バートレイがぼくに浴びせたひどい言葉を全部、タラに取り消させてやる。

——おれたちは、あのいまいましい潮《しお》の流れを、見はってなくっちゃならないんだから。

フィオンは、バートレイたちの上を行くつもりだった。潮を低くするのだ。祖父の寝室にしのびこむと、身をかがめて窓《まど》の下の棚《たな》を見た。なにかドラマチックなことが起きないかと半分期待しながら、〈一九五九年に記録された過去《かこ》最低潮位《ちょうい》〉というキャンドルをつかむ。だが、風はなにも気づかなかったようだし、外の鳥たちも知らん顔だ。フィオンは窓のすみから外の様子をうかがった。祖父は作業台に前かがみになり、鍋《なべ》のなかのろうをかきまわしている。

キャンドルはフィオンのパーカーのポケットに、するっと消えていった。ほかのキャンドルの場所を動かして、ひとつなくなったことが目立たないようにする。父のキャンドルに触《ふ》れた時、心臓《しんぞう》がぎゅっとしめつけられたが、がまんしてそのままにしておいた。一度に二本のキャンドルを取れば、気づかれる可能性《かのうせい》が高くなる。それに、今日はなにかを思いだす日ではない。今日は自分の気持ちの限界《げんかい》をためす日だ。行動を起こす日なのだ。

居間では、タラとバートレイがあやしいくらい静かにしていた。フィオンはふたりのほうを見もせずに炉棚《ろだな》からマッチの箱をつかむと、怒《おこ》ったように部屋から出てバタンとドアを閉《し》めた。

17. 潮位《ちょうい》を下げて

フィオンはポケットのなかのキャンドルをにぎりながら歩いた。時間はあっという間にたち、島の緑は午後の太陽の光を受けて、よりあざやかで深い色に変わっていく。島のまんなかには、自然のままの人けのない野原が広がっていた。にぎやかな島の日常《にちじょう》生活から遠くはなれ、ここでは野生の花や鳥たちが主役だ。

灯台《とうだい》に着くと、フィオンは崖《がけ》から下をのぞきこんだ。海面は見たことがないくらい高くなっているが、波はいつになく静かだ。水面のはるか下のどこかで、あの願いをかなえるチャンスがフィオンを待っている。フィオンはポケットからキャンドル、〈一九五九年に記録された過《か》去《こ》最低潮位〉を引っぱりだした。

「フィオン・ボイル！」

名前を呼《よ》ばれてふりかえると、アイヴァンがこちらにゆっくりと歩いてきた。まるで崖をよじのぼってきたみたいに、どこからともなく現《あらわ》れた。例の黒い服に身をつつみ、とつぜんふきあげた風で髪《かみ》がみだれている。

「どこから来たんだ？」と、フィオンがさけんだ。

アイヴァンは、背後《はいご》のなだらかな草地をちらりとふりかえると、フィオンを見た。残忍《ざんにん》な笑みをうかべている。こっちへ来いと言わんばかりに、くいっと指を曲げる。

「教えてやるよ」

フィオンは、動かなかった。

アイヴァンは片手《かたて》を下から上へと、空気をすくいあげて肩《かた》の後ろへ放り投げるように大きく動かした。

「こっちへ来いと言ったんだ」

まだ笑みをうかべている。だがフィオンには、それがまた奇妙《きみょう》に思えた。祖父《そふ》の警告《けいこく》のせいか、アイヴァンがビーズリー家の親戚《しんせき》のせいか、フィオンにはわからなかったが、思わず一歩あとずさった。そして、もう一歩下がる。

アイヴァンが大またで近づいてくる。フィオンはキャンドルをにぎりしめた。アイヴァンは、わざとらしいほどに大きく腕《うで》をふっている。フィオンはふと、自分がここにひとりきりでいることに気づいた。見えるところにはだれもいない。それを言うなら、声がとどく範囲《はんい》にはだれもいないだろう。

「あれの場所《いい》を教えてほしいんじゃないのか？」アイヴァンがさけんだ。「だからここに来たんだろ？」

フィオンは、後ろに下がった。

「どうしてぼくに力を貸《か》そうとするんだ？　ビーズリーの一員だろ？」

——うそつきめ。

「わたしには、〈嵐《あらし》の守り手〉が必要なんだ。だれがなってもかまわん」

アイヴァンの髪《かみ》が風になびいて、まっ赤な血のように赤い筋《すじ》になって流れていく。

「どうして？」フィオンがアイヴァンの目を見つめたまま言った。

アイヴァンはにやりと笑った。

「おまえにとっちゃ、どこに、が問題だろ？　ど、う、し、て、と、おまえに聞かれるすじあいはない」

フィオンは、ポケットからマッチ箱を取りだした。

「話を聞くだけでいいんだ！」アイヴァンは歌うように笑いながら、足を速めて近づいてきた。どこか狂気《きょうき》じみている。なにかの中毒になって、自分で自分をコントロールできないような、まばたきのしかたも忘《わす》れてしまったような、興奮《こうふん》した笑い声の奥深《おくふか》くでアイヴァンの一部がさけび声をあげているような——そんな感じがする。

「この島の連中は、どうして人の話を聞こうとしないんだ？」

フィオンはふるえる手でマッチをすった。

「待て！」と、アイヴァンがさけぶ。

フィオンは、さっとキャンドルに火をつけた。

島が大きく息を吸《す》った。

アイヴァンの姿《すがた》が溶《と》けてなくなり、フィオンは風につつまれた。

そのまま崖《がけ》の先端《せんたん》へとおしだされる。フィオンはアランモア島の端《はし》で、自分がまたひとりきりだということに気づいた。この島は、まだ自分の味方ではない。呼吸《こきゅう》がみだれる。両わきに断崖《だんがい》がそそり立ち、足の下では海面がぐっと下がって大地があらわになった。まるでだれかが、海の栓《せん》を引きぬいたみたいだ。

風はフィオンを、アイヴァンがやってきた方向へ誘導《ゆうどう》していった。草はあっという間にフィオンの足首をこえるほどのび、太陽の位置が高くなっている。崖の下の岩場では、塩がついた岩が光でふちどられ、きらめく結晶《けっしょう》がフィオンに向かってウインクしている。

フィオンは灯台《とうだい》に背《せ》を向けたまま、洞《どう》くつの入り口になりそうな岩の裂《さ》け目《め》を探《さが》して崖の縁《ふち》を歩いた。潮《しお》がどんどん引いていき、かわりに広い砂《すな》の浜辺《はまべ》が現《あらわ》れている。

歩くにつれ、草の緑がますます濃《こ》くなった。潮がかなり引いて、海草が広がる砂の浅瀬《あさせ》が見えている。海のほうへ下がるようになめに出っぱった崖。その縁ぎりぎりを歩いていたフィオンは、とうとうそれを見つけた――崖の下に、穴《あな》がぽっかりと口を開けている。

フィオンは手をついて、はいつくばった。期待でのどがきゅっとしめつけられる。

〈海の洞くつ〉は、ななめになった崖の下、大きな一枚岩《いちまいいわ》が内側へ入りこんでいるところに、息をひそめてかくれていた。入り口は、灯台《とうだい》から八百メートルくらいはなれている。

それでも――フィオンもおどろいたのだが――この場所はどこか見覚えがあった。前に来たことがあるような感じがする。いつとは思いだせないけれど……。

ワタリガラスの群《む》れが海からさっと飛んできて、空が暗くなった。洞《どう》くつの入り口のほうへ円を描《えが》くように飛んでいく。フィオンは、はげしい動悸《どうき》をおさえようと、心臓《しんぞう》の上に手を当てた。


――ただの鳥だ。


フィオンは低い声でハミングした。しっかり思いだせなくておぼつかないメロディー。歌詞《かし》は心の奥《おく》のどこかに埋《う》もれているようだ。

風はカサカサと音を立て続け、キャンドル〈一九五九年に記録された過去《かこ》最低潮位《ちょうい》〉の最後の〈時の層《そう》〉がさっとめくれていく。岩をけずった石段《いしだん》が、まるで地面から吐《は》きだされたように、うめき声をあげて広がりながら断崖《だんがい》にその姿《すがた》を現《あらわ》した。のぼりおりするときの手すりだろう。階段のところどころにさびだらけの鉄の棒《ぼう》が立ててあり、ほつれかかった青いロープが棒から棒にわたしてある。ずっと下の浜辺《はまべ》に向かって曲がりながら続く〈海の洞くつ〉への通路が現れるのを、フィオンはおどろきのあまり言葉もなくただ見ていた。

風が下へ、潮《しお》が引いた浜辺のほうへ行けと、フィオンをうながす。

フィオンは、最初の一歩をふみだした。一羽のワタリガラスが急降下《きゅうこうか》し、フィオンの頭上をかすめると洞くつのなかへと飛びこんでいった。まるで、道案内をしているみたいだ。フィオンはゴクリとつばを飲みこむと、覚悟《かくご》を決めた。頭上の空高く、一羽のカモメがかん高い声で鳴いた。フィオンがおそるおそるもう一歩進む。するとカモメがもう一羽、続いてもう一羽とどんどん増《ふ》えて、フィオンに向かってわめきはじめた。

「お願いだから、やめてよ」フィオンが小声で言った。

カモメたちはさっと舞《ま》いおりてくると、かん高い声で鳴きながらフィオンのまわりを円を描くように飛んだ。何羽かはそこから洞くつに向かって急降下していき、おどろいているワタリガラスを洞くつのなかで追いかけた。

フィオンはふるえながら、前にもう一歩進んだ。

「し、下に、お、おりるだけだから」

そう言うと、ペースを速めた。カモメに取りかこまれるなか、よろめきながら階段をおりていく。カモメたちは引きかえせと言わんばかりに、バタバタと羽ばたきをしてフィオンのじゃまをした。

「ぼくは、願いごとをしなくちゃいけないんだ」フィオンは、歯を食いしばった。「ぼくに願いごとをさせてくれ」

はるか下のほうで、だれかが歌っている。フィオンはその歌に耳をすませながら、まわりのさわぎより、静かで心地よいメロディーに意識《いしき》を集中しようとした。

風がヒューヒューとうなり、岩がミシミシときしむような音をたてる。階段《かいだん》をなかほどまでおりると、一羽のカモメが仲間からはなれて急降下《きゅうこうか》し、まっすぐフィオンに向かってきた。フィオンはキャンドルをふってカモメを追いはらおうとした。剣《けん》のように炎《ほのお》を向ける。カモメはつめでキャンドルをつかみとると、海のなかへ落とした。

島が大きく息を吸《す》った。

大地がゆれ、フィオンは手すりのロープから手を放すと、体をぴたりと崖《がけ》に寄《よ》せた。岩のかけらが、フィオンの横を転がり落ちていく。こぶし大の石がフィオンの両肩《りょうかた》につぎつぎふりそそぎ、はねかえりながら腕《うで》をひっかいていく。海面が洞《どう》くつの入り口より上に上昇《じょうしょう》し、階段がくずれていく。フィオンが今立っている段のすぐ下の段もふくめて、何段かは完全に消えた。手すりの棒《ぼう》とロープがあとかたもなく消え、フィオンはこわれた古い階段のまんなかで、崖にしがみついた。

岩と岩の間から草がどんどんのびて草むらになり、フィオンはもといた場所にもどろうとあわててよじのぼった。自分の足もとから目をはなせない。一歩まちがえれば、一巻《いっかん》の終わりだ。ものすごく長い時間がかかったように思えたが、フィオンはなんとか自分を崖の上まで引っぱりあげてたおれこみ、ハアハアとあえいだ。ようやく風が落ち着いてきた。

ぼくはしくじった。母さんを助けるまたとないチャンスは一羽のカモメにうばわれ、キャンドル〈一九五九年に記録された過去《かこ》最低潮位《ちょうい》〉は永遠《えいえん》に失われてしまった。ほおが涙《なみだ》でひりひりし、フィオンはぎゅっと目をつぶった。ここであきらめるわけにはいかない。ぼくのミスであきらめるわけにはいかないんだ。挽回《ばんかい》できるチャンスはきっとまだあるはず。

フィオンは大きく息を吐《は》いた。少なくとも、〈海の洞くつ〉の正確《せいかく》な場所はわかった。どこを探《さが》せばいいかわかったのだから、崖の秘密《ひみつ》の階段はかんたんに見つけられるだろう。干潮《かんちょう》の時に、そう、次は本当の干潮の時に来れば、キャンドルの力を借りなくても最後までおりることができるはずだ。

だが、疲《つか》れ切《き》ってとぼとぼと丘《おか》を引きかえしながらも、心にとげのようにひっかかっていることがあった。島がじゃまをするかもしれない、ということだった。洞くつに願いをかなえてもらいたければ、島を味方につける必要があるだろう。だが今は、そんな状態《じょうたい》とはとても言えない。

灯台《とうだい》にもどってみるとアイヴァンの姿《すがた》はどこにもなく、フィオンはほっとした。だがそれもつかの間、今度は目の前にバートレイ・ビーズリーが、ピーターパンのように自信たっぷりに飛びだしてきた。

「見つけたぞ！」

「どけよ。おまえの相手をする気分じゃないんだ」バートレイの横を大またで通りすぎながら、フィオンが言った。

バートレイは、フィオンの横を小走りでついてきた。

「洞《どう》くつに行こうとしたことはわかってるんだ」非難《ひなん》するように言う。「キャンドルを使ったのか？　おれは一日じゅう、潮《しお》が引くのを待ってたんだぞ！」

フィオンはバートレイからはなれようと、歩くスピードをあげた。

「おまえはあいにくアホだからな、ぼくとちがって」

「おりる道を見つけたのか？」バートレイの声が大きくなる。

「ああ」

「ひとりでなかに入ったのか？」バートレイは大またで、ぴったり横についてきた。「ひとりでなかに入るなんて、おまえバカか！」

フィオンは、どんどん進んだ。

「願いは言ったのか？」バートレイの声がうろたえている。

フィオンのなかで、怒《いか》りがぐっとわきあがった。これまでに起きたあれやこれやが、頭のなかでずっとざわざわしている。バートレイが母について言ったすべての言葉、フィオンなんていないほうがマシだとあざ笑う様子。

「ああ、そうだよ！」フィオンは、ふりかえってさけんだ。「ぼくは〈海の洞くつ〉を見つけた。そして、おまえの髪《かみ》を緑にしてくれって願ってきたよ」

「おもしろくもなんともない」バートレイが、言いかえした。「いったいどうしたってんだ、ボイル？　え？」

「どうもこうも、おまえだよ、ぼくがピリピリするのは、いつだって。そして、今この瞬間《しゅんかん》も、おまえが目の前にいるからだ」フィオンはそう言うと、走りだした。風がもどってきて、今度はフィオンをおすようにふきはじめた。耳のまわりで風がふるえる。空にふたたび鳥たちが現《あらわ》れ、フィオンは確信《かくしん》した。自分たちのまわりをぐるぐる飛んでいるのは、あのしつこいカモメにちがいない。

「どこにあるのか教えろよ、ボイル！」バートレイは、まだあとをついてきていた。「なあ、言えってば。おまえだって、こわくてひとりじゃいけないだろ」

「ぼくのほうが一歩も二歩もリードしたってことさ。あと、おまえのいいところやらが助けてやるって言ってたけど、必要なかったから。気持ちだけもらっとくよって言っといてくれ！」とまどうバートレイに向かって、フィオンはつけ加《くわ》えた。「おまえたちは味方同士だとばっかり思ってたよ」

「ああ、そうさ。アイヴァンは、このおれを応援《おうえん》してくれてるんだ」バートレイがすばやく言った。

フィオンは、自分の肩《かた》ごしにちらりとバートレイを見た。

「あいつが応援してるのは自分だけなんじゃないのか？」

「おまえがそんなにふきげんなのは、おれがおまえの母さんのことで事実を言ったからだろ？」と、バートレイが声を荒《あら》げた。「おまえの母さんがおまえのめんどうをみられなくなったのは、別におれのせいじゃないぜ」

フィオンはとつぜん立ち止まった。もし自分がバートレイより強くて背《せ》が高かったら、その場でバートレイをぶちのめしていたにちがいない。

「母さんのことは二度と言うな」フィオンは指をつきつけて警告《けいこく》した。「二、、、度とだ」

バートレイは、その指をぴしゃりとはらった。

「おれはだれのことでも、なんのことでも、言いたいことを言うぜ、ボイル」

怒《いか》りのあまり、フィオンはまともに息もできなかった。目の前が赤くゆらめく。言いたかったことは全部忘《わす》れた。あるのはただ、怒りと欲求《よっきゅう》不満と決意とバートレイ・ビーズリーの顔にうかぶ腹立《はらだ》たしいまでのうすら笑いだけ。そのときとつぜん、一羽のカモメがふたりの頭上に舞《ま》いおり、勝ちほこったように大きな声で鳴くと、バートレイの頭にフンをボトボトと落とした。

「うわあああああああ」フンが顔からパーカーへとしたたり落ち、バートレイが思いきりさけんだ。ほおに手を当て、ぞっとしたようにその手を見つめる。そのまま、フィオンに目を向けた。バートレイのほおが、トマトより赤くなる。それから向きを変えると、すごい速さで走っていった。

フィオンは、口をぽかんと開けたまま立ちつくし、バートレイが走っていくのを見ていた。そして腹《はら》をかかえて笑った。笑いすぎてたおれそうになるほどに。

18. 溶《と》けた月虹《ムーンボウ》

フィオンは家の前まで来ても、まだひとりで笑っていた。しっかりしろ、大人にならなくちゃと、自分に言い聞かせたが、ベトベトしたものがくっついてまっ赤になったあのバートレイ・ビーズリーの顔が、目に焼きついてはなれない。あの顔が頭にうかぶたび、フィオンは爆《ばく》笑《しょう》した。いたずらな嵐《あらし》があの瞬間《しゅんかん》をさっとすくいとってくれたらなあ！　そしたらケースに入れてベッドのまくらもとにかざっておくのに！

だが、ティル・ナ・ノーグの玄関《げんかん》ドアをいきおいよく開けたとたん、フィオンの笑い声が消えた。祖父《そふ》が体を折るようにしてお気に入りのいすに座《すわ》り、両手で頭をかかえている。いすのひじかけに水たまりのように広がっているのは溶けたろう。ミッドナイトブルーのろうに、赤と黄色とむらさきが混《ま》じりこんでいる。

フィオンは、祖母の写真をちらりと見た。背後《はいご》に祖母の気配を感じ、うなじがぞわぞわっとする。祖母のキャンドル、〈ウィニーの月虹〉が燃《も》えつきてしまっていた。燃えたキャンドルの残がいが、祖父のお気に入りのいすのひじかけを伝ってたれ落ちている。

フィオンはおずおずと一歩前に出た。床板《ゆかいた》がフィオンの重みでギーッときしむ。

祖父《そふ》が顔を上げた。

「ご、ごめん。おどろかせちゃったよね……あの……ごめん」フィオンが言った。

まばたきをした祖父の目からひとすじの涙《なみだ》がこぼれ、ほおを伝う。

「ウィニーはあの夜、子どもみたいに舞《ま》いあがってた。真夜中すぎにわしを起こすと、岬《みさき》の先っぽまで引っぱっていった。こごえるように寒い夜だった」祖父は頭をふった。その目は、頭のなかのどこかをさまよっているようにどんよりしている。「わしはそれまで月虹《ムーンボウ》を見たことがなかった。月の光で虹ができるなんて、まったく知らんかった。ウィニーがわしの誕生日《たんじょうび》のために願ってくれたんだ。島は、ウィニーの願いを聞いてくれた……もちろんだ。ウィニーに『だめだ』なんて言えるわけがない……あの笑顔を見せられたら。あんなに美しい笑顔で願われたら」

フィオンは、せきばらいをした。

「ぼく、お茶でも入れてこようか？」

祖父はまばたきしながら、フィオンをぼうぜんと見た。

「今、何時だ？」

「あ、うーん、そうだね、お昼をだいぶすぎたところかな」そう答えながら、フィオンは窓《まど》の外に目をやった。太陽はまだ空の高いところにある。「たぶん、三時か四時くらい？」

祖父は顔をしかめた。

「もうそんな時間なのか？」

「そうだと思うよ」

「なんてこった」祖父がつぶやく。「わしのめがねを知らんか？」

「頭の上にのっかってるよ」

祖父は考えこむようにうなずいたが、めがねに手をのばしはしなかった。

「お、おなか、すかない？」フィオンが、ちょっとうわずった声で聞いた。「おじいちゃんとタラは、お昼は食《よ》べたの？」

祖父はまゆを寄せた。

「タラ……わからんな」ゆっくり答える。

フィオンは、じわじわと不安がはいあがってくるのを感じた。

「何時だ？」祖父がたずねる。

「三時か四時かな」

「もう？　思ってたよりおそい時間だ」

「気分はどう？　だいじょうぶ？」フィオンが聞く。

祖父は、右腕《みぎうで》の横の固まったろうをじっと見た。

「〈ウィニーの月虹〉に火をつけたんだ」

「そうだね」

「むだにしてしまった」祖父《そふ》は悲し気に言った。

「そんなことないよ。おばあちゃんに会ったんでしょ？　それならむだ使いじゃないよ」

祖父は目をぎゅっとつぶった。

「キャンドルはあの子のもののはずなのに。全部、あの子のもののはずなのに。あの子はあれが必要になるはずだ。それはわかっとるんだ。わかっとる。取っておくつもりだった。でも、ときどき……ときどきそれを忘《わす》れてしまって……」声がだんだん小さくなる。

「おじいちゃん？」フィオンは心配そうに聞いた。「なんの話をしてるの？」

「ウィニーは、わしの記憶《きおく》よりずっときれいだった」祖父はそう言うと、背《せ》もたれに体をあずけ、思い出にひたりながら天井《てんじょう》をぼんやりと見つめた。フィオンは、炉棚《ろだな》の上のキャンドルにちらりと目をやった。炎《ほのお》の高さは、今までと変わらない。

フィオンは祖父のためにサンドイッチを作ろうと、キッチンへ行った。ほかにしてあげられることがない。全粒粉《ぜんりゅうふん》のパンにチーズとハムをはさんで、てぎわよくサンドイッチをこしらえると、祖父に持っていった。

「ほら、これを食べたほうがいいよ」

祖父はとつぜん目の前に現《あらわ》れた皿におどろきながらも受け取った。フィオンはサンドイッチを三角形に切っていた。サンドイッチはそのほうがおいしいというのが母の意見で、フィオンもそのとおりだと思っているからだ。

「ありがとう……フィオン」ゆっくりとふるえるように言葉が出てきた。まるでたった今、思いだした名前のように。祖父は孫を見上げた。祖父の目に海が少しずつもどってきている。

「今日はあまりいい日じゃなかった」

「そうだね」フィオンがそっと言った。

「よく覚えとらんのだ」祖父は静かな声で言った。

「いいんだよ」本当は、なにもよくない。でも、フィオンは恐怖《きょうふ》におびえる顔をいくつも知っていたし、祖父が恐《おそ》れていることがわかっていた。口もとがこわばり、言葉と言葉の合間にするどく息を吸《す》いこむ様子が、祖父の恐怖をはっきり示《しめ》している。

祖父は皿から三角形のサンドイッチをひと切れ取ると、じっと見つめた。

「食べて。気分がよくなるよ」

フィオンはそう言うと、祖父の向かいのいすに深くこしかけて、祖父が食べるのを見ていた。炉棚のキャンドルの炎が、まるで天井を目指しているみたいに高く細くのびている。

「なにか元気が出そうな話をしてくれないか?」サンドイッチをほおばりながら、祖父が言った。

「バートレイ・ビーズリーの頭がカモメのフンまみれになったのを見たよ」

祖父は、サンドイッチをのどにつまらせそうになった。胸《むね》をドンドンとたたいて飲みくだすと、くしゃみのように盛大《せいだい》につばを飛ばしながら大笑いした。

「ほんとか？　そりゃ見ものだったな」祖父《そふ》がうれしそうに言った。

あの出来事は、今となっては大して笑える話とは思えなかったが、フィオンは祖父が笑ってくれたのがうれしかった。

「うん、サイコーだったよ」

祖父は、とびきりの笑顔をフィオンに見せた。

フィオンは、祖父が残りのサンドイッチをたいらげるのをずっと見ていた。祖父のほおに赤味がもどり、ほっとした。祖父が食べるものがあるか確認《かくにん》しないまま出かけるなんて、いかにもタラらしい。

祖父はサンドイッチを食べ終わると、指をチュッとなめた。

「うまかった。ありがとう」

「おいしいサンドイッチの秘《ひ》けつは、パンを忘《わす》れないことだよね」

祖父はうなずくと、なにか考えている表情《ひょうじょう》をうかべた。

「今、何時だ？」

「四時くらいかな」

「ほんとか？　そりゃ、けっこうおそいな」祖父が組んでいた足をおろすと、足がポキッと鳴った。「ちょっと昼寝《ひるね》をしてくるよ。一時間くらいしたら起こしてくれんか？」

「わかった。よかったら、ぼくが夕飯のしたくもしておくよ」フィオンが後ろから声をかけた。

「そいつはいいいな」祖父が返事をした。「ありがとう、コーマック」

＊＊＊＊

そのまま二時間眠《ねむ》らせてから、フィオンは祖父を起こしに行った。余分《よぶん》に眠れば混乱《こんらん》した記《き》憶《おく》が整理されるのではないかという期待もあったが、混乱したままかもしれないと思うと、こわくてなかなか起こせなかったのだ。

六時になり、フィオンは祖父の寝室《しんしつ》のドアをノックした。タラはまだ出かけていた。料理している時にタラがいなくてよかったと、フィオンは思っていた。

「起きる時間だよ！　スパゲッティ・ボロネーゼを作ったから！」フィオンは、ドアごしに声をかけた。

「一から作ったのか？」くぐもった声が聞こえてくる。

「あ、いや、そうじゃないけど」ドアをおし開けながら、フィオンが答えた。

祖父は、シャツとズボンのままベッドに座《すわ》っていた。そして、クスクスと笑った。

「じょうだんじゃよ、フィオン。わしの孫だからといって、おまえが料理でもなんでもこなす天才だとは思っとらん」

フィオンは、苦笑いをした。

祖父《そふ》の目は、明るく澄《す》んだ青になっていた。

「わしに言いたいことがあるんじゃないのか、フィオン？」

「どういう意味？」

「おや、わしの言いたいことはよくわかってると思うが？」

フィオンは、背筋《せすじ》をピンとのばした。一瞬《いっしゅん》うそをつこうかと考えたが、それはできなかった。

「ぼく、〈一九五九年に記録された過去《かこ》最低潮位《ちょうい》〉のキャンドルを燃《も》やしたんだ。そして、〈海の洞《どう》くつ〉を見つけた」と、フィオンは認《みと》めた。「本当にごめんなさい」

「ごめんなさいなんて、思っとらんのだろ？」と、祖父が言った。

フィオンは、うつむいた。

「どうして、ぼくがあれを持っていったってわかったの？」

「わしのするどい勘《かん》だよ」

祖父はため息をついた。

「まさか、おまえにぬすまれるとはな。だが、わしがあれだけ言ったのにキャンドルを燃やしたということのほうが、もっと問題だ。そして、それよりもっと悪いのは、おまえがひとりで、〈海の洞くつ〉に行ったことだ」

フィオンが炉棚《ろだな》の上のキャンドルの火をふき消したあの夜をのぞけば、祖父がこんなにフィオンに怒《おこ》るのは初めてだった。なんとも気まずい。

「ごめんなさい」フィオンは、そっと言った。「あの時は、おじいちゃんとの約束、ほんとにそんなに深く考えてなかったんだ。こんなこと言っても気休めになるかわからないけど、ぼく、洞くつにはたどり着くことすらできなかったから。階段《かいだん》のとちゅうでカモメにキャンドルを取られちゃって、あやうく海に落ちるところだったよ」

「そりゃよかった」

「よかった?」

「口がすっぱくなるほど言ったはずだが、〈海の洞くつ〉には行ってはいかんのだ。特にひとりではな」

「でも、これまでにも洞くつは人々を助けてくれたんでしょ? おじいちゃんもそう言ってたじゃないか」

「フィオン、あの洞くつもまた、命をうばうんだ」

フィオンは、口をあんぐりと開けた。

祖父はまじめな表情《ひょうじょう》をくずさなかった。目のまわりのしわが、くっきりと目立つ。

「うそでしょ?」

「三十年前、アルバート・キャノンという男の子が洞くつで死んだ。おまえの父さんのクラスメートだ。潮《しお》が引いたときに、なんとかひとりで洞くつにおりて行ったが、どこに行くつもりかだれにも言ってなかった。救命隊が見つけた時には、もう死んでいた。暗闇《くらやみ》で道にまよい、食べ物や飲み物がなくなり、最後には希望も失ってしまったのだろう。あまりにも奥《おく》まで行ってしまったので、助けを求めてさけんでも、だれにも聞こえなかったんだ」祖父《そふ》は悲し気に頭をふった。「その昔、〈海の洞《どう》くつ〉でなにか悪いことが起きたんだよ、フィオン。あそこには、ただごとではない暗さがある。注意しないと、なかで迷子《まいご》になる。だからひとりで行ってはいかんのだ」祖父はここで、いったん口を閉《と》じた。そして、フィオンを意味ありげに見つめながらこうつけ加えた。「あの〈過去《かこ》最低潮位《ちょうい》〉のキャンドルをかくしておいたのには理由がある。あの洞くつは、生半可《なまはんか》な気持ちで行くところではない。それでなくても、今、島はかなり不安定だ。わしはおまえに、自分からトラブルを招《まね》くようなまねはしてほしくない。わかったか？」

フィオンは、ため息をついた。罪《つみ》の意識《いしき》と恥《は》ずかしさが、フィオンのなかでうずまいている。

「わかったよ」

「島がおまえを気に入ってくれているのはいいことなんだ。そうでなけりゃおまえは……」

「死んでた」祖父のかわりにフィオンが言った。

「もしくは、死ぬ一歩手前というやつだな、少なくとも」

フィオンはとつぜん、強いめまいにおそわれた。あの時、階段《かいだん》で、ぼくは、次の段に足をおろそうとしていた。あの階段が消えた時、海にまっすぐ落ちるところだった。もし、あの時、洞くつにたどり着いてたら、ぼくはどうなってたんだろう？　アルバート・キャノンのように、迷子になってた？　救命隊員は、手おくれになる前にぼくを見つけられた？

祖父が、ここに座《すわ》れと言わんばかりに、自分のとなりのスペースをぽんぽんとたたいてみせた。表情《ひょうじょう》をやわらげて話を続ける。

「どうしてまた急に、せっぱつまって願いごとをしようとしたんだ？　明日がおまえの父さんの命日だということと、なにか関係あるのか？」

フィオンは祖父の横に、すとんと腰《こし》をおろした。胸《むね》のいたみが、またふつふつとわきあがる。

「タラとけんかした。母さんがいつも悲しんでいるのはぼくのせいだって、タラが言ったんだ。ぼくが父さんに似《に》てるからって。ぼく、ただ助けたかったんだよ。バートレイより先に洞くつにたどり着いて願いを言いたかった。母さんを楽にしてあげたかったんだ」

「そうか」祖父は両手を後ろについてそのまま寄《よ》りかかった。肩《かた》をすくめる感じになる。「そういうことだったのか」

「そういうことって、なにが？」フィオンは、ぎくっとした。

「おまえの母さんのことじゃない。おまえがキャンドルをぬすんで、ひとりで洞くつに行った理由に納得《なっとく》がいったということだ」祖父が修正《しゅうせい》した。「タラの考えは事実とかけはなれとる」

「でも、どうしてそんなことわかるの？」

「わかるから、わかるんだ」祖父が自信満まんで答えた。「タラはそうだと信じているかもしれん。なぜなら、そのほうがかんたんでわかりやすいからだ。だが、心や頭の問題は、そんなに単純《たんじゅん》なものではない。イヴリンは、おまえたちをふたりとも愛しておる。ずっと昔から、おまえたちがあんなことをした、こんなことをしたと言っては、大量の写真をわしに送りつけてきとった。率直《そっちょく》に言って、わしが精神《せいしん》をきたえとらんかったら、とっくの昔にいやがらせ行為《こうい》で通報《つうほう》しとったレベルだ」そう言うと、祖父《そふ》はにっこりほほえんだ。ほの暗い部屋でその目がきらきら輝《かがや》いている。「母さんはおまえのことが大好きだ。感じんのか？」

「ときどきは感じるけど」フィオンは、正直に言った。

「おまえの母さんにとって、おまえとタラは太陽だ。おまえの母さんがおまえの父さんに、本当の意味でのさよならを言うことは絶対《ぜったい》にない。アランモアに対しても、だ。あの日、イヴリンは悲しみと恐怖《きょうふ》をたずさえてフェリーに乗った。そして、そういう暗い気持ちが集まって、ひとつの雲になった。その雲はときに太陽をおおい、しばらくの間かくしてしまうことがある。おまえの存在《そんざい》は悲しみなんかじゃない。むしろ悲しみに対抗《たいこう》する手段《しゅだん》だ。おまえがコーマックに似《に》ているという事実は、神からの贈《おく》り物《もの》なんだよ、フィオン。おまえが負い目に思うようなことではないんだ。たとえおまえの姉さんが、その場のいきおいでなにを言ったとしても、だ」

フィオンは祖父の目をのぞきこんだ。そこに広がるのは、夏の海のような澄《す》みきった青。その奥《おく》に真実が輝いて見える。フィオンは祖父を信じた。信じたことで、胸《むね》の重みが軽くなった気がした。

「ぼくは母さんにもう一度元気になってほしいだけなんだ。この先ずっと」

「フィオン、ひと口に勇気と言ってもいろいろだ。自分の心の内側を旅するということは、荒《あ》れくるう嵐《あらし》の海を行くよりずっと困難《こんなん》なことも多い」祖父はフィオンの頭をくしゃくしゃっとした。その声はやさしく、たしかな調子のものだった。「おまえの母さんは戦士の心と島の魂《たましい》を持っておる。いつの日か、その心と魂がイヴリン・マコーリーを故郷《こきょう》に導《みちび》いてくれるはずだ。いつの日か、空は晴れる」

フィオンはふるえる手を胸におしあてて、落ち着かせようとした。

「姉さんをゆるしてやるべきだよ、フィオン」祖父がやさしく言った。「姉さんも悲しいんだ。おまえがどう思おうと、タラはいい子だ」

フィオンはむっつりした顔でうなずいた。

「せめてしばらく無視《むし》していいかな?」

「もちろんだ。聖人君子《せいじんくんし》になる必要はない」

その後朝まで、フィオンはそれを有言実行した。

夜、タラがベッドのなかから話しかけてきたが、フィオンはイヤホンをつけて背《せ》を向け、ずっとそのままでいた。夢《ゆめ》のなかで、フィオンは崖《がけ》の階段《かいだん》を下までおりていき、可能性《かのうせい》に輝く〈海の洞《どう》くつ〉を見つけた。洞くつのなかでは、母が両腕《りょううで》を広げ、これまでに見たことがないような笑みをうかべてフィオンを待っていた。

――おいで、こちらへ、恐《おそ》れを知らぬわたしのボイル。

ささやくようにやさしく歌う。

――見せてあげるよ、わたしの魔法《まほう》を。

母が、一歩フィオンに近づいた。洞《どう》くつの暗闇《くらやみ》が母とともに近づいてきて、母はまるでケープをまとっているようだ。

――土の下へ来て、願っておくれ。

――おまえのもとにわたしをもどして、と。

フィオンは、足もとの地面が割《わ》れるのを感じた。まばたきをし、目の前に立っているのが母ではないと気づく。まったくちがう別のだれか。何羽ものワタリガラスがおおいかぶさり、フィオンを闇でつつみこむ。フィオンはむしろ喜んでそれに身をまかせ、自分が目にしたものを忘《わす》れようとした。

19. シロップのあまいかおり

「朝ごはん作ったから」次の日の朝、部屋の入り口からタラが声をかけてきた。「フレンチトーストだよ。あんた、好きでしょ？　裏庭《うらにわ》に持っていって食べようよ、ピクニックみたいにね」

フィオンは、羽ぶとんの下から姉をじっと見た。

「なんでさ……」

「ベーコンのうす切りもあったんだけど、こがしちゃった」タラはそわそわと足を動かしている。「あと、店でグレープフルーツを買ったつもりだったんだけどね、でも、メロンだったみたい。ちがいがわかんなくって……あの、ごめんね」

フィオンはベッドに起きあがると、ショールのように体に羽毛ぶとんを巻《ま》きつけた。

「いいよ、別に……」

タラはコホンとせきばらいした。

「朝ごはんのことじゃないの、フィオン。つまりその……きのうのことだよ、バートレイが言ったこと。ごめんね」

「ああ」

「たしかに、あたし、バートレイにあんなこと言ったよ」タラは認《みと》めたけれど、フィオンからは目をそらしている。「でも、本気でそう思ってたわけじゃないの。あの時、あたし怒《おこ》ってたし動揺《どうよう》もしてた。父さんの命日はいつも変な気分になるの。母さんに起こったことをだれかのせいにすると楽になるっていうか……わかんないけど。あたし、あんたを傷《きず》つけるつもりはなかったんだよ。ねえ、フレンチトースト食べて全部水に流してくれないかな?」タラはそうたのむと、あわててつけ足した。「毒なんて入れてないから」


これがいかにすごいことか、フィオンにわからないわけがなかった。なんについてにせよ、タラがあやまるなんて初めてのことだった。フィオンは両足をベッドの横にさっとおろすと、のびをした。

「シロップをたっぷりかけてフレンチトーストを食べようかな。食べながらタラの懺悔《ざんげ》を楽しむよ。『他人の不幸は蜜《みつ》の味』って言うじゃん」


タラはぐるりと目をまわした。

「変なこと言ってんじゃないわよ」


フィオンは、にやりと笑った。

「でも、こんなこと次にいつ起きるかわかんないじゃないか。タラ・ボイルからの正真正銘《しょうしんしょうめい》の謝罪なんて、次は五十年先かもしれないだろ？」

タラはにやりと笑った。

「そりゃ、あたしはいつだってまちがったりしないもん」

フィオンの口から、思わず「ハ」という笑いが飛びだした。

「さあ、食べるわよ」そう言いながら、タラは気どった感じで出ていった。「冷めちゃう前にね」

フィオンはパジャマのままタラについて裏庭《うらにわ》に出た。太陽が青空にのぼっている。タラは作業台を、急ごしらえのピクニックテーブルがわりにしていた。祖母《そぼ》がかぎ針《ばり》で編《あ》んだブランケットをかけ、まんなかにはタンポポをさした小さな花びんが置いてある。そんなの雑草《ざっそう》だよと言うだけの心臓《しんぞう》は、フィオンにはなかった。

「きのう、バートレイになにがあったか、聞いてる？」

「聞いたわ」オレンジジュースを三つのグラスにそそぎながら、タラが答えた。「すごく怒ってた」

フィオンはメロンをひと切れつまむと、口に放りこんだ。

「タラに話したなんて信じられないよ」

「別にバートレイが話したわけじゃないわ」タラは、湯気をたてているフレンチトーストの山のおおいを取ると、ふた切れ自分の皿に取った。「シェルビーとあたしはバートレイのおじさんの家にいたのよ。そこにバートレイが帰ってきて。鳥のウンチが……見ればすぐにわかったわよ」

　フレンチトーストをフォークでひと切れ取って自分の皿に落としながら、フィオンはにやにや笑いをあえてかくそうとはしなかった。バターたっぷりで温かいおいしそうなにおい。家庭の食卓《しょくたく》ってのは、こうでなくっちゃ。でも、フィオンはまだタラのことを完全にゆるす気分にはなれてなかったので（男の趣味《しゅみ》が、まだひどいし）、あんまりほめるのはやめておくことにした。

「まあまあじゃん、タラ。ちゃんと食べものに見えるよ」

「ほめ言葉として受け取っておくわ」タラはフィオンの向かいに座《すわ》ると、声のかぎりにさけんだ。「おじいちゃーん、朝ごはんよー！」

　フィオンは、顔をしかめた。

「声がでかい。おじいちゃんは壁《かべ》の向こうの寝室《しんしつ》にいるんだよ。遠くはなれたシベリアにいるんじゃないんだから」

「わかってるわよ。でも、年寄《としよ》りなんだから」タラはそう言うと、びっくりするくらい大量のメープルシロップをフレンチトーストの上にかけ、こぼれた分をメロンですくいとった。

　フィオンは、〈ライルのゴールデンシロップ〉（サトウキビから作られる糖蜜）の缶《かん》をこじ開けると、なかにナイフをつっこんでぐりぐりとかきまわし、自分のフレンチトーストの上にあまいシロップをと

けたの？」

「あんたが〈海の洞《どう》くつ〉におりる道を見つけたって、バートレイが言ってた」タラはそう言うと、トーストを口におしこんだ。口のなかがいっぱいで言葉がくぐもる。「どうやって見つけたの？」

フィオンはオレンジジュースをゴクリと飲んだ。

「生まれつきの冒険《ぼうけん》の勘《かん》、ってやつかな」

「ほんとは？」

「おじいちゃんの部屋で〈一九五九年に記録された過去《かこ》最低潮位《ちょうい》〉っていうキャンドルを見つけて火をつけたんだよ。潮《しお》がすっかり引いて、浜辺《はまべ》におりる道が出てきた。でも、洞くつのなかには入ってない。半分くらいまでおりたところで、島がおかしくなっちゃったんだ」

タラはフィオンをじっと見つめた。

「そのこと、おじいちゃん知ってるの？」

「残念ながら知ってるよ」

「めちゃめちゃ怒《おこ》ったでしょ？」

口をもぐもぐさせながら、フィオンはうなずいた。

「あのまま洞くつに入ってたら、あんなふうやこんなふうに死んでたかもしれないって、いろんなパターンを教えてくれたよ」

「ひとりで行こうとしたなんて、信じられない」

フィオンは、にやりと笑った。シロップまみれの歯がのぞく。

「弱虫なんかじゃないだろ?」

「ただのバカよ」信じられないと、タラは首をふった。「あんたになにも起きなくてよかった。なにがあってもおかしくなかったんだから」

「そうらしいね」

「で、どこにあるのか教えてくれないの?」

「だめだよ。タラのこと、まだ信用できない」

タラは口を動かしながら考えこんでいた。そして、公正な結論《けつろん》にいたったたと言わんばかりにあごをちょっと引いた。

「次はふたりでいっしょに行ってみない? あんたとあたしでおりていくの」

「どうしてそんなことしたいんだよ? バートレイと行きたかったんじゃないの?」フィオンが、あやしむように聞いた。

タラはフォークを置くとフィオンのほうに体を寄《よ》せ、鳥たちにぬすみ聞きされるのをおそれるみたいに、声を落としてこう言った。

「あのね、あたしはバートレイの願いごとなんてどうでもいいのよ、フィオン。バートレイが次の〈嵐《あらし》の守り手〉になろうと必死なことはわかってる。そして、彼《かれ》のおばあちゃんが、そのことでワアワア言ってることもね。でも、次の守り手がだれかは島が決めるべきことだと思う。ビーズリー家の人間が決めることじゃなくってね。とにかくあたしでなければ、だれがなろうとどうでもいいわ」

「タラはなりたくないの？」フィオンがおどろいて聞いた。

「あたしはこんなに若《わか》くて才能《さいのう》にあふれてるのよ？　ハリウッドスターにだってなれるかもしれない。だから、守り手になんかなっちゃって、こんなへんぴな岩だらけの島に永遠《えいえん》にしばりつけられるのはごめんだわ」そう言うとタラは笑顔を消し、再《ふたた》び真剣《しんけん》な声でこう続けた。「あたし、その願いごとを母さんのために使えないかなって思ったの。母さんにここに来て、あたしたちといっしょにいてほしい」

「どうしてもっと早くに、そう言ってくれなかったんだよ？　タラは脳細胞《のうさいぼう》が全部ぶっ飛んじゃったんだとばかり思ってた」

タラはフィオンをにらみつけた。

「あんたがイライラさせるからよ」

フィオンは、思わずあきれた顔をした。

「それに、あんたを連れていかないほうが賢明《けんめい》だったからよ。あんたがいなければ、バートレイはあたしたちがグルになって彼をだまそうとしてるって心配しないでしょ」

「ぼくがいないほうが、あいつをだましやすかったたってことか」フィオンは感心したように言った。「かわいそうでバカなカレシだな」

「行き方がわかったんだから、あたしたち、いっしょに行くほうがいいと思うの。あたしもあんたも、同じことを願ってるんだよ。それがわかったんだから、みにくい意地の張《は》りあいはやめない？」

「でもおじいちゃんは、ぼくたちのどちらがこの願いをかなえてもうれしくないと思うよ」祖《そ》父《ふ》が言ったことを改《あらた》めて考えると、不安が頭をもたげてくる。「おじいちゃんは、洞《どう》くつがぼくたちを飲みこむかもって言ってた」

「ふたりだったらそんなことないわよ」タラはあっさりと否定《ひてい》した。「どちらにしても、潮《しお》はまた引くわ。バートレイはあたしたちと同じくらい、いいとこまでたどり着いてる。もしかしたら、あたしたちより先を行ってるかも。だって、例のアイヴァンが力を貸《か》してるんだから。どちらかが願いごとをかなえてもらえるなら、あたしたちにもチャンスはあるわよ」

フィオンは、下くちびるをぐっとかんだ。

「あのね、あたしたち、洞くつを探《さが》すのに、もうずいぶん時間をかけたじゃない？　なのに、手がとどくところまで来てあきらめられるの？」タラはなんとかフィオンに「うん」と言わせようと、言葉を続けた。「洞くつは島の一部なのよ、フィオニー。ダグザが残してくれたもの。だから、危険《きけん》なわけがないでしょ？」

「そんなこと……わからないよ」フィオンは自信なさげに言った。

「ことが終わるまで、おじいちゃんにはばれないから」タラは視線《しせん》を落として、自分の皿を見つめた。声がふるえている。「あたしたちには、母さんのために願いをかなえる義務《ぎむ》があるのよ、フィオニー。母さんにはあたしたちしかいないの」

フィオンの心臓《しんぞう》はいたいほど脈打《みゃくう》っていた。タラが悲し気にほほえむ。その様子はまるで母のようだった。母にそっくりなタラを見て、フィオンは心を動かされた。母さんを助けるチャンスがあるならば、母さんのためにそのチャンスにかけるべきじゃないだろうか。

フィオンは寝室《しんしつ》にいる祖父に聞こえないように声を落とした。

「じゃあ、明日の朝行こう。そうすれば、おじいちゃんが寝《ね》ている間にまた別の干潮《かんちょう》のキャンドルを見つけられるかもしれない」

「それまでにバートレイが見つけちゃったらどうする？」タラが小声で言った。

「潮は引かないからだいじょうぶさ」フィオンはもうひと口、フレンチトーストをほおばった。口のなかであまったるいシロップが爆発《ばくはつ》し、舌《した》の上でおどる。

——どちらにしろ、あいつは秘密《ひみつ》の階段《かいだん》のことを知らない。

フィオンは満足げに、にやりとした。

「いいわ」タラもうひと口ほおばった。覚悟《かくご》を決めた目をしている。

フレンチトーストの山が残り三枚《まい》になったところで、祖父が戸口に現《あらわ》れた。

「さてさてさて。最高にあまいかおりがするが、なかなおりのしるしか？」

「ゴールデンシロップのかおりだよ」と、フィオン。

「おじいちゃんの分、取ってあるわよ」タラが皿の縁《ふち》をナイフでカチャカチャとたたいた。

「ちょっと冷めちゃったけどね」

祖父《そふ》の目がぱっと輝《かがや》いた。

「おや、フレンチトーストじゃないか。わしの大大大好物だよ」祖父はスツールに座《すわ》ると、さっそくフレンチトーストに手を出した。トーストにまずメープルシロップをかけ、それからさらに〈ライルのゴールデンシロップ〉をかける。フィオンは祖父が食べるのを見ていた。祖父の額《ひたい》には細かいしわが走り、目の下にはくっきりと深いしわがきざまれている。ほんの数日前より、かなり年を取ったように見えた。

フィオンはまた、願いごとのことを考えた……ダブリンで自分の内にひそむ影《かげ》に苦しんでいる母のことを……めがねや時間、人々といった、最近祖父の指の間からぬけ落ちていくさまざまなことを考えた。

ひとつの願い。ふたつの心のいたみ。

「ピクニックなんて、何年ぶりだろうな。すばらしいアイデアだ、タラ。それに、おまえたちの父さんの命日にぴったりだ。ウィニーとわしは、コーマックをしょっちゅう浜辺《はまべ》のピクニックに連れていったものだ。〈メロウ〉を見つけようと走りだすコーマックを、わしらは交代で体をはって止めたよ」

そのときとつぜん、フィオンの視界《しかい》の縁に、むらさき色がちらりと見えた。フィオンが空に目を向けると、きらめく虹《にじ》がどんどんかかっていく。

「ねえ、あれを見て」

祖父は太陽に顔を向けた。太陽の光が祖父の顔のしわにふりそそぎ、さっきほど年寄《としよ》りには見えなくなった。

「おお、島からの贈《おく》り物《もの》だ」

カモメたちが声をたてずに、上空で円を描《えが》くように飛んでいる。太陽の光を受けて虹はカモメのつばさできらりと光り、ぼんやりと色のついた光の輪が地面すれすれにうかんでいる。

「もうひとつ出たわ！」タラが興奮《こうふん》してさけんだ。

ひとつめの虹と重なるようにして、ふたつめの虹が現《あらわ》れた。

「おまえたちひとりにひとつずつだな」と、祖父が言った。

「ちょうどこの家の真上にかかってる！」タラは、いつもは見せないような感動の表情《ひょうじょう》をうかべていた。そのおかげか、笑顔がおだやかで、目の奥《おく》は輝いている。もうずいぶん長い間、こんな表情のタラは見てなかったな、とフィオンは思った。もしかして、タラも心のどこかで不安や恐《おそ》れを感じているのかもしれない。ぼくたちはふたりとも同じなのかも。

「ボイルのために作られたみたいだ」

「そうに決まっとる」祖父の目が、きらきらと輝いている。

タラとフィオンは、ふたつの虹《にじ》がうすれて空に溶《と》けていくまで、ずっと見つめていた。

この瞬間《しゅんかん》に起きていることはすごくまともな、しかもごくごくふつうのよくあることだとでも言わんばかりに、祖父《そふ》はフレンチトーストをむしゃむしゃとたいらげた。

「こんなこと、父さんの命日には毎年起きるの?」と、フィオンがたずねた。

「もちろんそうだとも」

祖父が人生すべてをかけてこの奇妙《きみょう》な島の秘密《ひみつ》を守ろうとしている理由が、愛する息子《むすこ》をうばわれてもこの島に腹《はら》を立てない理由が、フィオンにはわかった気がした。島は覚えている。心配して気にかけてくれている。そしてたぶん、フィオンたちからうばったものについて、すまないと思っている。そんな気がした。

「さて」祖父は指についたシロップを最後の一滴《てき》までなめると、声をかけた。「このあとの予定はどうなっておるんだ?」

タラは立ちあがりながら言った。

「シェルビーが、おばさんの誕生日《たんじょうび》ケーキを焼きたいらしいから、手伝うつもり」

「人のためになにかするなんて、すばらしいじゃないか、タラ。でも、少なくとも三切れはわしのためにくすねてきてくれよ」

「りょうかい」タラはスキップしながら家のなかに入っていった。

祖父は、フォークの先でフィオンを指した。フォークの先から、金色のシロップが糸のようにたれた。

「おまえはどうするんだ、フィオン？　今日の午後、勇ましいじいさんにつきあう時間はあるか？」

「なにをするつもり？」

「キャンドルの作り方を教えてもいいかと思ってな。その気はあるか？」

フィオンは、急にのどがからからになった気がした。

「もちろん、あるに決まってるよ」

祖父はフィオンにウインクした。そのほほえみには魔法《まほう》の予感がただよっていた。

20. 嵐《あらし》の守り手の秘密《ひみつ》

「すぐ行く」祖父《そふ》が庭の物置小屋のなかからさけんだ。ガチャンだのバタンだのドスンだのといったやかましい音にさえぎられながら、「いったいこのがらくたは、どこからわいてきたんだ？　なにがどこにあるんだか……鼻より先はまったく見えん」と言っているのが聞こえてくる。

フィオンをさんざん待たせて小屋を引っかきまわし、祖父はようやくお目当ての段《だん》ボール箱をがらくたの山から掘《ほ》りだした。その箱はずっと、折れたビーチパラソルの下、古いレコード盤《ばん》コレクションの間に埋《う》もれていたらしい。箱をかかえて出てくると、満足気にドスンと作業台の上に置いた。箱の側面に黒いフェルトペンで、〈初心者のためのキャンドル作成キット〉と書かれているのが読める。

別の側面にはいろんな人の名前が手書きされていて、どれも年月が経《た》ってにじんだり消えかかったりしている。「マギー・パットン」「フェルディア・マコーリー」と書かれた間に祖父の名前があった。ほかにもボイル、キャノン、マコーリー、パットンの名前がいくつか読める。

だが、時間をかけて箱全体をながめまわしても、ビーズリーの名前はブリジットという女性《じょせい》のものがひとつ、別の側面に走り書きされているのを見つけただけだった。

フィオンは、箱のなかをのぞきこんだ。星型《がた》、球型、正方形型、ハート型といった、いろんな形のキャンドル型と、小型のナイフがいくつか入っている。それらを取りだしてみると、底のほうには、半分使いかけのろうのかたまりやかけらが入ったふくろが重ねてあり、そのてっぺんには枝《えだ》や海草の切れはしなどが無造作《むぞうさ》に置かれている。祖父がどうやって正しい材料を混《ま》ぜあわせているのか、どうやって嵐のにおいや海の稲妻《いなずま》のかおりを抽出《ちゅうしゅつ》しているのかをうかがわせるようなものは、なにも見当たらない。

祖父は、鼻の上のめがねをぐっと上げた。

「なぜ天気を記録しているんだと、わしに聞いたことがあったな?」

「うん」

祖父は、バーナーの上に金属《きんぞく》の鍋《なべ》を置いた。

「天気というのは、〈地〉、〈火〉、〈水〉、〈風〉、この四つのエレメントの魔法《まほう》そのものだ。その魔法は、空と同じく〈嵐の守り手〉の血にも流れておる。そして、〈嵐の守り手〉の力のもととなる。天気をたくわえるということは、魔法をたくわえるということだ」

フィオンはおどろいて目をぱちくりさせた。

「っていうことは、おじいちゃんは魔法をためこんでるの?」

「そうだ」祖父《そふ》は、ろうのかけらが入ったふくろを、フィオンの目の前でぶらぶらさせた。

「わしらは、キャンドルの炎《ほのお》のなかに魔法《まほう》をたくわえる。モリガンが復活《ふっかつ》したら、それを使って対抗《たいこう》するんだ」

フィオンはろうのふくろを手に取った。その手がわずかにふるえる。今この瞬間《しゅんかん》が、急に価値《かち》のあるものに思えてきた――ろうのかけらが金属《きんぞく》の鍋肌《なべはだ》に当たるカタカタという音、風にあおられた炎《ほのお》のジュッという音――これらが、いつの日かフィオンが後世に残す遺産《いさん》となるかもしれないのだ。

「じゃあ、なにか方法があるんだね？　その……たくわえた魔法を取りだすっていうの？」フィオンが、ろうを鍋に入れながら聞いた。

祖父は、キャンドルの芯《しん》を取りだした。細く長い芯のはしに小さな銀色の円盤《えんばん》がついている。祖父は指でその円盤を軽くはじくと、型《かた》の底にはめこんだ。そして、よじれた芯を指でのばしながらピンとまっすぐになるように立てた。

「まだ魔法を入れてもおらんうちから、取りだし方を聞くとはな」

フィオンは、段《だん》ボール箱にろうのふくろをもどす間も、鍋のなかのろうから目をはなせない……じっと見て、待って……。

「あのな……」言いかけて、祖父が座《すわ》ったまま体をこわばらせた。空気をかぎ、下くちびるをなめる。「おお」そう言うと、眉間《みけん》にしわを寄《よ》せながら、太陽を見上げるかわりに溶《と》けているろうを見て、さも大したことではなさそうにこう言った。「わしが思ったよりちょっとばかし早く、嵐《あらし》が来たようだな」

フィオンは動きを止めた。

「そんなこと、どうしてわかるの？」

「その変化を、体のなかの感覚で察《さっ》するんだ」祖父は、いすの上で体をゆらしながら言った。小さな鍋のなかでろうが溶けて、なめらかな白いクリーム状《じょう》になっている。目を輝《かがや》かせながら、祖父はフィオンを見た。「新しい〈嵐の守り手〉が選ばれる時が来たんだ」

「え？　今？」フィオンは、まくっていたそでをおろした。雲がひとつ、どこからともなく現《あらわ》れて、太陽の前へと動いていく。作業台の上で、いくつもの影《かげ》がおどっている。見上げると、これまたどこからともなく現れた鳥の群《む》れが、くるくると円を描《えが》いて飛んでいた。カモメやワタリガラスだけでなく、スズメやフィンチ、ツグミも、それぞれ入りみだれている。フィオンがそのまま見ていると、鳥はどんどん増《ふ》えてきた。フィオンはその様子を、興味《きょうみ》深《ぶか》げに見ていた。そして、待った。

「ほんとに？」

祖父はけわしい顔でうなずいた。

「わしを信じろ。魔法がおまえの体から流れ出たら、おまえにもわかる。魔法が体のなかでリズムを取りはじめたら、心臓《しんぞう》がドラムをたたくように大きく鳴りはじめたら、ちゃんとわかる」

「――おじいちゃんは、だいじょうぶ？」

「魔法《まほう》で満たされてる感じもするし、からっぽな感じもする」祖父《そふ》はあごを引き、少しずり落ちためがねの上からフィオンを見た。「おまえはだいじょうぶか？」

「別になんともない」背筋《せすじ》にぞわぞわっと冷たいものが走ったことは、数に入れないことにする。「でも、もしぼくじゃなかったらどうなるの？　ほかのだれかだったら？」

祖父は鍋《なべ》を作業台に置いて、バーナーの火を消した。

「フィオン、おまえがフェリーからおりたったあの日、島が目覚めた。そして、この数週間、島はこれまでにないくらい落ち着きを失っておる」

フィオンは祖父を見つめた。

「キャンドルはおまえに、実にさまざまな反応《はんのう》を見せる。燃《も》えるはずのないろうが、おまえのために燃える。おまえがどこに行こうとも風がつきそう。まるで、アランモアがこの〈時の層《そう》〉だけでなくすべての〈時の層〉で、おまえのことをしっかり認識《にんしき》しているような……」祖父の声がだんだん小さくなる。あごを胸《むね》にくっつけるようにしているその様子は、フィオンにというより自分に向けてしゃべっているみたいだった。「島はずっとおまえのことを待ってたんだよ」

これは、衝撃的《しょうげきてき》な話だった。圧倒《あっとう》されるほど不思議で、ありえない話。にもかかわらず、祖父は特に困惑《こんわく》しているようでも、おどろいているようでもなく……どこか納得《なっとく》したような顔で話していた。祖父の言葉が、フィオンのなかにずっとあった不安をかきたてる。

フィオンは、溶《と》けたろうを見つめた。

「嵐《あらし》が来たら、おじいちゃんはどうなるの?」

祖父は返事をしなかった。

鳥の声も風もとつぜんやみ、自分の荒《あら》い呼吸《こきゅう》だけが聞こえてくる。

「おじいちゃんは与《あた》えられた力を持っているべきだよ。まだ手放すつもりはないって、島に言えばいい」フィオンはそう言うと、スツールをおしのけるようにして立ちあがった。「ぼくは待てる。バートレイだって待てる。ぼくたちはみんな、待てるよ」

「フィオン」祖父が言った。

「だめだよ。本当に、ぼくはだいじょうぶ」

「フィオン」

「冷えてきたね。ぼく、ちょっとなかに入って……」

「座《すわ》りなさい」

フィオンは座った。

祖父は、ろうをかきまぜた。

「わしは、もうこれ以上できんのだ、フィオン。わしの記憶《きおく》は消えつつある」

「そんなことないよ」フィオンは、そっと言った。でも、それ以上かける言葉が見つからない。

口を開けば、それはあまりにも大きなうそになってしまいそうだった。

「フィオン、わしは自分の人生を、〈記憶《きおく》する〉ことに費やしてきた。だから、どこかの時点で容量《ようりょう》の限界《げんかい》がきてしまうことは当然だ。忘《わす》れはじめるのは、当たり前なんだよ」

空が暗くなってきた。黒と灰色《はいいろ》をしたぶあつい雲がどこからともなくわいてきて、太陽の前にしぶとく居《い》すわっている。まるでぼくの心のなかのようだ、とフィオンは思った。小さな鍋《なべ》のなかには、溶《と》けたろう。無数の日没《にちぼつ》や雪嵐《ゆきあらし》なんて、取るに足らないつまらないものに思える。祖父《そふ》は何年にもわたって、目をまっ赤にして、その手を使って一生けんめい島の魔法《まほう》をとらえてきたのに、自分自身のことは記録してこなかったなんて。そして今、祖父は広げた手の指の間から砂《すな》がこぼれ落ちていくように、静かに去っていこうとしている。こんな終わり方をするのなら、魔法なんてなんになるんだ？

「じゃあ、キャンドルのなかに天気を閉《と》じこめるのをやめて、自分の記憶を閉じこめたらいいんじゃないの？」

「もうやっとるよ、フィオン」

雲が低くたれ下がり、その向こうにも雲の帯が現《あらわ》れた。空に灰色の大きなくぼみがゆったりと広がっていく。まるで、雲があくびをしたみたいだ。影《かげ》が作業台にしのびより、ふたりの顔を、腕《うで》を、手を、指をおおっていく。そういうことだったのか――フィオンは納得《なっとく》しはじめていた。これまでも理解《りかい》しようと思えば、ヒントはそこかしこにあったのだ。でも、まったく意味がわかってなかった。

「炉棚《ろだな》の上のあのキャンドル。あれがおじいちゃんの記憶なんだね」

小さくほほえむ祖父の目は、そのとおりだと言っていた。

「〈嵐《あらし》の守り手〉の秘密《ひみつ》だ」

フィオンは祖父をまじまじと見つめた。体の内にある島とともに生きる人。自分をこの世界にしっかりとどめておけるように、せめて今しばらくはとどめておけるようにと、自分のことを記録しておく方法をなんとか見つけた人。

「あのキャンドルが燃《も》えつきたらどうなるの？　もう一本作れるの？」

「わしは、もう昔のわしではないんだ、フィオン。あのキャンドルが消えたら、わしはなにもかも忘れてしまう、永遠《えいえん》に」

フィオンはぎゅっと下くちびるをかんで、ふるえを止めようとした。

「でもそんなの、あまりにも不公平だよ」

だが、それが真実だった。ふたりの頭上にかかる雨雲のように、重くて大きな暗い真実。なんて不公平な話だ。

祖父はろうをかきまぜ続けた。左回り、右回り、手前から向こうへ、向こうから手前へ。

「この世には、恐《おそ》れるべきもっと悪いことがあるんだよ、フィオン。愛のない人生とか、進むべき意味のない道とか、勇気のない心とか」

「おじいちゃんは、こわい？」

「いいや、フィオン。わしはこわくない」

一羽のカラスがさみし気に鳴く声が、たれこめる雲と雲の合間をぬって、どこか遠くから聞こえてくる。

「この世の終わりみたいだ」と、フィオンが言った。

「太陽はまた、雲から顔を出すさ」

ふたりのこの言葉には、これまでのどんなことよりも、はるかに大きな意味がこめられていた。

フィオンはもっと言いたいことがあった――おじいちゃんをものすごく愛してる。自分は自分らしく生きていいんだと思わせてくれたのは、世界でただひとりおじいちゃんだけ。おじいちゃんは、ぼくの空で一番輝《かがや》いている星だ。おじいちゃんがこれ以上なにか忘《わす》れるところをもう見たくないし、なにもかも忘れていくなかでおじいちゃんがぼくのことも忘れ、忘れられたことに自分が気づくのもがまんできない――。でも、これらの言葉は舌《した》の上でからまりあい、胸《むね》がいっぱいで言葉にならなかった。

「わしをかわいそうだと思わんでくれよ。わしは頭のなかに、冒険《ぼうけん》や笑い声や愛をためこんできた。わしより先にいってしまった人たちの話も全部……」静かにそう言いながら祖父《そふ》がフィオンのほうに体を寄《よ》せたので、フィオンに見えるのは祖父の目のなかの、攪乱《かくらん》されてにごった海だけになり、頭上に流れる嵐《あらし》の雲は見えなくなった。「実のところ、わしはあらゆることに関してものすごく欲《よく》が深い」

フィオンは笑うことができなかった。

祖父はため息をついた。

「もしおまえが、わしがかわいそうだと言いはるのなら、かわいそうなのはおまえのほうだ。おまえの頭はまだからっぽだからな」

フィオンは顔をしかめた。ほんとは泣きたかったくせに、その瞬間《しゅんかん》、思わず怒《いか》りがこみあげたのだ。

祖父はクックックッと笑った。

「さあ、その頭を満タンにしろ。何はさておき、おまえにはそうする責任《せきにん》がある。息を飲むような奇跡《きせき》の日々を送るために。そうすれば、いつかおまえの記憶《きおく》がうすれゆく日が来ても、幸せの残像《ざんぞう》がおまえのなかに残り、自分は大いに笑い、心の底から人を愛し、恐《おそ》れることなく生きたと、このうえなく幸せに感じることだろう。たとえいろんな細かいことが記憶からぬけ落ちてしまってもな」

広がる黒い雲のすきまからさしてきたひとすじの光が、そっと作業台にしのび寄ると、ろうの鍋《なべ》にすべりこんだ。

「おじいちゃん、心からそんなふうに感じてるの？」

祖父《そふ》は段《だん》ボール箱から小さな革《かわ》のふくろを引っぱりだすと、なかから銀色の針《はり》を取りだした。

「ああ、まさしくそう感じておるよ、フィオン。だからこそ、わしはいかなる事態《じたい》でもすました顔をしとる余裕《よゆう》があるんだ」祖父はそう言うと、針で指をさし、その指を鍋《なべ》の上にかざした。

それを見て、フィオンは言葉を失った。

目の前にあるのは、おどろくべき光景《こうけい》。

驚異《きょうい》。そして、怒《いか》れる空。

「ときに、嵐《あらし》はゆっくりやってくる」ふたりは、針でついた指を見つめた。「さほど重要でない嵐であれば、守り手はそこから雨や雲、そして雪を引きだすことができる……だが、大きな嵐、そう、魔法《まほう》がしたたり落ちるような嵐やものすごくはげしい吹雪《ふぶき》は、守り手のなかでふくれあがり、まるで波のように感じられる。そして、うんとがんばれば空を飛べるかもしれないとすら思わせる」

祖父はそう言いながら、段ボール箱から取りだしたガラスの型《かた》の縁《ふち》を指でたたいた。

「正確《せいかく》にはなにが起きることになってるの?」フィオンがたずねたそのとき、祖父の人さし指の先からおし出されるようにして、一滴《てき》のしずくがろうの溶《と》けた鍋のなかに落ちていった。

ポチャン! 聞きまちがいようのない音がした。フィオンの目がまん丸になった。

「血じゃなかった」

血ではなく、海だった。それが真実。祖父が針で指をさすと、海が指先から出てきたのだ。

透明《とうめい》なしずくが溶けたろうに落ちて波紋《はもん》が広がると、潮《しお》と海草のにおいがフィオンの鼻孔《びこう》をくすぐった。

それは、海のしずく。魔法の一滴。

「最初の一滴は島だ」祖父はそう言うと、指からたれた二滴めをぺろりとなめた。これは血だった。「二滴めは自分自身だ」

炉棚《ろだな》の上のあのキャンドルに、祖父の血がいったいどれだけ消えていったのか。フィオンは考えないようにした。ろうの色は白からサンシャインイエローに変わり、金茶色の筋《すじ》が曲がりくねりながら広がって、鍋のなかはひびが入った大理石模様《もよう》になった。ろうはゆれてきらめき、心を決めかねているみたいにまた色を変える。今度は赤とオレンジと黄色のうずまき模様。そして緑と青の細い筋が溶けあって藍色《あいいろ》になり、藍色のうずがむらさきに変わる。

においも変わった。海のにおいからほかのにおいに取ってかわる。バターが溶けたフライパンの上でジュージューと焼けるフレンチトーストの温かいにおい。とろりとかかったあまいシロップのにおい。新鮮《しんせん》なグレープフルーツのにおい。いや、ちがう。グレープフルーツじゃなかった――メロンのにおいがじょじょに勝っていく。ふったばかりの雨と青空のにおい。フィオンの脳裏《のうり》に、ひとつの光景がくっきりとうかぶ。やわらかな夏の日ざしが、きれいに弧《こ》を描《えが》くふたつの虹《にじ》の間からさしこんでいる。そして、このにおいのずっと下、すべてのにおいのはるか下で、わかちあう笑顔ととびきり熱い愛がささやかれている。

フィオンは、自分がにやにやしていることに気づいた。鍋《なべ》のなかでは、さっきのピクニックの一部始終を天気とともに溶《と》けこませたろうが完成した。

「空いっぱいにかかったいくつもの虹《にじ》よりも人間のほうが、ずっと魔法《まほう》に満ちているんじゃないかと思うことがよくある」そう言いながら、祖父《そふ》がキャンドルの芯《しん》をまっすぐにし、溶けたろうをガラスの型《かた》の縁《ふち》からそそぎこむと、いろんな色がうずを巻《ま》いてみるみるうちに固まっていった。

「それだけ？　やることはそれだけなの？」と、フィオンが聞いた。

祖父は両手についたよごれをはらった。

「これだけだよ、フィオン。必要なのはひとつだけ。おまえのなかで息づいている島のしずく、一滴《てき》だ」祖父はそう言うと、不満げに鼻を鳴らした。「なんだ、物足りんのか？　たいていの人は、これだけで感銘《かんめい》を受けるぞ。おまえはちょっとばかりテレビゲームをやりすぎとるようだな」

フィオンは自分の指先に目をやると、もぞもぞと動かしてみた。

「ぼくのなかにも海はあるかもしれない？」

「そう考えたら、海をこわがるなんてばからしいだろ？」

祖父がそう言ったとたん、大雨になりそうなところをなんとか持ちこたえていた空から、とうとう最初の一滴が落ちてきた。フィオンの鼻の頭に当たる。二滴めは耳を伝って首へと落ちていった。そして三滴めは嵐《あらし》を連れてきた。

祖父は段《だん》ボール箱を物置小屋にしまい、作業台にブルーの防水《ぼうすい》シートをかけた。フィオンはキャンドルをつかみ、座《すわ》っていたスツールを防水シートの下におしこんだ。雲は海をかすめて流れ、海水を運んできたので、雨はしまいに海が空からふってきているような味になった。

荒《あ》れくるう突風《とっぷう》にさからって裏口《うらぐち》のドアを開けるのに、三回めにしてようやく成功《せいこう》した。ドアを開けたとたん、風の方向が変わり、ちょうつがいがはずれそうなくらいドアがいきおいよくふられて、フィオンは家の壁《かべ》にたたきつけられた。

「人生、よくなる前には悪くなるもんだ！」祖父がさけんだ。フィオンはドアと壁の間からはいでて家のなかにかけこみ、ふたりしてなんとかドアを引っぱって閉《し》めた。

バンという大きな音を立ててドアが閉まると、祖父とフィオンはそろって後ろにひっくりかえり、ハアハアとあえいだ。バケツをひっくりかえしたような土砂《どしゃ》ぶりの雨に、窓《まど》がカタカタと音を立てる。ふたりがキッチンに入るやいなや、ふたたび玄関《げんかん》ドアがいきおいよく開いてコートかけにガチャンとぶつかり、かけてあったぼうしやらスカーフやらがふっ飛んだ。フィオンが顔を上げると、開けっぱなしの玄関にシェルビー・ビーズリーが立っていた。長い髪《かみ》がぺたりとほおにはりつき、まるでホラー映画《えいが》からぬけだしてきたみたいだ。

「すぐ来て！」シェルビーがさけんだ。その後ろ数メートルに雷《かみなり》が落ち、稲妻《いなずま》が岬《みさき》につきささる。「タラを！　タラを島に取られたの！」

21. 海の洞《どう》くつ

フィオンの耳のなかで、心臓《しんぞう》がドクドクと脈《みゃく》を打つ。

「いったいなにが？」

「タラが〈海の洞くつ〉に行ったの！」

「そんなバカな！」シェルビーが言い終わらないうちに祖父《そふ》がさけんだ。「タラが行くわけない」

シェルビーは、すごいいきおいで首をふった。

「潮《しお》が変わったんです。わたしたちがケーキを焼いてたらバートレイがもどってきて、秘密《ひみつ》の階段《かいだん》を見つけたって言いだして。でも、ひとりじゃ洞くつまでおりてけないって！　で、タラがバートレイといっしょに行ったんです！」

「タラはぼくを待つって約束してた！」フィオンがかみつくように言った。「いっしょに行くはずだったんだ！」

シェルビーは、だれかに肩《かた》をつかまれゆさぶられているみたいに、はげしく泣きじゃくりだ

した。

「し、し、潮が、ちゃ、ちゃんと、ひ、引かな……くて……だから、お、泳いでなかに……」

「今、バートレイはタラといっしょか？」祖父が、シェルビーをさえぎるように聞いた。

シェルビーは、首をふった。しっかりしゃべろうとしているが、涙《なみだ》がとめどなくほおを流れていく。

「ふ、ふたりとも洞くつに飲みこまれそうになったたって、バートレイが。タ、タラを助けられなかったたって。たくさんの鳥たちが、ゆ、行く手をじゃましして、そこに嵐《あらし》が起きて……」

祖父は「クソッ」と吐《は》きすてるように言うと、急いで居間《いま》を出て、ぶつぶつ言いながら寝室《しんしつ》に消えた。

シェルビーは、よろめきながら家に入ってきた。静まりかえった部屋に、シェルビーの歯がカタカタ鳴る音だけがひびく。

一分もしないうちに、祖父がもどってきた。手には古いリュックを持っている。

「急がねばまずい」ポケットからライターを取りだして、リュックに入れた。そして居間のひじかけいすに飛びのり、一番上の棚《たな》からキャンドルをいくつかさらって、リュックのなかに落とした。

祖父はリュックをフィオンの胸《むな》もとにつきつけた。

「どうしたらいいか、わかってるな？」

フィオンはリュックを祖父《そふ》からひったくるように受け取った。

「おじいちゃんは来られないの？」

祖父は炉棚《ろだな》の上で燃《も》えているキャンドルに視線《しせん》を向けると、外の嵐《あらし》をちらりと見た。そして、顔をくしゃくしゃにした。

「いいよ、だいじょうぶ」フィオンはあわてて言った。おじいちゃんはもう、自分の記憶《きおく》のキャンドルからはなれることができない。あれは最後のたのみの綱《つな》なのだ。キャンドルからはなれたら、おじいちゃんはぼくと洞《どう》くつに着く前に自分自身を失ってしまう。

フィオンはキャンドルを入れたリュックを背《せ》おった。

「行ってくるよ」フィオンは気を引きしめるともう一度言った。「行ってくる」

祖父はフィオンの肩《かた》をつかんだ。

「洞くつはタラを、洞くつ内のどこかに埋《う》めてしまうだろう。潮《しお》は今、かなり高い。別の〈時の層《そう》〉から入らないと道を見つけられない。まずはこの〈引き潮〉を使え。手持ちのキャンドルで、一番潮が低いやつだ。これで潮が引いてくれるだろう」

フィオンは祖父の言葉に集中し、体のなかで背骨《せぼね》にかじりつく恐怖《きょうふ》をふりはらおうとした。祖父の向こう、窓《まど》の外へ視線《しせん》を向ける。これまでにないほど暗い空。雲の縁《ふち》がぴかぴかと光っている。

「タラを見つけたら、必ずくっついとれ。なにがあっても、洞くつのなかでひとりになるんじゃないぞ、フィオン。わかったな？」

フィオンは、リュックのひもをぐっとにぎった。

「わかった」

フィオンとシェルビーは、転がるように嵐のなかに出た。シェルビーの手がフィオンの手をにぎりしめ、庭の木戸がさっと大きく開いた。祖父は玄関口《げんかんぐち》に立って、もたれかかるようにドアにしがみついている。

「慎重《しんちょう》にな、フィオン！」祖父が、ゴロゴロとうなるような雷鳴《らいめい》に負けじと大きな声でさけんだ。「正しく質問《しつもん》すれば、島は答えをくれる！」

ぐずぐずしていたら決心がゆらいでしまう。フィオンはシェルビーを引っぱるようにして岬《みさき》に出た。前方の海に雷《かみなり》が落ち、燃《も》えるように光がぼっと立ちあがったかと思うと、蒸気《じょうき》へと変わった。前へ進めと、ふたりをうながしているようだ。

「タラを置いてくるなんて、バートレイのやつ、なに考えてんだ！」と、フィオンがさけんだ。

「あっという間のできごとだったって、バートレイが！」

「あいつのクソみたいな願いごとを言うひまだけはあったんじゃないのか！」

「あれは、うちのおばあちゃんとおじさんがワアワア言うもんだから……それで、バートレイはとりつかれちゃって、寝言《ねごと》でも言ってるほどなの。もう、それで頭がいっぱいなのよ！」シェルビーは、ハアハアとあえぎながら言った。ふたりは島のまんなかをつっ切って走った。草がしげったぬかるんだ道を、ビチャビチャと音をたてながらずぶぬれになって進む。あちこちですべっては転び、転んではすべる。「そんなの言いわけにならないって、わかってるけど」

こごえるほど冷たい雨のカーテンの向こうは、ほとんど見えない。心臓《しんぞう》がドクドクはげしく鳴る。フィオンにはそれが、タラがどうなったかわからないという恐怖《きょうふ》からなのか、それとも、最後の最後に手からはなれたチャンスをものにしたいという気持ちからなのか、わからなかった。

ふたりは雨でぐっしょりぬれた木のフェンスをくぐり、足首までどろにつかりながら進んだ。

「ほら！　もうそこよ！」シェルビーがさけんだ。

空から海草がふってきて、フィオンの顔にピシッと当たった。ほおが切れて血が伝う。フィオンは頭を低くしたまま、ふたつめのフェンスをよじのぼった。

灯台《とうだい》まで来ると、その裏手《うらて》で体を丸めてちぢこまっているバートレイがいた。

「おい！」フィオンは、バートレイのむこうずねをけった。「タラはどこだ！」

バートレイがぱっと顔を上げた。涙《なみだ》で顔が赤くまだらになっている。

「洞《どう》くつにさらわれた！　助けられなくて！　時間が足りなかったんだよ！」

フィオンはもう一度けった。今度はさっきより強く。

「自分が助かる時間はあったんだろ！　それでよく〈嵐《あらし》の守り手〉になるなんて言えたな！」

「マラキーはどこだ？」バートレイは、うろたえながらシェルビーにたずねた。「マラキーを連れて来いって言っただろ！　あのクソッたれが〈嵐の守り手〉なんだぞ！」

「マラキーは来ないわ！　わたしたちだけでやらないといけないの！」

「おれたちで？」バートレイが、よろけながら立ちあがった。「おれたちに、いったいなにができるってんだ？」

「助けるのよ！」シェルビーがさけんだ。こんなに大声ではげしくさけぶシェルビーを、フィオンは初めて見た。「洞くつにもどって、なんとかするの！」

「おれはもう少しで死ぬところだったんだぞ！」血走った目で、バートレイが言う。「あんなところ、二度と近づくもんか！　ばあちゃんに電話したんだ！　ばあちゃんとダグラスおじさんがこっちに向かってる！　マラキーがタラのことなんてどうでもいいって言うんなら、ばあちゃんたちにやってもらう！」

「おくびょうもの！」フィオンが、吐《は》きすてるように言った。こんな時じゃなかったら、祖父《そふ》の悪口を言ったとバートレイになぐりかかっているところだ。だが、空では稲妻《いなずま》がはげしく光り、雨雲の縁《ふち》をむらさき色に変えている。時間がない。

フィオンはリュックを体の前に持ってくると、なかをあさった。気ばかりあせって、指がひどくふるえる。

嵐は島を中心に、竜巻《たつまき》のようにうずを巻《ま》きはじめた。今にも灯台をもぎとって、海へ投げ入れそうないきおいだ。海面は、はげしく上下し、せりあがったかと思うと、すっと下がった。

どっちにするか決めあぐねているようだ。波は眼下《がんか》の崖《がけ》にはげしくぶつかり、とがった岩々でくだけてのたうち、悲鳴をあげた。

なにか小さくてかたいものがシェルビーの肩《かた》をかすめ、シェルビーは思わずかん高い悲鳴をあげて灯台《とうだい》の壁《かべ》にぴたりとはりついた。

「今のなに？　カニ？」

バートレイは、けばけばしいサンゴのような赤い色をしたものを妹の髪《かみ》から取り、目に近づけてよく見た。

「こんなもの、いったいどこから飛んできたんだ？」

フィオンは、ようやく〈引《ひ》き潮《しお》〉のキャンドルを見つけ、ぎゅっとにぎりしめた。

「それは、なんてキャンドルだ？」バートレイが、はっとフィオンに注意を向けて聞いた。

「さっさと安全なとこへ行っちゃえよ」嵐《あらし》をうかがいながら、フィオンはごそごそとライターを探《さぐ》った。

「何をするつもりなの？」ピンク色のクラゲがシェルビーの頭すれすれに飛んできて、シェルビーはとっさに横へとびのいた。

フィオンはライターを探《さが》しだし、カチャッとふたを開けた。

「海を下げてくる」

サバの群《む》れがすぐそばを飛び、バートレイは悲鳴をあげた。

フィオンはもう歩きだしていた。海が空からふってくるなか、どろや草の上をすべりながら、海岸に通じる岬《みさき》に向かう。

「わたしも行く！」フィオンの後ろからすべりおりながら、シェルビーがさけんだ。「手伝わせて！」

「おまえら、正気か？」バートレイが、灯台のそばでわめいた。「助けが来てくれるんだぞ！」

バカ言うな。フィオンは思った。世界じゅう探《さが》したって、タラを助けられるやつはいない。助けられるのはぼくだけだ。

「洞《どう》くつのなかまでついてこようとするなよ！」フィオンは、ふりかえりながらさけんだ。シェルビーはびちゃびちゃのどろに足を取られて、フィオンのかなり後ろにいた。「海が落ち着くまで待つんだ。ぼくとタラを引きあげてくれる人が必要になるかもしれない！」

崖に着いたフィオンは、雨にぬれないように体をかがめてカバーしながら、〈引き潮〉にライターの火を近づけた。

火がぱっとつく。

島が大きく息を吸《す》った。

空が静かになった。別の〈時の層《そう》〉に移《うつ》るにつれ、雨は弱まって小雨になり、雷《かみなり》の音は消えていった。潮が沖《おき》へと引いていき、波も少しずつ海にもどり、やがて崖の下に浜辺《はまべ》が現《あらわ》れた。

フィオンは体をかがめながら、くずれかかった崖の階段《かいだん》に足をおろした。

足もとをしっかり見つめる。階段《かいだん》はこわれたままで、ところどころ、段がまったくないところもあった。引いていく潮《しお》を追うようにして、一段ずつはいおりていく。ワタリガラスの群《む》れが空から舞《ま》いおり、前へ進めとフィオンをうながす。不安が胃のなかでゴロゴロ音を立てる。フィオンには、これが警告《けいこく》に思えた。空はかん高い声で鳴くワタリガラスの黒い羽でうめつくされている。でも、もう引きかえすことはできない。タラを助けるまでは、絶対《ぜったい》に。フィオンは大きく息を吸《す》うと、前へと進んだ。

沖《おき》へと後退《こうたい》した海から、〈海の洞《どう》くつ〉がぽっかりとその口を現《あらわ》した。フィオンは階段をはって、どんどんおりていった。段がないところは両手の指で岩壁《がんぺき》にしがみつき、足をいっぱいにつきだしてすきまをこえた。雨はやみ、濃《こ》い霧《きり》が海をおおうヴェールのようにたちこめている。階段はますます急になったが、下に行けば行くほど、階段の形がそのままに残っていた。時がたっても風にさらされず、人の足もふみ入れられてこなかったからだろうか。

一番下の段までたどりついた。島は気味悪いほど静まりかえっている。〈海の洞くつ〉の入り口に立つと、島の視線《しせん》を感じた。こうしていざ目の前に立ってみると、ものすごく大きく感じられる。あまりにも大きくて、フィオンは自分の体が急にちぢんだような気がした。

洞くつの前の砂地《すなち》にちょろちょろと海水が流れこみ、くねくねと洞くつの内部に流れていく。まるでヘビのようだ。フィオンはそれを追いかけるようにして、洞くつのなかへ入った。

その様子を、島がじっと見つめる。

「タラ?」声がひびき、こだまになってかえってきた。耳ざわりな自分の呼吸音《こきゅうおん》が、こだまをさえぎる。

洞くつのなかは、まるでカラスの黒い羽のような、不自然な暗さにつつまれていた。フィオンがにぎりしめたキャンドルの炎《ほのお》のまわりだけ、その羽がぬけたように明るい。自分の足もとすら見えないので足で探《さぐ》りながら進むが、岩にぶつかったり、海草をふんですべったりする。フィオンはキャンドルを岩肌《いわはだ》に近づけた。自然がけずった岩壁に水滴《すいてき》が伝い落ちるのが見えるだけ。

「タラ!」と、フィオンがさけんだ。

「タラ!」と、洞くつがさけびかえす。

祖父《そふ》は正しかった。ここには、なにかがある。島に古代から伝わる魔法《まほう》ではないなにかが。そのせいで空気が重く、闇《やみ》がいっそう濃《こ》くなっている。フィオンが前へ、底知れぬ闇の先へ進むと、それは耳をそっとなで、ささやきかけてきた。

――おいで、こちらへ、恐《おそ》れを知らぬわたしのボイル。

先に進めば進むほど、このカサカサと音を立てる古代の洞くつは果てしなく思えた。もはや、自分の鼻すら見えない。暗闇から自分の名前を呼《よ》ぶ声がこわい。フィオンはリュックを体の前にかかえると、なかを探って、ほのかに琥珀色《こはくいろ》の光を放つ〈日の出〉のキャンドルを、その光をたよりに探《さが》しだした。こんなこと、フィオンはやったことがなかった。二本のキャンドルを一度に燃《も》やすなんて。ふたつのまったくちがう〈時の層《そう》〉をひとつにするなんて。でも、不可《ふか》能《のう》じゃない。とにかく注意深くやりさえすれば。

「どうか――」フィオンは、なんだか知らないけれど洞《どう》くつのなかにしまいこまれている魔法《まほう》に、キャンドルのなかにからみついている魔法のかけらにうったえた。「うまくいきますように」

フィオンは息を止めて、〈日の出〉のキャンドルに火をつけた。島がもう一度、おもおもしく息を吸《す》う。フィオンが片手《かたて》に一本ずつ、まるで戦いの剣《けん》をかまえるようにキャンドルを持つと、その炎《ほのお》は暗闇《くらやみ》にいどむように燃《も》え、フィオンのまわりの風が変わった。

どこか遠くから、軽快《けいかい》な鳥の声が聞こえてくる。洞くつに朝日がさしこむと、フィオンの耳のなかで聞こえていた声はおさまり、岩肌《いわはだ》のくぼみが日光に照らされて輝《かがや》いた。フィオンは、ほっとして息をはいた。ふたつの〈時の層《そう》〉がひとつに溶《と》けあい、フィオンのまわりの空気がゆらめいた。潮《しお》が引き、太陽がのぼる。

これで、なにもかも見えるようになった。

水晶《すいしょう》のような鍾乳石《しょうにゅうせき》が、シャンデリアのように天井《てんじょう》から下がっている。その下を歩いていくと、鍾乳石がきらりと光って、地面からするどい石がつき出ているところを教えてくれた。潮のかおりが空気のなかに重くたちこめている。洞くつの奥《おく》へと進むにつれ、湿気《しっけ》が肌にまとわりついてくる。あたり一面、真珠色《しんじゅいろ》、銀色、青色、金色の貝がらだらけ。フィオンの歩みにあわせて、コインのような貝がらが、取ってくださいといわんばかりに地面からどんどんわいて出る。

だが、あえて手に取りはしなかった。

フィオンは、島の存在《そんざい》をこれまでになく強く感じていた。〈日の出〉はすべてを照らしだしていた――見えるものも、見えないものも。魔法は蒸気《じょうき》のように地面から立ちのぼり、あたりにウインドチャイムのような音色をひびかせている。

この洞くつは、まちがいなく魔法がかかっている。

そして、この理解《りかい》をこえた、無視《むし》することのできない魔法のなか、フィオンはすすり泣く姉の声を聞いた。

それはこだまのようにひびいてきた。タラはここには――フィオンが〈日の出〉と〈引き潮〉のふたつのキャンドルを使ってつぎはぎしたこの奇妙《きみょう》な〈時の層〉には――きっといない。

でも、すぐ近くにいる。

フィオンは、姉の声をたどろうとした。だが、うまく周波数のあわないラジオ番組のように、タラの泣き声は強くなったり弱くなったりする。洞くつは先に進むほど急なくだり坂になり、島の中心部へと続いていた。

ふたつのキャンドルはどんどん燃えて、フィオンの後ろから差していた日光は、ひとすじ、またひとすじと消えていった。洞くつの奥に進めば進むほど、ろうの溶けるスピードは速くなった。タラの泣き声のこだまが完全に消えるころには、二本のキャンドルはほとんど溶《と》け、フィオンの両のこぶしは溶けたろうでおおわれていた。

キャンドルの火が消えた。ひとつ、そしてもうひとつ。最初に〈引き潮《ひしお》〉が消え、次に〈日の出〉が消えた。フィオンは立ち止まった。胸《むね》のなかで心臓《しんぞう》がはげしく打つ。

タラの声は、もう聞こえない。

ふりかえっても洞《どう》くつの入り口は見えない。それどころか、ここまで来た道さえも見えない。

——まよったんだ。

洞くつの外では、海面が上がってきているだろう。内部では、暗闇《くらやみ》がどんどん濃《こ》くなっていく。時間がない。

洞くつの天井《てんじょう》から水が一滴《てき》、フィオンの足もとの水たまりに落ちた。ポチャン！　水たまりはさざ波を立て、きらめく深い青色に変わった。フィオンはその青い水面をじっと見つめた。青い水面が見つめかえし、ウインクした。とつぜん、フィオンは、はっきりと理解《りかい》した。

祖父《そふ》の言葉を思いだす。

——正しく質問《しつもん》すれば、島は答えをくれる。

フィオンは大きく息を吸《す》うと勇気をふりしぼって、魔法《まほう》と洞くつと、頭上でさかんに動いている島に向かって言った。

「ぼくはフィオン・ボイル。イヴリン・マコーリーとコーマック・ボイルの息子《むすこ》で、ウィニー・ボイルとマラキー・ボイルの孫だ。ぼくの願いはただひとつ。姉をかえしてほしい」

フィオンの左の耳をかすめるようにして、鍾乳石《しょうにゅうせき》が大きな音を立てて落ちてきた。くだけて無数の結晶《けっしょう》となり、地面に消えていく。フィオンは、あごを上げた。

「姉をぼくにかえしてほしい」今度はもっと大きな声で言った。「ぼくはこの島の〈嵐《あらし》の守り手〉の代理としてここに来た。姉をかえしてもらいたい！」

島が、うなった。

一瞬《いっしゅん》フィオンは、自分が洞くつのなかではなく、大きくておそろしいクジラの腹《はら》のなかにいるかと思った。フィオンがろうでよごれた指をこぶしににぎりしめたとき、足もとの地面が急にごぼごぼと動きはじめた。貝がらが次から次へと転がる。暗闇《くらやみ》でサファイアやルビーがきらめく。宝石《ほうせき》をちりばめた鍾乳石が天井からつぎつぎ現《あらわ》れ、フィオンの耳もとをかすめて下へのびていく。それらは、地面からにょきにょきと現れた石筍《せきじゅん》（鍾乳洞の床にみられる、たけのこ状の岩石）とくっついてひとつになり、フィオンはあっという間に、無数の光り輝《かがや》く石の柱にかこまれていた。島の地下にできた大理石の宮殿《きゅうでん》だ。

洞くつの動きはやみ、しんと静まりかえった。

「タラ？」

風がフィオンのまわりをうずまくようにふくと、フィオンの声を洞くつの奥《おく》へ運びさった。

心臓が五回、鼓動《こどう》を打つ。

十回打つ。

そして――

「フィオン?」

フィオンの心臓《しんぞう》がはねあがった。

「タラ? どこにいるんだ?」

「わ……わかんない」姉の声が聞こえる。

その奇妙《きみょう》な石の部屋の奥《おく》は、石の壁《かべ》と壁の間がせばまって細い通路になっていた。フィオンはできるだけ体をうすくして、そのすきまに体をねじこんだ。息を止め、あごを上げて顔をすりむかないようにする。腕《うで》を体の両側に広げてちょっとずつ進む。なんとかつきあたりまで行くとそこには岩があり、細い裂《さ》け目《め》が見えた。フィオンはその裂け目に顔をおしつけ、なかをのぞいた。

「タラ?」

ほぼ等身大の空間におしこまれるようにして、姉が体を丸めていた。タラはまばたきしながらフィオンを見上げた。白目が暗闇《くらやみ》で光る。

そして、タラはわっと泣きだした。

22. やってきた救命ボート

フィオンがほっとしたのは、ほんの一瞬《いっしゅん》だった。

「そこから出てこいよ」フィオンは、すり足であとずさりながら言った。

タラは岩の裂け目に顔をおしつけ、恐怖《きょうふ》に見開いた目で弟を見つめた。

「あたしたち、おぼれちゃう。洞《どう》くつは、このままあたしたちをおぼれさせるつもりなんだよ」

「急げばだいじょうぶだよ」フィオンが強く言った。そして裂け目に手をつっこんで、タラの手を引っぱった。「水位がもどりはじめてる！」

タラはそのせまい裂け目に体をねじこんだ。肩《かた》が岩に当たって傷《きず》つき、タラは小さく悲鳴をあげた。セーターは穴《あな》だらけで、ほおにはどろの筋《すじ》がついている。

「ごめんね、フィオニー。あんたぬきで洞くつに行っちゃいけないってわかってたんだけど、あたしが行こうが行くまいが、バートレイは行くって言うもんだから」フィオンが手をはなすんじゃないかと不安になったのか、タラはフィオンの手を強くにぎった。「バートレイに願いごとをさせたくなくって」

「危険《きけん》をおかすべきじゃなかったよ」フィオンがきつく言った。

石の壁《かべ》と壁がたがいにもたれかかるようにななめにかたむいている。そのすきまを通ってふたりは、宝石《ほうせき》をちりばめた柱と光り輝《かがや》く岩でできた洞《どう》くつにもどった。そして、入り口のほうへと急ぐ。貝がらをバリバリとふみしめながら進むと、海水がふたりのスニーカーにしみこみ、つま先がぐしょぐしょになった。

影《かげ》が壁をこっそりおりてきて、ふたりにしのびよる。

島が変化していく。

海水がどっと流れこんできて、タラはフィオンのほうによろめいた。

「潮《しお》が満ちてきてる！」

フィオンはタラを引っぱって進んだ。暗闇《くらやみ》でつまずきながら進むうちに、パーカーの両そでが石柱に引っかかってあちこちやぶれる。血がつつーっと肌《はだ》を伝う。できたばかりの傷口《きずぐち》に、塩水がしみる。洞くつが前よりも大きく、深くなったように感じられた。暗闇がふたりをもてあそぶ。

そのとき――希望の光が見えた。

「ねえ！　ほら！」タラが、前方を指さした。

遠くに明るい灰色《はいいろ》の空が見える。フィオンもさけんだ。

「急げ！」

ふたりが走る間にも、水はすねの高さからひざの高さへとどんどん上がってきた。あっという間に腰《こし》まで来たが、入り口まではまだ遠い。フィオンは別のキャンドルを探《さが》して、リュックをあさった。フィオンの指はろうだらけで、自分が使える最後の手段《しゅだん》をつかもうとしてもなかなかつかめない。キャンドルが一本、暗闇に転がり出て、ポチャンという音を立てて水に落ちた。

「なにやってんのよ！」タラが、あわてふためいて言った。「早く行かなきゃ！　ほら、急いで！」

水は、もうへそのあたりまで来ている。フィオンはリュックのなかのキャンドルをもう一本見つけたが、火をつけようとあせっているうちに、手のなかからキャンドルがするりとにげていった。

とうとう水が胸《むね》まで来た。

「時間がないの！」フィオンがまた別のキャンドルをつかもうとしているのを見て、タラがさけんだ。「歩き続けなくちゃ！」

水位が上がり、前方の灰色の空が今はもう細くにしか見えない。

フィオンは、姉を自分の前におしだした。タラのセーターをしっかりつかんだまま、洞くつの入り口目指して半ば泳ぐように進む。

「タラが先に行って」

「でも……」

フィオンは力のかぎり、タラをおした。ゆれる潮《しお》の流れが、ふたりを洞《どう》くつの奥《おく》へとおしもどそうとする。フィオンは心の奥のどこかで、洞くつがまたささやきはじめたのを感じていた。

――おいで、こちらへ、恐《おそ》れを知らぬわたしのボイル。

「泳ぐんだ」洞くつの入り口におし寄《よ》せる波を突破《とっぱ》しそこねて、フィオンはあえいだ。

「無理」波におしもどされてフィオンにぶつかりながら、タラは歯を食いしばった。

――見せてあげるよ、わたしの魔法《まほう》を。

洞くつの外では嵐《あらし》がおさまり、空がゆらめくように明るくなってきた。灰色《はいいろ》やむらさきの光の筋《すじ》が雲間からさしこみ、アランモア島がふたたび顔を出しはじめる。

潮はますます高くなっていく。

――土の下へ来て、願っておくれ。

そのとき、シェルビー・ビーズリーの姿《すがた》が見えた。髪《かみ》はぐっしょりぬれて全身水につかり、洞くつの入り口で波にゆられてういたりしずんだりしている。

「タラ！　フィオン！　よかった！」シェルビーは岩にしっかりつかまって、洞くつのなかへ身を乗りだした。

腕《うで》を目いっぱいのばす。

「早く！　ほら、つかまって！」

フィオンは残っていた力を全部使い、打ち寄せる波の合間からタラをおしだした。タラが手をぐっとのばし、うす明りのなかで宙《ちゅう》をかいていた指が、ついにシェルビーの手をしっかりとつかんだ。フィオンが前につんのめり、タラのセーターを放すと同時に、シェルビーが反対側からタラを自分のほうへと引っぱった。

——おまえのもとにわたしをもどして、と。

波がタラの肩《かた》にかぶさり、タラはフィオンをふりかえった。

泡立《あわだ》つ波がふたりの間にどっとおし寄せ、フィオンはうすい空気を必死で吸《す》った。

潮がフィオンを、洞くつのなかへと引きもどす。

「あんたを閉《と》じこめようとしてる！」タラがさけんだ。

「泳いで！」シェルビーがふりかえりながら言った。「こっちまで泳いできて！」

それはもう無理だった。最高のコンディションでも、フィオンは泳ぐのがへただった。流れはあまりにも強く、潮は高く、しかも潮位《ちょうい》はまだ上がっていた。このままここにいたら、三人とも海に飲まれてしまう。

「ぼくにはキャンドルがある！　ふたりは行って！」フィオンは声を張《は》りあげた。波がかぶさり、塩からい水がのどに流れこむ。フィオンは飛びあがって、水を吐《は》きだし、必死になってリュックを頭の上に持ちあげた。キャンドルがもう二本、リュックから転げ落ち、暗い洞くつの奥へと流れていく。潮がフィオンを、岩のなかにあるあの奇妙《きみょう》な影《かげ》の〈時の層《そう》〉から呼《よ》ぶ声のほうへと引きもどす。

——ワタリガラスが群《む》れるところに、わたしはいるから。

ワタリガラスが、洞《どう》くつの外でかん高い鳴き声をあげている。洞くつの入り口に群《むら》がり、タラとシェルビーの姿《すがた》をおおいかくす。フィオンは、ふたりが自分の言うことを聞いてにげてくれることを、いのるしかなかった。

——永遠《えいえん》の眠《ねむ》りから覚ましておくれ。

波がまた、フィオンにかぶさってきた。にごった水のなか、フィオンは必死でキャンドルをもう一本探《さが》した。これが最後のキャンドルだと気づき、血の気が引く。どこかへにげていってしまわないように、キャンドルをしっかりにぎりしめた。

フィオンがポケットからライターを引っぱりだすと同時に、リュックがどこかへ流れていった。また別の波がフィオンをおしもどし、フィオンは息を止めた。とがった岩の先端《せんたん》が、フィオンのジーンズのひざを切りさく。

さっきから聞こえる声は、しだいにいらつきを増《ま》していった。その声はぞっとするアリアを歌いあげるように高くなり、いくつもの影《かげ》が、がいこつのように洞くつからはいでてきた。

——果てなき石の下から、ほりおこして。

海がフィオンをおしもどし、暗闇《くらやみ》がフィオンを引っぱりこむ。フィオンは今、ひとりきりではなかった。いや、ちがう。ここに来てからずっと、一度もひとりきりになったことはなかった。

――そして、おまえの魂《たましい》を手に入れたなら、二度とはなしはしない！

なにかがいる。島の魔法《まほう》ではないなにかが。これはもう、島の魔法じゃない。

――おくびょうもの！

自分の首のまわりにつめを立てられ、ふるえるように冷たい息が耳にふきこまれる気がした。恐怖《きょうふ》が心臓《しんぞう》をわしづかみにし、腹《はら》の底まで引きずりこむ。息も満足にできない。まともに考えることもできない。恐怖しか感じず、魂の中心の深いところにいたみが走る。影がフィオンのまわりに群がり、その影の端《はし》と端がからみあって、背中《せなか》をかがめたがいこつのような形になっていく。

――おまえはわたしのものだ！

と、声がさけぶ。

――おまえはいつも、わたしのものだった！

フィオンは最後のキャンドルを、目を細めて見た。暗すぎてラベルを読めないのでわからないけれど、このなかの〈記憶《きおく》〉は洞くつの天井《てんじょう》まで水を引きこみ、フィオンの確実《かくじつ》な死を宣《せん》言《げん》するものかもしれない。それどころか、魂をうばわれて永遠にさまよわなくてはいけないかもしれない。でも、状況《じょうきょう》はもうすでにかなりまずく、絶望《ぜつぼう》がフィオンにぴたりとまとわりついている。

ライターをキャンドルの芯《しん》に近づけると、フィオンの手のなかでぽっと火がついた。潮《しお》はもう、洞《どう》くつの入り口の天井《てんじょう》近くまで来ている。フィオンはキャンドルの下のほうを持って、水面より上、天井まであと三十センチほどしかない空間にかかげると、入り口目指して泳ぎだした。風がパーカーのえりを引っぱり、助けようとしてくれる。

肺《はい》が燃《も》えるように熱い。フィオンは、しずみはじめた。洞くつがフィオンをおぼれさせようとし、海草を髪《かみ》に巻《ま》きつけ、靴《くつ》のなかにザルガイの殻《から》をしのばせる。ウナギが顔をなで、その間もずっと、声が暗闇《くらやみ》からあまい声で話しかけてくる。その声は今はとてもやさしく、笑みをうかべたヘビが用心深くささやいているようだった。

――フィオン・ボイルよ、わたしはおまえを知っている。

――おまえを覚えている。

――おまえはわたしを覚えているかい？

その言葉はフィオンの骨《ほね》をカタカタ鳴らしながら伝わり、つめの先から血の一滴《てき》にいたるまで全身にくまなく広がった。フィオンの心臓《しんぞう》をつかんでいた手に、ぎゅっと力が入る。

声は、どんどん大きくなった。

――おまえを覚えている。

と、声があまくささやく。

――やさしい心。ふるえる魂《たましい》。

——**暗闇に、おまえの居場所《いばしょ》を用意したよ。**

いやだ。フィオンはキャンドルにつめを立てた。闇に降参《こうさん》するつもりはさらさらなかった。どんなに足がなまりのようになろうと、頭が重かろうと……どんなにあきらめてしまいたくなっても、そして、どんなに思いきり水を吸《す》いこんで、永遠《えいえん》の暗闇にただよっていきたくなっても……。

——**おまえの居場所はわたしのそばにある。**

ワタリガラスたちがさっと洞くつのなかに飛びこんできて、かん高い声で鳴きわめきながらフィオンにおおいかぶさる。キャンドルをはげしくつつき、つつかれたフィオンの指からは血が流れた。

フィオンは、キャンドルをにぎる指に力をこめた。絶対《ぜったい》はなすもんか。

降参するつもりはなかった。たとえどんなに疲《つか》れ切《き》っていても。

降参するつもりはなかった。たとえどんなにこわくても。

降参するつもりはなかった。まだ今は。

フィオンは、地面を足でけって泳ぎはじめた。にぎりしめたキャンドルは、水面ぎりぎりのところをあぶなげに上下している。ぐっと体を上げ、水面から頭を出そうとすると、興奮《こうふん》してばたつく羽と凶暴《きょうぼう》なくちばしに出むかえられた。風がフィオンの髪《かみ》を引っぱった。こっちだ、とでも言うように。〈記憶〉を追いかけて行け。

行く手の洞くつの入り口のむこうに、雲におおわれた白い空が弧《こ》を描《えが》くようにちらりと見えた。なぜか波が引きはじめ、フィオンがつま先で立てるくらいまでになった。フィオンは大きく息を吸《す》いこむと、明るさに目を細めながら、燃《も》えるキャンドルでワタリガラスたちをするどくついた。

そのとき、洞《どう》くつの入り口あたりにうかぶ一艘《そう》の救命ボートが目に入った。それは明るいオレンジ色の、小さくて平べったい船だった。船体の横にぐるりと一周ロープがかかっており、後ろのほうでモーターがウィーンと音を立てている。

救命ボートのまんなかに立っているのは、フィオンの父だった。

フィオンは、とつぜん、雷《かみなり》に打たれたようにはっきりと理解《りかい》した。

自分がにぎりしめているキャンドルは、〈コーマック〉だった。

コーマックが——父が助けに来てくれたのだと。

フィオンは、水のなかをザブザブと進んだ。これまでに望んだもののすべてが、今、目の前に肉体を持って現《あらわ》れている。くちばしと羽にかこまれた暗闇《くらやみ》のなか、フィオンはよりいっそうきつくキャンドルをにぎりしめた。腹《はら》のなかで二リットルもの海水がゴボゴボと音を立て、背《はい》後《ご》に怒《おこ》って鳴きわめくカラスの一群《いちぐん》を引き連れたまま、フィオンは入り口まであと一歩というところまで来た。コーマック・ボイルがボートのへりから身を乗りだし、手を差しのべる。

「つかまれ！」

フィオンはまばたいて、目から水をふりはらった――ひりひりするそれが海水なのか涙《なみだ》なのかわからない。わかっているのはただ、キャンドルがすごいいきおいで燃《も》えているということと、フィオンに話しかけている父の声が、聞き覚えのない、それでいてよく知っている声だということだけ。

父の手を取った瞬間《しゅんかん》、フィオンの胸《むね》の奥《おく》でなにかが爆発《ばくはつ》した。

そうか、こういうことだったんだ。心がすみずみまでふるえる。

「キャンドルに気をつけろ！」コーマックがさけんだ。フィオンを引きあげながらも、目はパチパチとはぜるキャンドルの炎《ほのお》からはなさない。「消したらだめだ！　そうだ、いいぞ。さあ、つかまえた。あがってこい！」

父は息子《むすこ》を救命ボートのへりから引っぱりあげた。フィオンはボートのなかに転がりこみ、あおむけになってあえぎながら空を見上げた。父が上からのぞきこむ。目にはフィオンと同じ燃えるような好奇心《こうきしん》が宿っている。フィオンとそっくりの鼻。そっくりの黒い髪《かみ》は毛先がわずかにはねており、長い足や肩幅《かたはば》がせまいところもそっくりだ。

そして、そっくりな、海のように青い目。

それはまるで、ひずんだ鏡を見ているようだった――見おろしているのは、フィオンの未来と過去《かこ》の幽霊《ゆうれい》。

「おい、だいじょうぶか？」

「ぼく……」ボートがとつぜんかたむき、フィオンはすべり落ちそうになった。あわててロープにつかまり、火が消えかかったキャンドルを剣《けん》のようにふりまわすと、父が引きもどしてくれた。嵐《あらし》がふたりを海に放り投げようとする。雨がはげしく打ちつけ、ボートは大きく片側《かたがわ》にかたむいた。

父はボートのへりに前かがみになって、ボートが流されないように水をかいた。潮《しお》の流れがボートを下へ下へと引っぱる。救命ボートには、ざっくりと裂《さ》け目《め》が入っていた。さっき洞《どう》くつの入り口でちょっと止まった時に、岩がボートの底を縦《たて》方向に切ったにちがいない。

ボートがしずんでいく。それも、すごいスピードで。

海面がせまって来たその時、とつぜん、フィオンは吐《は》きたくなるぐらいはっきりと、あることに気づいた。そうか、そういうことだったのか。

今は、二〇〇六年七月十四日。

今日は、二〇一八年七月十四日。

父さんはこれから死ぬんだ、もう一度。

フィオンは、たおれそうになりながらも立ちあがった。小さなボートのなかをふらふら歩いていくと、キャンドルの炎《ほのお》はコショウの実ぐらい小さくなった。

「ぼくは、フィオン・ボイルです！」

まるでストップモーションのように、時の流れが一瞬《いっしゅん》とどこおる。

父が見上げた。目がきらっと輝《かがや》く。

「おまえの名前は知っているよ」

海が吸《す》いこむような音を立て、フィオンはよろめいた。

コーマックがかじを取ってない自由なほうの手で、フィオンをさっとささえてくれた。その場に座《すわ》りこんだフィオンがあまりにも強く父のシャツのそでをつかんだので、シャツがやぶれて穴《あな》が開いた。キャンドルのろうは、もう溶《と》けきっている――もって十秒、せいぜい、二十秒か。

「勇気を出すんだろ、フィオン？　これからやってくるもののために、おまえには勇かんであってほしい」

潮の流れが変わり、とてつもなく大きな波がボートの横腹《よこはら》にぶつかってきた。フィオンは思わずひっくりかえりそうになる。父がフィオンを引っぱった。その手がフィオンの腰《こし》をがっしりつかんでささえてくれる。

フィオンは父の顔を見上げた。

「行かないで」のどに熱いものがこみあげる。「ぼくを置いて行かないで」

「おまえはだいじょうぶだ」うるんだ青い目を輝かせながら、父が言った。「おまえは、わたしたちのなかで一番強い。今にわかる」

水がふたりのひざに、ピチャピチャと当たる。

「準備《じゅんび》はいいか、息子《むすこ》よ?」

フィオンは首をふった。

「だめ、だめ、だめ、だめ、やだよ、やだ。ぼく、準備なんてできてない。できてないんだ」

父はしずみゆくボートから、息子《むすこ》を放り投げた。

フィオンの体が宙《ちゅう》を舞《ま》い、衝撃《しょうげき》とともに崖《がけ》の階段《かいだん》にドスンと落ちる。そのとき、キャンドルの火が消えた。

島が身ぶるいする。

嵐《あらし》がうなり声をあげながら、別れを告げた。

23. 相いれない願い

足もとを海に食いつかれそうになりながら、フィオンは階段をはいあがった。世界はもとにもどりつつあった。雲がフィオンの頭上をつぎつぎと移動《いどう》する。とうとうフィオンは、その嵐の雲をくっつけたまま、もとの世界にもどってきた。段の一番上は崖に溶《と》けこむように消えている。そこまであと少しというところで、フィオンはふりかえって下をちらりと見た。波は落ち着きはじめ、雨はやんでいる。

救命ボートは、潮《しお》にまみれた〈時の層《そう》〉に飲みこまれてしまった。

父もまた、行ってしまった。

まるで、父がそこにまったく存在《そんざい》しなかったかのように。

――準備はいいか、息子よ？

フィオンは階段をのぼりながら、父の言葉を何度も何度も思いかえした。

いくつもの顔が上から見おろしている。ダグラス・ビーズリーが口ひげをせわしなく動かしながら、島じゅうにひびくような声でさけんだ。

「あいつ、生きてるぞ！　ほら、上がってくる！」

崖《がけ》のてっぺんで、集まっていた人々をおしのけるようにして、アイヴァンがフィオンに手を差しだした。

「やれやれ、こいつは奇跡《きせき》だ」

フィオンがアイヴァンの手を取ると、指先に衝撃《しょうげき》が走った。アイヴァンの目が、月のように丸くなる。その目の奥《おく》が身の毛もよだつほどからっぽだということに、フィオンは初めて気づいた。虹彩《こうさい》はなく、あるのはただ、魂《たましい》を持たぬものの、すべてをうばいつくそうとするような闇《やみ》。アイヴァンの手をにぎりしめた力がゆるみ、フィオンは崖の端《はし》でよろめいた。思わずアイヴァンのセーターをつかむと、えりの部分が引っぱられ、ねじれた黒いうずまき模様《もよう》の焼き印があらわになった。フィオンは、はっと息を飲んだ。

「その焼き印、見たことがある……おまえはやっぱり……」

アイヴァンはよろめきながら後ろに下がり、フィオンを崖の上に引っぱりあげたいきおいで、いっしょにぬれた草の上にしりもちをついた。ぞっとするような一瞬《いっしゅん》、ふたりはたがいを見つめたかと思うと、アイヴァンが歯をむきだしにしてこう言った。

「彼女《かのじょ》の声を聞いたか？　おまえに話しかけたのか？」

フィオンは、よろよろと立ちあがった。

「あ、あいつは、地面の下だ」苦しそうにあえぐ。「あいつは死んだんだ」

「じゃあ、どうしておれがここに呼《よ》ばれたのだ？」アイヴァンもぱっと立ちあがって言った。目が喜びで輝《かがや》いている。

「少年がもどる時、彼女は目覚める」

「な、なんだって？」フィオンはあとずさった。

「〈嵐の守り手〉がそのために血を流せば、彼女は立ちあがる」アイヴァンは今や有頂天《うちょうてん》になっていた。「選ばれし氏族の子孫の魂《たましい》をうばい、王座《おうざ》に着く。闇が再び世界を支配する」アイヴァンは晴れていきつつある空をちらりと見上げると、にやにや笑いながら集まった人々のなかにもどっていった。「また会おう、フィオン・ボイル」

フィオンが必死で呼吸《こきゅう》を整えようとしているところへ、エリザベス・ビーズリーが捜索隊《そうさくたい》をおしのけて出てきて、フィオンの両肩《りょうかた》をつかんだ。そして、鼻と鼻をくっつけんばかりにぐっと自分のほうに引きよせた。炭のようにまっ黒な目がきらりと光る。

「おまえが、あれになったのかい？」と、フィオンをゆさぶる。

「わ、わかんないよ」

バートレイが祖母《そぼ》のとなりに出てきた。

「ばあちゃん」声をかけ、フィオンから祖母を引きはなそうとする。「おれが洞《どう》くつで願いをかなえたって言ったろ。ちょっと待ってやってよ」

「おだまり、バートレイ！　フィオン、よくもあたしたちから、あれをうばおうとしてくれたね！　おまえがうまくやっちまったかどうか、確認《かくにん》させてもらうよ！　あたしが見れば、ちゃんとわかるんだからね！」エリザベスはそう言うと、目を細めてフィオンをじっと見た。くちびるの端《はし》に、つばが泡《あわ》になってたまっている。「どうやら、おまえはうまくいかなかったようだね。特に変わった様子は見られないよ」エリザベスが、低い声で言った。「ということは、おまえがうまくやれたようだね、バートレイ。おまえの願いはかなったにちがいないよ」

「ばあちゃん、放っておいてやれよ」

タラがエリザベス・ビーズリーをおしのけた。

「今すぐわたしの弟から手をはなして、エリザベス。今日一日、どんだけ大変な目にあったと思ってんの？」

「フィオニー！」タラはフィオンの体に腕《うで》をまわし、これまでしたことがないほど強くだきしめた。「死んじゃったかと思った！」

タラの肩《かた》ごしに、シェルビーの姿《すがた》が見えた。シェルビーは肩から下げていたタオルで、タラごとマントのようにフィオンをおおった。

「フィオンならもどってくるって思ってたよ！」

タラが泣きながら言った。

「あたし、こわかった。あんたが死んじゃうんじゃないかって」

「家に帰ったら全部話すよ」フィオンの声がひどくふるえている。「おじいちゃんのところにもどらなくっちゃ」

嵐《あらし》は崖壁《がんぺき》をえぐり、海水を巻《ま》きあげていた――岬《みさき》にある小さな祖父《そふ》の家、〈ティル・ナ・ノーグ〉は無事だろうか？〈嵐の守り手〉はどうなってる？

同じ不安がタラの目にも宿りはじめる。

「行こう」タラが言った。

「走ろう！」

ふたりは、走りだした。

24. 思いがけないエメラルド

嵐《あらし》と〈海の洞《どう》くつ〉の話が、フィオンとタラを追いかけるように風にのって運ばれていく。ボイル家が海に勝利をおさめたことで、今日という日が明るいものになった。物語がまたひとつ、これまでの多くの話と同じように、アランモアの歴史にきざまれることだろう。

フィオンとタラが、アイヴァンやビーズリー家の人間、そしてどこか大地の奥深《おくふか》くでさざ波を立てているモリガンの闇《やみ》の印から遠ざかるにつれ、太陽は雲を追いはらい、あたたかい日ざしが島にまたあふれた。

だが、祖父《そふ》の家の木戸に着いたふたりは、ぼうぜんと立ちつくした。玄関《げんかん》ドアはちょうつがいごとふき飛ばされ、窓《まど》が一枚割《まいわ》れている。嵐はイバラを根こそぎ引っこぬき、庭の小道のいたるところに投げ飛ばしていた。

家のなかもひどかった。キャンドルが部屋じゅうにちらばっている。コートやぼうし、いすがまるで紙吹雪《かみふぶき》のように床《ゆか》にばらまかれている。キッチンの食器棚《しょっきだな》は、天地がひっくりかえっている。居間《いま》の棚《たな》はほとんどがたおれていて、ひじかけいすのひとつは壁《かべ》まで飛ばされている。

そんなめちゃくちゃになった部屋のどまんなかに、祖父がいた。暖炉《だんろ》のそばでぼんやりと窓の外を見つめながら、床に座《すわ》りこんでいる。祖父の頭上、炉棚《ろだな》の上のキャンドルは、火が消えていた。

「おじいちゃん?」タラがおそるおそる声をかけた。

「ぼくが話してみる」フィオンが、小声で言った。

タラは、キッチンの床から自分の携帯《けいたい》をひろいあげた。携帯のはしからは、充電器《じゅうでんき》のコードがだらんとぶらさがっている。タラは、タオルで画面をふいた。

「少なくとも、これは無事だったみたいね」と、つぶやいた。

フィオンは祖父の前にかがんだ。

「おじいちゃん?」祖父がわかっていないようなので、フィオンは祖父の目のなかの嵐がすぎるのを待った。祖父の手を取ると、ぎゅっとにぎる。「マッチはどこ、おじいちゃん? マッチが必要だよ」

祖父は、たった今その存在《そんざい》に気づいたみたいに、自分の手を見つめた。

「わからん」

床はまるで、キャンドルのカーペットを敷《し》いたようだった。フィオンたちのあとをつけるようにしてふきこんできた風が、あっちへこっちへとキャンドルを転がす。

「あったわ」ぐちゃぐちゃのなかをつま先立ちで歩きながら、タラが言った。差しだしたその手のなかに、小さなマッチの箱がある。「食器棚《しょっきだな》にあったよ」

炉棚《ろだな》の上に置かれた、ガラスでできたキャンドルの受け皿のなかには、まだ半分くらいろうが残っていた。でも、その上に五センチくらい水がたまっている。フィオンは受け皿を持って部屋を出ると、玄関《げんかん》の外に水をすてた。それから、肩《かた》にかけたタオルで表面をふいた。炉棚の上に受け皿をもどすと、キャンドルの芯《しん》に火をつける。その火ははじめ、まるで燃《も》え方《かた》を忘《わす》れてしまったみたいに、今にも消えそうにゆらめいていた。たのむ。フィオンは願った。しっかり燃えてくれ。早く燃えてくれよ。

炎《ほのお》は力強さを増《ま》してはげしく燃え、ついににおいがもどり、フィオンの鼻孔《びこう》は海のにおいに満たされた。フィオンはひっくりかえっていたひじかけいすをもとにもどすと、できるだけ暖《だん》炉《ろ》のそばに近づけた。

「おじいちゃん、ここに座《すわ》って。すぐに気分がよくなるよ」

祖父《そふ》は言われたとおりにいすに腰《こし》をおろすと、目を閉《と》じた。キャンドルのにおいが居間《いま》に充満《じゅうまん》していく。

タラが紅茶《こうちゃ》を持ってきた。

「ティーバッグで、きっかり二分半むらす。ミルクは三十ミリリットル。おじいちゃんの好みの入れ方よ」

祖父は、なにも言わずにカップを受け取った。

タラとフィオンは、キャンドルをひろい集めて、棚《たな》にもどしはじめた。コートとぼうしをコートかけにかけ、ちらかったキッチンもあるべき状態《じょうたい》にもどした。ひびが入った窓《まど》に物置小屋で見つけた板を打ちつけ、玄関《げんかん》ドアは四回トライしてなんとかちょうつがいにつけることができた。開《あ》け閉《し》めするたびギーギーとひどくうるさい音がし、下には二センチ半くらいのすきまができたが、それでもなんとか閉まるようになった。残りのあんなことやこんなことは、もう明日にまわそう。

家のなかがなんとか整ったので、フィオンは祖父をベッドに連れていき、ブーツをぬがせ、清潔《せいけつ》であたたかいセーターに着がえさせた。キッチンで、タラの携帯《けいたい》が鳴っているのが聞こえる。フィオンは祖父に羽ぶとんをふわりとかけると、首もとにたくしこんだ。

「ありがとう」と、祖父が言った。

フィオンは、落ち着かなげにその場でうろうろしていた。まるで島を飲みこみ、それが胃からもどってきそうな気分だった。フィオンは祖父に話したくてたまらなかった――初めての冒《ぼう》険《けん》の話を。父がどんなふうに助けに来てくれたかを。自分を息子《むすこ》だとわかっていてくれたことが、父のまなざしから伝わってきたことを。最後の瞬間《しゅんかん》まで、ふたりでいっしょに海と戦ったことを。つまり、コーマック・ボイルはもっとも勇かんな男だということを。

そして、そのあとのことも伝えたかった――アイヴァンに触《ふ》れた指先に衝撃《しょうげき》が走ったこと、アイヴァンの目がからっぽだったこと、そしてモリガンの声が聞こえたこと。あまりにもはっきりと、あまりにも近くで。アイヴァンの言葉がよみがえる。

——少年がもどる時、彼女《かのじょ》は目覚める。

フィオンは、ごくりとつばを飲みこんだ。祖父《そふ》が数日前に言った言葉が思いだされる。

——フィオン、おまえがフェリーからおりたったあの日、島が目覚めた。

そして、モリガンも目覚めた。

このことをわかってくれる人は、この世にひとりしかいない。そして、その人は今、果てしなく遠いところにいる。

フィオンは祖父の顔をのぞきこむと、小さな声で言った。

「ぼくのこと、わかる、おじいちゃん?」

祖父は長い間、じっとフィオンのことを見ていた。祖父の目のなかで、雲が移《うつ》っていく。青い光の筋《すじ》が嵐《あらし》をおしのけようとする。祖父の顔のしわがいちだんと深くなり、嵐の痕跡《こんせき》が、祖父のほおに残っていたほんのわずかな色みをうばっていく。

「そうだな。奇妙《きみょう》な話だが、わしはおまえがだれか、わからんな」

フィオンの顔がくしゃくしゃになる。

「だが、わしがおまえを愛しとることは、わかるよ」目を閉《と》じながら、祖父が言った。それからにっこりほほえんだ。祖父のどこか内側で、太陽がのぼってきているように見えた。「なんとも奇妙な話だな」

フィオンは、もう一度息ができるようになるまで待った。

「ぼくもおじいちゃんのことが大好きだよ」

キッチンにもどると、タラがテーブルについて携帯《けいたい》の画面をスクロールしていた。テーブルの上には、急ごしらえのハムサンドの皿が置いてある。

「おじいちゃん、よくなった？」

フィオンはタラのとなりのいすに、ドサッとしずむように座《すわ》った。

「そうだといいけど」

タラはフィオンの前に、紅茶《こうちゃ》のマグカップをすべらせた。ミルク色の液体《えきたい》がピチャピチャとあふれそうになる。

「バートレイとあたしは、願いごとなんてできなかったのよ、フィオニー」

「なんだって？」

「バートレイが口を開く前に、あたしが洞《どう》くつからおしだした。力のかぎりおしたの……その時、洞くつがあたしを暗闇《くらやみ》に引っぱりこんで。あたしには戦うだけの力が残ってなかった。あたしがいた場所、あそこがどこかわからないけど、魔法《まほう》の近くではなかった。少なくとも、い い魔法の近くじゃなかった」そう言うと、タラは携帯をタップした。そして、ささやいていると言っていいような小声でこう言った。「でも、なにはともあれ、あたしの願いがかなったとしたらどうする？　さっき、母さんから電話があったの。なにがあったか話しておいた」

フィオンは手にマグカップを持ったまま、固まった。

「母さん、明日の朝一番のフェリーで島に来るって」うす暗がりのなか、タラの黒い目が輝《かがや》いている。「母さんがアランモアにもどってくるのよ、フィオン」

＊＊＊＊

バスルームに入り、シャワーをひねってお湯を出しっぱなしにすると、フィオンは服を一枚《まい》ずつはがすようにぬぎはじめた。ジーンズをぬぐときには、特に力を入れて引っぱらないといけなかった。なんとかひっぺがしてバスルームのすみに放り投げた時、なにかがポケットから飛びだし、洗面台《せんめんだい》にカランと音を立てて落ちた。

洗面台をのぞきこむと、エメラルドがフィオンに向かってきらりと光った。それは、ちょうどフィオンの手のひらにのるくらいの大きさ――大きくて重くて、ほぼまん丸――のエメラルドだった。

その夜ベッドに入る時、フィオンはベッドわきのテーブルにエメラルドを置いた。石のまわりにかかる、もやのようにかすかな緑色の光に見とれる。

「それ、なに？」あくびをしながらタラが聞いた。まぶたが半分閉《と》じかけている。

「さあ……」暗闇《くらやみ》のなか、フィオンは目をしばたたかせながらエメラルドを見つめた。

眠《ねむ》りにたぐり寄《よ》せられ、今日一日の出来事がふわふわとどこかへただよっていく。残る意識《いしき》はひとつだけ。それは、今朝起きた時と自分がなんら変わった感じがしないという思いだった。もし、タラが口にできなかった願いがかなったのならば、バートレイの願いも、なんらかの具合でかなったのかもしれない。

それか、もしかしたら、自分はそもそも〈ギフト〉をさずかるのにふさわしくなかったのかもしれない。

もし、フィオンがこれほどまでに疲《つか》れ切《き》っていなければ、このことについてもう少し長く考え、くよくよしていたかもしれない。だが、眠りにさそわれ、フィオンがすなおにその波に身をまかせると、エメラルドは「おやすみ」というように光った。

25. 〈嵐《あらし》の守り手〉の武器庫《ぶきこ》

フィオンは、ま夜中にはっと目を覚ました。なにかからにげていた気がする。全身に鳥肌《とりはだ》が立ち、歯がカタカタと鳴っている。声のかぎりにさけびたいような、息が切れるまで笑いたいような気持ちにおそわれる。

暗闇《くらやみ》のなか、ベッドわきのテーブルでは、エメラルドが緑色の輝《かがや》きを放っている。フィオンはエメラルドを手に取ると、ぎゅっとにぎりしめた。その熱が手のひらから腕《うで》へと伝わってくる。夢《ゆめ》はエメラルドのしわざか？　幸せそうにいびきをかいているタラにちらりと目をやると、フィオンはあやしむようにエメラルドをじっくり見て、それからポケットにおしこんだ。

フィオンはもはや、横になっていられなかった。頭のてっぺんから足の裏《うら》までぞわぞわする。いきおいあまったエネルギーがフィオンを天井《てんじょう》までふき飛ばして、ハエのようにぺしゃんこにつぶしそうで不安になる。

ベッドから飛びだしたフィオンは、居間《いま》に向かった。居間を行ったり来たりし、体じゅうの骨《ほね》が歌いやめるのを待つ。だが、ちっとも落ち着かない。そこに祖父《そふ》が、寝《ね》た時のままのかっこうでそっと入ってきた。

祖父の目はかなり澄《す》んできていたが、縁《ふち》のほうにまだ雲が残っていて、少しずつ青色を取りもどしつつある感じだった。

「眠《ねむ》れないのか、フィオン？」

フィオンは満面の笑みをうかべた。ちょっと変わった、舞《ま》いあがった感じがする笑い声――喜びと悲しみと安心感とうきうきした気分がごちゃまぜになった感じ――が口からこぼれ出る。

「寝るどころか、横にさえなってられないよ！」

祖父はフィオンに、くいくいっと指で合図をした。

「いっしょにおいで」

フィオンは、はずむ足取りで祖父についていった。暗い廊下《ろうか》をぬけ、裏庭《うらにわ》に出る。満月がふたりを見おろしている。祖父はキャンドル作りの道具が入った箱を物置の荷物の山から掘《ほ》りだすと、バーナーを準備《じゅんび》した。そばのスツールに座《すわ》り、片手《かたて》をフィオンに差しだす。

「おめでとう」と、そっと言う。

フィオンは、風雨にさらされてきた祖父の手をじっと見た。海で長年すごし、過去《かこ》に埋《う》もれたさまざまな場所を冒険《ぼうけん》した、ごわごわの手。フィオンは胸《むね》を熱くしながらその手を取った。

祖父の手とくらべると、自分の指はなんて細くきゃしゃなことだろう。

「ぼくが、〈嵐の守り手〉になったの？」

「おまえが〈嵐《あらし》の守り手〉だ」祖父《そふ》はそう言うと、ぎゅっとフィオンの手をにぎった。「わしはものすごくおまえをほこりに思うぞ」

ぼくが〈嵐の守り手〉になったんだ。

フィオンは、祖父の向かいにあるスツールに腰《こし》をおろした。

「かわいそうなバートレイ」にやりとしながら言った。

祖父は鍋《なべ》をバーナーにかけると、細かくきざんだろうをふくろからざーっと入れた。

「かわいそうなベティ」

フィオンは箱から型《かた》を取りだし、銀色の円盤《えんばん》を底にはめ、二本の指で芯《しん》をまっすぐにした。祖父と話すことならほかにある。エリザベスは明日目を覚ましたら、自分の孫が願いをかなえたとうそをついたことに気づいて、燃《も》えるような目をして怒《おこ》るだろう。だが、今はそんなことよりもっと大事なことについて話さなくては。

「今日、父さんと会ったんだ」と、フィオンが言った。声に出してみると、なんだかおかしな感じがする。とんでもなくありえない夢《ゆめ》を見ながら、まだ半分眠《ねむ》っているような感覚だ。「父さんが〈海の洞《どう》くつ〉でぼくを助けてくれたんだ。父さんは自分の嵐のなかをやってきて、ぼくの嵐に入ってきた。ぼくがだれだかわかってたよ、おじいちゃん。父さんがそう言ったんだ！」

祖父はバーナーの火をつけようとかがみこんだまま、目を上げた。ろうの鍋の縁《ふち》ごしに、フイオンをじっと見る。

「わしはずっと、〈ささやきの木〉がコーマックに告《つ》げたことはなんだったんだろうと考えとった。〈ささやきの木〉から帰ってきた時、あいつはあまりにも落ち着いておったからな……」語尾《ごび》がだんだん小さくなり、口がゆがむ。「とうとう、そのなぞが解《と》き明《あ》かされたのかもしれんな」

フィオンは、のどにつかえたかたまりを飲みこもうとした。息子《むすこ》が生き残るためにはどんな代償《だいしょう》をはらわなければならないのか、父にはわかっていた。そして、喜んでそれをはらってくれたのだ。これほどまでに無償の愛を、勇かんな行いを、フィオンはほかに想像《そうぞう》できなかった。父が〈嵐の守り手〉になる前に死んだのは、もしかして勇気が足りなかったからじゃないかって、どうしてうたがったりしたのだろう？

祖父は視線《しせん》を、フィオンの後ろの夜空に向けた。

「コーマックがあの嵐に飲みこまれ、わしは少なくとも百回はあのキャンドルを燃やそうと考えた」そう言いながら、祖父は首をふった。涙《なみだ》で目がうるんでいる。「わしはただの一度もあのキャンドルに火をつけたことはない。自分のためのものではないからな」

フィオンの頭のなかで、父の声がこだまする。

——勇気を出すんだろ、フィオン？　これからやってくるもののために、おまえには勇かんであってほしい。

鍋《なべ》のなかで溶《と》けていくろうを見つめながら、祖父《そふ》とフィオンは思いをめぐらせた。〈ささやきの木〉はいったいなにをフィオンの父に見せたのか、島はどうして父よりもフィオンを救うことにしたのか。

アイヴァンの言葉もよみがえる。

――少年がもどる時、彼女《かのじょ》は目覚める。

無数の星のきらめきが溶けたろうの表面で反射《はんしゃ》し、だまったまま鍋のなかを見つめるふたりにウインクしている。

フィオンがふたたび祖父の顔を見上げると、祖父の顔は月の光のように青白く、青い目は縁《ふち》がまだぼんやりとしていた。祖父は革《かわ》のふくろから新しい針《はり》を取りだすと、火であぶった。そして、その針をフィオンにわたした。

「準備《じゅんび》はいいか？」

――準備はいいか、息子《むすこ》よ？

どこか遠くで、フクロウがホーと鳴いた。月はしずみつつあり、風は海の味がした。

フィオンは立ちあがると、祖父から針を受け取った。

指に針をさす。これまで感じていた気持ちのすべてが一気に表面に泡立《あわだ》ってきて、自分が爆《ばく》発《はっ》してこなごなになってしまいそうな感覚におそわれる。指を鍋の上に差しだすと、フィオンのなかから海水が一滴《てき》出て、鍋のなかに落ちていった。ポチャン！　とたしかな音がする。

一羽のフクロウが、羽にあびた星の光をまき散らしながら、上空高く飛んでいった。そよ風がフィオンの髪《かみ》をなで、祖父は手をたたいてほほえんだ。

あふれんばかりの幸福感につつまれたこの瞬間《しゅんかん》、フィオンは自分が百倍も大きくなり、千倍も大人になったように感じた。風をじっと見つめたら、ボイル家の先祖《せんぞ》がそろって同じようにほほえんでいるのが、そこに見えそうな気がする。

「上出来だ！」祖父が歓声《かんせい》をあげた。

――上出来だ！

島がささやいた。フィオンは、いろんなものが織《お》りあわさってできた島のタペストリーの内側のどこか深いところに、父の声も織りこまれている気がしていた。

フィオンは、スツールにどさりと座《すわ》りこんだ。骨《ほね》はふるえるのをやめ、ほおからは熱が引いた。とつぜん、どっと疲《つか》れを感じた。フィオンが息をつく間に、海がろうに入りこみ、ろうはフィオンが思いつくすべての色あいの青に変わった。縁はむらさきに輝《かがや》き、暗い竜巻《たつまき》がろうの表面に細い色の筋《すじ》をいくつも散らしていく。そしてついに、フィオンが洞《どう》くつで手にした最後のキャンドル〈コーマック〉の色あいやデザインとそっくりになった。

「どこかほっとする気分だ」と、祖父がつぶやいた。「おまえが指に針をさし、おまえのなかから魔法《まほう》が流れだす……だが、魔法は明日にはふたたびおまえのところにもどってくる。そしてまた次の日……」祖父はそう言いながら自分の指に視線《しせん》を向けた。十本の指をもぞもぞと動かす。「恋《こい》しくなるだろうな。自分にとって当たり前になってしまったことに別れを告《つ》げるのは、そうそうかんたんなことではない」

銀色の線が、ろうのなかをぬうように進む。フィオンの舞《ま》いあがった気分はもう消えていた。でも、悲しい気分だったわけでもない。今の感覚は……そう、なんだか奇妙《きみょう》に落ち着いていた。この瞬間《しゅんかん》に、しずみゆく月の光に、フィオンの髪《かみ》をなでるそよ風に、ふさわしい感覚だった。

──勇気を出すんだろ、フィオン？　これからやってくるもののために、おまえには勇かんであってほしい。

フィオンは鍋《なべ》を持ちあげると、溶《と》けたろうを注意深く貝がらの型《かた》に流しこんだ。

「これ、なんていう名前にしたらいいの？」

「それは〈嵐《あらし》の守り手〉が決めることだ」そう言うと、祖父《そふ》は型の側面を軽くたたいた。すると、ろうのなかをいろんな色が飛びかってぬうように走り、次から次へとおしよせてくるたくさんの細かい波でできた貝がらのようになった。

フィオンは、キャンドルをにぎりしめた。ろうが手のひらに温かい。とつぜん、答えがひらめいた。

「これは、〈フィオン〉だ」

あの〈コーマック〉とふたごのようなキャンドル。

冒険《ぼうけん》のかおりがおしよせるなか、芯《しん》の色が白からエメラルドグリーンへと変わっていく。

「一滴《てき》の水から一滴の魔法《まほう》が生まれる」祖父は小さな声でつぶやいた。「これまでにもこういうことがあったのか、わしにはわからん。島の人間が〈時の層《そう》〉をつきやぶり、〈時の層〉どうしをあんなふうにつなぎあわせてひとつにする――未来と過去《かこ》と現在《げんざい》が同じ空の下でたがいに作用しあい、ふたりの後継者《こうけいしゃ》がそのまんなかで出会う。ひとりがもう片方《かたほう》を助ける。島は、自分の規則《きそく》をかなりたくさんやぶった。それがなにを意味するか、おまえにわかるか？」

そう言いつつも、祖父はフィオンの返事を待ってはいなかった。

「それはつまり、おまえが生まれる前から、島はおまえのためにいろいろ準備《じゅんび》しとったということだ」祖父は首をかしげ、とつぜん燃《も》えるような視線《しせん》になった。「おまえにはここでなすべき仕事があるということだ。それは、おまえひとりだけの問題ではない。それどころか、この島の内におさまる問題でもないんだ」

――闇《やみ》が再《ふたた》び世界を支配《しはい》する。

フィオンの腹《はら》の奥深《おくぶか》いところにひそんでいたヘビが、ずるずるとはって表面に出てきた感じがする。フィオンはポケットからエメラルドを引っぱりだし、作業台の上に置いた。

「この石が、洞《どう》くつからぼくについてきたんだ。ダグザのものだと思う」

祖父は目を見開いて、まばたきもせずにエメラルドを見つめた。

「モリガンもあの洞くつにいた」フィオンは、こんな言葉がいともかんたんに自分の口から出てきたことにおどろいた。これからなにが起ころうとも、これまでになにが起こっていようとも、今はなにもどうしようもないことはわかっている。まぎれもない事実を話すことがこんなにこわくないなんて、おどろきだった。

——フィオン・ボイルよ、わたしはおまえを知っている。

——おまえを覚えている。

——おまえはわたしを覚えているかい？

「おまえ、モリガンの声を聞いたのか？」と、祖父《そふ》がたずねた。

「ぼく、モリガンを感じたんだ。モリガンは目覚めてるよ、おじいちゃん」

——そして、ぼくがモリガンを目覚めさせた張本人《ちょうほんにん》なんだ。

フィオンはさけびたかった。

祖父は一瞬《いっしゅん》体を固くし、くちびるをきゅっとかみしめた。

「そうか、ということはついに、モリガンが埋《う》められている場所がはっきりしたわけだな。ずっと、あそこがあやしいとは思っておったが、なかなか確証《かくしょう》が得られんかった」

フィオンは、息を吐《は》いた。背骨《せぼね》から腰《こし》にかけてずきずきと脈《みゃく》打つようにうずく。ぞわぞわと背骨を伝いおりた恐怖《きょうふ》が、一番下で行き場を失って引っかかっている。自分とタラは死ぬところだった。いや、待ち受けていたのは、単なる死よりも恐《おそ》ろしいことだったのかもしれない。モリガンの魔《ま》の手に落ち、恐怖といたみと悲しみに耐《た》えきれなくなり、ついには自分の内側のあらゆる光が消え、魂《たましい》の糸がすべてほどけ、影《かげ》に飲みこまれるところだったのだ。

「アイヴァンは、〈ソウルストーカー〉だよ」

祖父は、「クソッ」という言葉を飲みこんだ。

フィオンは一瞬ためらったが、残っていたわずかな勇気をかき集め、もっとも恐れていることを口にした。

「あいつは、モリガンを復活《ふっかつ》させるために島に来たんだ。どうしたらあいつを止められるのかわからない」

祖父は急に立ちあがると、フィオンについてこいと手まねきして家のなかに入った。フィオンは作業台の上のエメラルドを取ると、祖父のあとを追った。にぎったとたん、エメラルドのおかげで気分がよくなった。

炉棚《ろだな》に置かれたキャンドルの炎《ほのお》が照らすだけの暗い居間《いま》で、ふたりはたがいにちょっとはなれて立った。無数のキャンドルがフィオンをじっと見つめている。

「わしは十五歳《さい》のとき、未来をのぞき、この島にとてつもない闇《やみ》がおし寄《よ》せることを知った。おまえのことも見た。あれはたしかに、おまえだったよ」祖父の顔がくしゃくしゃになる。

「そして、わしの前に〈ささやきの木〉をおとずれたこれまでの〈嵐の守り手《あらし》〉同様、自分の運命がもっと大きな運命の一部であること、自分の力が自分だけのものではないことを知った。魔法が自分のなかにそそがれたあの日からずっと、その魔法を指先から出してきた。一滴《てき》一滴、なにかが起こるたびに。嵐が起こるたびに。だが、どうやら記録を続ける日に終わりがおとずれたようだ」祖父《そふ》の表情《ひょうじょう》は暗く、目の奥《おく》には影《かげ》が落ちている。「おまえの役目は、わしとはちがうものになるだろう、フィオン」

恐《おそ》ろしいほどの静けさにつつまれる。

心臓《しんぞう》の音だけが、ドクドクとひびく。

「おまえの役目は、ダグザの魔法《まほう》をキャンドルにつめこむことではない」祖父はフィオンの片《かた》方《ほう》の手を取ると、手のひらを上に向けた。青い血管《けっかん》が手首の肌《はだ》にくっきりと透《す》けて見える。「おまえは魔法をすべて内にとどめておくんだ。魔法が集まって強くなる。おまえはその魔法に耐《た》えることを、そして魔法をかきたて、使いこなすことを学ぶのだ。そうすれば、万一モリガンが地面の下から自身を解《と》き放《はな》ったとしても、おまえがこの島を守ることができるだろう」

——〈嵐《あらし》の守り手〉がそのために血を流せば、彼女《かのじょ》は立ちあがる。

フィオンはあちこち切ったりすりむいたりして、洞《どう》くつのなかで血を流した。モリガンの復《ふっ》活《かつ》には、あれでじゅうぶんだったのだろうか？　それとも、肉屋で売る豚《ぶた》を育てるようにバートレイをあれこれ世話していたアイヴァンが、次はフィオンにねらいを定めて近づいてくるのだろうか？

フィオンは祖父の手のなかから、自分の手を引っこめた。自分の手首をぎゅっとつかみ、まわりの棚《たな》をじっと見つめる。

「キャンドルはどうするの？」

祖父は棚からクレヨンぐらいの大きさのキャンドルを取ると、手のひらで転がした。

「キャンドルの魔法はおまえには必要ない、フィオン。もうおまえの血のなかには流れているからな」

「じゃあ、これはだれのためのものなの？」

「モリガンにすら手下がおる。その時が来たら、おまえにも仲間が必要だ。そのために、わしが武器《ぶき》をたくわえておいた。全員、それぞれの役目がある。タラにはタラの、シェルビーにはシェルビーの。バートレイにもベティにも。そして、アランモアのために立ちあがるほかのすべての人々に、それぞれ役目があるんだ」祖父は魚のしっぽをつかむようにキャンドルを持って、ぶらぶらとふった。「わしはなにひとつ約束できんし、なにが起ころうと変えることはできん。言ってやれることも、これくらいだ。おまえはこの闇《やみ》に対して、ひとりで立ち向かう必要はない。島はなんの装備《そうび》もなく闇に立ち向かうわけではないんだ」

フィオンはかわいたのどを、ゴクリと鳴らした。世界はかたむきだしている。もはやもとにもどすことはできない――フィオンはこの世界と前に進まねばならない。一族に流れる血と、その血管のなかにある海が導《みちび》く場所へと。無意識《むいしき》のうちに、フィオンはすでにこの世でもっとも危険《きけん》な救命艇《きゅうめいてい》に乗り、今、人生で一番大きな嵐にこぎだそうとしていた。

「ぼくに選択肢《せんたくし》はないの？」

――フィオン・ボイルよ、わたしはおまえを知っている。おまえはわたしを覚えているかい？

祖父《そふ》はぽつりと言った。

「すまない、フィオン。おまえでなければよかったと思うよ」

フィオンは棚《たな》を、うす明りのなかで光るかけがえのないキャンドルの数々を、じっと見た。

それは祖父の血、祖父の命。

まっ赤に血走った目と、ろうにまみれた指。

記憶《きおく》がこっそり消えていく。顔が、名前が、ひとつずつ、ひとつずつ。

それもこれもすべて、これ――〈嵐《あらし》の守り手〉の武器庫《ぶきこ》を作るためだったのだ。

きのう、祖父が言った言葉がよみがえる。

――フィオン、ひと口に勇気と言ってもいろいろだ。

「どうやって魔法《まほう》を取りだすの？」フィオンがたずねた。

祖父はキャンドルを持ちあげた。うす明りのなかで、真ちゅう色のキャンドルが輝《かがや》いている。

キャンドルの下に手をやると、底の銀色の小さい円盤《えんばん》をさっとはぎ取った。

「まず底をはずす」キャンドルの芯《しん》が底からちょろっと出てきた。「魔法の流れを逆《ぎゃく》にするんだ」

祖父はそう言うとキャンドルを上下ひっくりかえし、底から出ていた芯に火をつけ、キャンドルをまたひっくりかえした。底から燃《も》えはじめた炎《ほのお》はすぐ見えなくなり、重力と理屈《りくつ》に反するようにキャンドルの内側を上へ上へとのぼっていく。祖父が、がくんとよろめいた。まるで胸《むね》の奥《おく》にあるなにかが、外に出ようと体当たりしてきたみたいだった。

「魔法がおまえを〈記憶〉のなかに引っぱりこむのではなく、おまえが魔法を自分のなかに取りこむんだ」祖父が苦しそうにあえいだ。

火はキャンドルの内側から、ろうを燃やした。ろうの残がいをにぎりつぶす祖父の目があらしい。それから祖父は炉棚《ろだな》の上で燃えているキャンドルに注意を向けた。息がヒューと鼻からぬける音がする。あいているほうの手でその炎をなでると、炎は大きくなり、天井《てんじょう》に向けておどるように燃えあがった。指を曲げて、炎の向かう方向を変える。燃える滝《たき》が暖炉《だんろ》の上から落ちているかのようだ。炎の滝はからっぽの火格子《ひごうし》に飛びこみ、ひとつにまとまって煙突《えんとつ》をかけあがった。

「煙《けむり》……火の気のない暖炉から出ていたよね」フィオンがそっとつぶやいた。

「〈嵐の守り手〉の魔法だ」キャンドルの残がいをかかげながら、祖父が言った。「煮《に》つめられ、閉《と》じこめられた魔法」

肩《かた》に新しい荷がのしかかったような気がして、フィオンは手のひらの血管《けっかん》をなぞった。血管は前より暗く、青く見えた。もうすでにフィオンは、その魔法の力が体の内側にたまってきているのを感じていた。潮《しお》が流れこんできている。

「ぼく、なにをしたらいいの?」

祖父《そふ》の手のなかで、キャンドルの残がいがくだけた。暗い部屋のなか、祖父の目が光っている。

「自分の魔法《まほう》を高めろ。実際《じっさい》に魔法になにができるか、たしかめるんだ」

26. とびきりの贈《おく》り物《もの》

フィオン・ボイルはアランモアの波止場の端《はし》に立って、朝一番のフェリーが港に入ってくるのを見ていた。いっしょに祖父の家を出てからずっとしゃべり続けている姉のことを、できるだけ無視《むし》しようとしているところだ。

「母さんがフェリーからおりてきたら、あたしが最初にハグするんだからね。だってあたしのほうが年上だもん。それに、母さんだってあたしに会えるのがなによりうれしいだろうし。なんてったって、あたしのほうが長くいっしょにいるんだから」

「いいよ」

「あと、話はおじいちゃんちに着いてからだからね。おじいちゃんもくわしく聞きたがったら、また最初から話さなくちゃいけなくなって、母さんがうんざりしちゃう」

フィオンは、ぐるりと目をまわした。

「わかった」

「話すのはあたしにまかせて。なんてったって、あたしには語りの才能《さいのう》があるんだから。あんたはどうでもいいことまで話しちゃうでしょ。そうすると話がつまんなくなって、聞いてる人はあきちゃうからね」

「命を救ってくれた相手には、もっとやさしくするもんだとばっかり思ってたよ」

タラはフィオンをじろりとにらんだ。

「これ以上やさしくしろと？」

カモメの群《む》れが、ふたりの頭上をさっとかすめ、沖《おき》へと飛んでいった。そして、港にゆっくりと入ってくるフェリーのまわりをぐるぐると円を描《えが》くように飛んだ。

サイレンが鳴る。

フィオンはたじろいだ。

「あの音にはいつまでたっても慣《な》れないや」

「断末魔《だんまつま》の牛のさけび声に似《に》てるよね？」と、タラも言った。

乗客がスーツケースを引っぱりながらフェリーからおりてくると、ふたりはひとりひとりの顔をじっと見た。乗客たちはむかえを探《さが》してうろうろし、広げた腕《うで》のなかに飛びこんで、波止場にならんだ車のなかへと消えていった。

母がフェリーのおり口に姿《すがた》を現《あらわ》すまで、フィオンは緊張《きんちょう》のあまりのどがつかえ、うまく息を吐《は》くことができなかった。母は両腕をぎゅっと体に巻《ま》きつけて、フェリーと島の間でまよっているように立ち止まった。後ろにフェリーがそびえ、前には島が広がっているせいか、母の姿《すがた》はフィオンが覚えているよりもずっと小さく見えた。母はお気に入りの緑色のカーディガンを着ていた。髪《かみ》はポニーテール。おくれ毛が顔のまわりでおどっているのは、風が「フェリーからおりてごらん」とさそっているからだろうか。

「母さん、なんだかこわがってるみたい」と、タラが言った。

「こわいんだろ」と、フィオン。

「あたしたち、同時に母さんをハグしたほうがいいかも」

「ぼくもそう思う」

フェリーからおりてきた人たちをかきわけるようにしてふたりは進んだ。フェリーのおり口の手前まで行くと、母の目がぱっと輝《かがや》いた。

「わたしのかわいい子どもたち！」

タラが母をむかえにフェリーに飛び乗ろうとしたとき、フィオンはタラのティーシャツの背《せ》中《なか》をぎゅっとつかんだ。

「待てよ」と、ささやいた。

両手を大きく広げほほえむ母。その口の両端《りょうはし》は、ちょっとひきつっている。ほんの一瞬《いっしゅん》、母がためらった——それはほんとにほんの一瞬で、フィオンだって注意していなければ完全に見落としていたかもしれない。

母はフェリーからおりたち、島はほっとため息をもらした。

「会いたかった！」フィオンとタラが母にぶつかるようにだきついていくと、母はそう言った。

フィオンは、母のカーディガンに顔をおしつけ、ふるえる母の体をぎゅっとだきしめた。

「ぼくたちも会いたかったよ、母さん！」

「あたしたちの話を聞いたら、きっとおどろくわよ！　すっごい冒険《ぼうけん》をしたんだから！」反対側からタラが母をだきしめながら言う。

母が笑ってるのか泣いてるのか、フィオンにはわからなかった。三人はそんなふうにして長い間その場に立っていた。海と陸の境《さかい》めで、たがいにだきあって肩《かた》をふるわせながら。フィオンの指先はパチパチと音を立て、魔法《まほう》が体のなかでくらくらするようなリズムをきざんでいる。フィオンは指先をぎゅっと丸めると、立ちのぼってくる力のうずを下へ下へとおしもどした。

風が巻《ま》きおこり、三人を包む。フィオンにはまた、あの声が聞こえた――今度は自分の声と同じくらいなじみのある声として。

「こっちへおいで。おまえのふるさとだ」

今回、それはフィオンに向けた言葉ではなかった。

空にはまだ雲が残り、水平線のあたりにはぶきみな黒い影《かげ》が集まっているのが見える。

だが、ようやくここに全員そろった。

故郷《こきょう》に帰って来たのだ。

エピローグ

嵐《あらし》におそわれた島の、岬《みさき》の小さな家で、フィオン・ボイルは眠《ねむ》りながらほほえんでいた。夢《ゆめ》のなかで、フィオンは空飛ぶ馬に乗っていた。きらきら輝《かがや》くむらさき色の雲のなか、馬はジェットコースターのように上がったり下がったりしながら飛んでいく。フィオンはふりおとされまいと、その雪のように白いたてがみにぎゅっとつかまっていた。

明日、フィオンは十二歳《さい》になる。

島は自分が決めた結果に満足し、自分に託《たく》された新しい守り手を見守った。アランモア史上最年少の〈嵐の守り手〉となるフィオンは、歴代の守り手のなかでも、もっとも過酷《かこく》な仕事をすることになるだろう。血管《けっかん》を流れる海の最後の一滴《てき》まで、心のなかにある勇気の最後のひとかけらまで使うことになるかもしれない。だが、フィオンは喜んでそれらを差しだすだろう。なんといっても、フィオンはあの父の息子《むすこ》なのだ。島はそれをよく知っている。島はフィオンをここにもどすために、ずいぶんと規則《きそく》をやぶった——ほとんどすべての規則をやぶったと言っていい——でも、公正さを問われる時は終わった。闇《やみ》がいつ復活《ふっかつ》してもおかしくないのだ。

だが今のところ、島は少年を眠らせておいた。風をゆるやかにし、カモメたちをだまらせて。

フィオンが夢《ゆめ》という安全な場所で安らげるように。
少なくとも、今しばらくは。

訳者《やくしゃ》あとがき

アイルランドに実在《じつざい》するアランモア島を舞台《ぶたい》に、アイルランド神話のエッセンスを取り入れて描《えが》かれたファンタジー「嵐《あらし》の守り手1．闇《やみ》の目覚め」いかがでしたか？

作者キャサリン・ドイルはアイルランドで生まれ、窓《まど》の外には常《つね》に大西洋が見えるという環《かん》境《きょう》で育ちました。一日のスタートは海岸の散歩から、という生活が彼女《かのじょ》の心と魂《たましい》に影響《えいきょう》を与《あた》えたことは言うまでもありません。そうは言っても子どものころのドイルにとって、その環境は自然ばかりでおもしろみに欠けるものに思え、さしてうれしいものではなかったようです。ところが大人になり、祖父母《そふぼ》が住むアランモア島を十年ぶりに訪《おとず》れてみると、祖父母が生まれ育ち恋《こい》に落ちたこの島こそが自分のルーツだという強い思いがわき起こり、その気持ちがこの作品を生み出す力となりました。

ところでみなさんは、アイルランドについてどんなことを知っていますか？　アイルランドはアイリッシュ海をはさんでイギリスのすぐ西隣《にしどなり》に位置《いち》していますが、その言語や文化はイギリスとはかなり異《こと》なります。例《たと》えば、英語《えいご》のアルファベットが二十六文字あるのに比《くら》べ、アイルランド語のアルファベットは十九文字しかありません。文の語順は「動詞《どうし》・主語・目的語」が基本《きほん》となります。発音はスペルに沿っているとは言《い》い難《がた》く、本作品にもキャンドルの名前としていくつかアイルランド語が出てきますが、Suaimhneas（スァヴィネス）、Saoirse（スィアシャ）と、かなりスペルと発音が離《はな》れているような印象《いんしょう》を受けます。現在《げんざい》、アイルランドの第一公用語はアイルランド語で、政府《せいふ》は公的な使用を推奨《すいしょう》しています。義務《ぎむ》教育での必須《ひっす》科目でもありますが、ほとんどの地域《ちいき》では英語《えいご》（アイルランド英語）が日常的《にちじょうてき》に使用されており、アイルランド語の話者はほとんどいないのが現状《げんじょう》です。

独特《どくとく》な文化には、古代ケルトの世界観が大きな影響《えいきょう》を与《あた》えました。アイルランド神話はその世界観を色濃《いろこ》く反映《はんえい》しており、本作品でも重要《じゅうよう》な役割《やくわり》を果たしています。本作品に出てくるダグザとモリガンは魔導士《まどうし》という形を取っていますが、それはあくまでドイルの創造《そうぞう》であり、アイルランド神話ではふたりとも神です。ダグザはアイルランド神話の最高神と考えられており、神々の父と呼《よ》ばれるほどの「善《よ》き神」で、自在にその姿《すがた》を変え、さまざまな形でアイルランドの伝説に登場します。戦士としてのダグザは強力な武器《ぶき》であるこん棒《ぼう》や槌《つち》を持った姿《すがた》で描《えが》かれ、本作品でもダグザは杖《つえ》を持っていて、その先端《せんたん》につけられていたエメラルドをフィオンが受《う》け継《つ》ぐことになっています。

一方のモリガンはふたりの妹とともに三位《さんみ》一体の戦いの女神であり、ワタリガラスはモリガンの化身《けしん》であるとされてきました。本作品でも、モリガンの存在を匂《にお》わせる役目としてワタリガラスが頻繁《ひんぱん》に登場し、ソウルストーカーの胸《むね》にはモリガンに囚《とら》われている証拠《しょうこ》としてワタリガラスの入《い》れ墨《ずみ》が彫《ほ》られています。モリガンはゲームのキャラクターにも使われることが多いので、どこかで名前を耳にしたことがある人もいるかもしれません。なお、ワタリガラスは日本の一般的《いっぱんてき》なカラスと比《くら》べるとかなり大きく、体長は約六〇センチ、両翼《りょうよく》を広げると一メートル以上にもなります。

舞台《ぶたい》であるアランモア島はアイルランドのドニゴール州《しゅう》最大の実在の島で、本土の港町、バートンポートからは距離《きょり》にして五キロ、フェリーで二十分程度《ていど》のところにあります。バートンポートから島までは二社のフェリーが毎日運航《うんこう》されており、島最大の村であるリーブギャロウにフェリーの船着き場があります。

本作品には、船着き場のほかに、灯台《とうだい》や太古の砦《とりで》、洞《どう》くつへ続く崖《がけ》の階段《かいだん》、救命艇《きゅうめいてい》基地、教会など、アランモアに実在する場所が多数出てきます。一方、フィオンの祖父《そふ》マラキーの家、〈海の洞くつ〉〈ささやきの木〉などは、作者が自由に発想《はっそう》を飛ばして作りだした架空《かくう》の場所です。あたりの海は天候《てんこう》次第で荒《あ》れ狂《くる》い、厳《きび》しい自然の洗礼《せんれい》を受けて続けてきたこの島には、いかにもファンタジーの舞台《ぶたい》となりそうな風景が今も色濃く残っています。

また、海に囲まれたイギリスとアイルランドには、周辺の沿岸《えんがん》や海における救命活動を行うためのボランティア組織《そしき》、王立救命艇協会があり、フィオンの父や祖父が所属《しょぞく》していたアランモアの救命艇チームも実在します。マラキーとフィオンが、キャンドルの魔法で過去《かこ》にさかのぼり、その救出劇《きゅうしゅつげき》を見たオランダの貨物船《かもつせん》ストーヴェイク号の遭難《そうなん》も実話です。本作品で描《えが》かれているように、一九四〇年十二月にドニゴール州《しゅう》の沖《おき》で遭難したストーヴィエク号の生き残り十八名を助けたのは、危険《きけん》を省《かえり》みずに荒《あ》れ狂《くる》う海に乗りだした九名のアランモアの男たちでした。彼《かれ》らが後にオランダのウィルヘルミナ女王からギャラントリーメダル（個人《こじん》の勇敢《ゆうかん》な行為《こうい》に対する賞）を授与《じゅよ》されたのも事実です。また、その九名のなかに、「ボイル」という姓《せい》の人が二名いたこともわかっています。このように、ドイルは実在《じつざい》する場所や史実をたくみに作品に取り入れ、ファンタジーでありながら現実《げんじつ》ともリンクした世界を見事に描きだしました。

本作品の主人公フィオンは、どこか暗い影《かげ》を引きずった都会の気弱な男の子という感じで登場しますが、彼の育った環境《かんきょう》を考えるとそれも無理はありません。生まれる前に父親は海の事故《じこ》で死に、母親はそのことを引きずって精神を病んでおり、完全なる親の愛と庇護《ひご》のもとに育ったとは言《い》い難《がた》い状況《じょうきょう》だったのですから。祖父《そふ》や姉、そして同年代の島の少年少女にも、心を開きたいけれど自分からは開きたくない、一人前としてあつかってほしいけれど一人前という自信もないというような、なかなか複雑《ふくざつ》な気持ちをいだいています。一巻《かん》の終わりでついに〈嵐《あらし》の守り手〉に選ばれたフィオンですが、自分のなかの魔法《まほう》をまだ完全に自分のものにしたわけではありません。続く二巻《かん》では、モリガンの復活《ふっかつ》をたくらむアイヴァンに、より本格的《ほんかくてき》に立ち向かっていくことになりますが、果たしてフィオンは〈嵐の守り手〉としての重責《じゅうせき》を全《まっと》うできるのでしょうか。本シリーズは原書がすでに二巻 The Lost Tide Warriors まで刊行《かんこう》されており、来年三月には三巻 The Lightning Tree も刊行されて三部作となる予定です。フィオンがどのように成長していくか、日本のみなさんにもお届《とど》けできるかと思います。
最後になりましたが、原文とのつきあわせをしてくださった杉本詠美さん、本書と出合うきっかけをくださり、編集《へんしゅう》を担当《たんとう》してくださった岡本稚歩美さんに、心から感謝《かんしゃ》いたします。

村上利佳

二〇二〇年五月

著者：キャサリン・ドイル
Catherine Doyle
アイルランド西部の大西洋沿岸で育つ。アイルランドの神話や伝説をこよなく愛し、いつか自分でも物語を書きたいと考えていた。アイルランド国立大学ゴールウェイ校で学ぶ。祖父母が生まれ育ったアランモア島を舞台として、先祖代々語りつがれてきた冒険物語や、実際に島で暮らした経験から発想を得て本作を執筆。現在、ゴールウェイを拠点としながら、ロンドンや米国でも生活している。

訳者：村上利佳 Rika Murakami
南山大学外国語学部英米科卒業。商社勤務を経て、翻訳の世界に。『気むずかしやの伯爵夫人』（偕成社）でデビューし、その後、児童書の分野を中心に活躍中。おもな訳書に『人形劇場へごしょうたい』（偕成社）、「名探偵テスとミナ」シリーズ（文響社）などがある。

嵐の守り手　1．闇の目覚め
二〇二〇年五月三〇日　初版発行

◆著　者　キャサリン・ドイル
◆訳　者　村上利佳
◆発行者　竹下晴信
◆発行所　株式会社評論社
〒162-0815　東京都新宿区筑土八幡町2-21
電話　営業〇三-三二六〇-九四〇九
編集〇三-三二六〇-九四〇三
◆印刷所　中央精版印刷株式会社
◆製本所　中央精版印刷株式会社

ISBN978-4-566-02467-0　NDC933　p.356　188㎜×128㎜
http://www.hyoronsha.co.jp